长宁将军

蓬莱客 著
CHANGNING JIANGJUN

上册

青岛出版集团 | 青岛出版社

图书在版编目（CIP）数据

长宁将军/蓬莱客著. —青岛：青岛出版社，2024.4
ISBN 978-7-5736-1900-6

Ⅰ.①长… Ⅱ.①蓬… Ⅲ.①长篇小说—中国—当代 Ⅳ.①I247.5

中国国家版本馆CIP数据核字（2024）第047130号

CHANGNING JIANGJUN
书　　名	长宁将军
作　　者	蓬莱客
出版发行	青岛出版社（青岛市崂山区海尔路182号）
本社网址	http://www.qdpub.com
邮购电话	18613853563
责任编辑	郭红霞
特约编辑	徐晓辰
校　　对	李玮然
装帧设计	千　千
照　　排	梁　霞
印　　刷	三河市良远印务有限公司
出版日期	2024年4月第1版　2024年4月第1次印刷
开　　本	16开（710mm×980mm）
印　　张	48
字　　数	757千
书　　号	ISBN 978-7-5736-1900-6
定　　价	85.00元（全3册）

编校印装质量、盗版监督服务电话 4006532017 0532-68068050

目录

上册

第一章　长宁将军　　　　　　1

第二章　大婚始成　　　　　　65

第三章　少年皇帝　　　　　　127

第四章　悬崖死斗　　　　　　197

目录

中册

第五章　命定之人　　　251

第六章　心意初通　　　313

第七章　宫中塞外　　　372

第八章　少年重现　　　443

目录

下册

第 九 章　风起青蘋　　　　505

第 十 章　战况频变　　　　568

第十一章　心有灵犀　　　　625

第十二章　天下长宁　　　　698

番　 外　 与子偕老　　　　751

第一章　长宁将军

野阔草黄，霜天孤雁。

姜含元站在一道岗坡上，望着北麓远处的那个村庄。

村庄里的火已经灭了，但过火的民房只剩一片残垣断壁。来自北方旷野深处的风悲鸣着，穿过村庄的上空，抵达坡顶，带来了一阵忽高忽低的啜泣之声。

这个地方，在今日的黎明时分，遭到了北狄人的劫掠。

一支近百人的游骑队伍，于昨日深夜避开了有重点守备的边乱地带，越过距此处几十里的常规望哨段，潜了进来。

负责那一哨段的燧长和这村中的一个寡妇搭伙过日子，今年得了一个女儿。昨夜他恰好私自离燧回村，烽台只剩下两人值守。因那一带长久无事，留守的人便懈怠了，趁机偷懒喝酒，等发现情况不对的时候，已是晚了。

狄骑在黑夜的掩护之下，长驱直入，拂晓至此。

这种北狄游骑，惯常伺机而动，抢完之后，带不走的便烧。

短短不到半个时辰，整村民房过火大半，货财被抢，妇女被掳走十数人，十来个逃得慢的男丁也丧命在了马蹄之下。

姜含元恰巧行经此段。她这趟出来本是要去云落城祭拜亲人，为早日抵达，今早四更便上了路，黎明时分路过这里，远远地见对面浓烟滚滚，冲天直上。

虽然烟束和她熟悉的烽烟不同，但出于本能，她还是停马前去察看，见状，便派人去召本地驻军李和部，命其火速驰援。随后她没有片刻停顿，带着随行二十四骑，循着狄骑在北逃途中留下的痕迹追咬上去。

等到午后，狄人自觉已到了安全地带，松懈了下来。

这些年，大魏边军遇到类似的零散劫掠，倘已叫狄人得手逃脱，考虑到各种因素，通常是不会花大代价去追击的。这也就成了狄人肆无忌惮、屡屡伺机越界犯禁的原因之一。

再说了，魏人即便真的来追，也不可能这么快便追上。一夜奔袭，饥渴乏累，这队狄人纷纷下马解刀，趁休息间隙，又对掳来的妇人施以兽行取乐。

其正猖狂之时，姜含元一行如神兵天将，以迅雷不及掩耳之势，先是一箭射杀头领，继而策马列阵，纵横冲杀。狄人毫无防备，一时间人仰马翻，仓皇应战，伤亡惨重，又不知对方后援还有多少，很快便放弃对抗，奔窜逃命。

一名满面须髯、身材壮硕的中年军官快步登坡，停在了姜含元的身后，禀道："带回的财物已悉数发放完毕，女人也被各家接了回去，李和跟进善后之事。村民十分感激，方才要来叩谢将军，卑职代将军拒了。"

这个中年人名叫樊敬，是姜含元的心腹。

"七郎他们的伤情如何了？"姜含元转头问道。

虽然白天的追击大获全胜，不但救回被劫走的女人，还令这支骄狂的狄骑死伤过半，除了逃走的，剩下全被割了头颅，但对方也都是凶悍之徒，加上占了人数之利，她的人也伤了七八个。

"问题不大，方才都处置好了。"樊敬顿了一顿，"不过，那名燧长熬不过去，刚断了气。他的女人抱着娃娃来了。"

燧长自知死罪，为求弥补，请求同行，伤得最重。

"两个误事的燧卒也被绑来了，请将军处置。另外，李和也一并来请罪。"

坡下，一个女人跪在燧长的遗体旁痛哭。那女婴未及周岁，被放在地上，懵懂不知发生何事，手脚并用地在近旁来回爬行，口中发出"咿咿呀呀"之声。

随从聚在近旁，一个刚包扎完伤处的娃娃脸小将愤愤不平，大声抱怨道："大将军常年就只会命我们防着、防着！叫我们龟儿似的全都窝在关里！太窝囊了！关外大片的朔州、恒州、燕州叫北寇占去了不说，最最可恨他们竟还越界杀我百姓、掠我妇女！到底何时才能杀出去大战一场，把这些狄人赶回他们该去的地方？杀出去了，便是死，也值！"

同伴们本也群情激愤，但听他言语中提及大将军，又不敢出声。

随后赶到的本地驻军将领李和知眼前这些激进彪悍的少壮军人都是姜含元麾下青木营的人，尤其是这个娃娃脸小将，名杨虎，字修明，小名七郎，精通骑射，还使得一手好戟，有斩将搴旗之勇，曾在一场近身战里几度来回突阵，一战便斩取敌首二十余颗，狠勇好斗、悍不畏死的名声全军皆知，因此还得了个"拼命七郎"的绰号。杨虎出身也不低，祖父曾位列郡公，如今虽家道败落，要靠投军来挣功名，但瘦死的骆驼比马大，而李和有一项监察失职之罪，在这里哪有说话的份，便沉默不语。

"住口！"樊敬大喝了一声。

杨虎扭头，见大胡子樊敬伴着主将来了，这才悻悻地闭了口。

李和惶恐跪迎，连声称自己失职，请求降罪。

女人向姜含元叩首，悲泣求告："是我的罪！全是我的罪，和他无关哪！他已经好几个月没回家了，是我托人捎信，让他回来一趟看看女儿的。是我害了他啊！是我害了他……"

女人哀恸欲绝，趴在地上俯首不起，哭声充满了绝望和痛悔。

残阳摇摇，坠入原野，四周昏暗了下去。野风骤然疾吹，卷得姜含元那染着血污的衣袍下摆翻飞鼓动。

女婴被衣袍吸引，以为是姜含元在逗弄自己，便朝她爬去，伸出手攥住她的衣袍下摆，晃动着胳膊，发出了"咯咯"的快乐笑声。

女人惊觉有异，抬目见女将军的脸上带着血渍，双目盯着脚下的婴孩，神色阴晦。

女人忽然想起，眼前这女将军素有"女罗刹"之名，腰间那一柄环首刀杀人无数，又有传言道她幼时以狼为母，是为狼女，至今月圆之夜仍要嗜血，否则便会现出獠牙狼身。

对这样的传言，女人是深信不疑的，否则一个女子怎可能如男子那般鏖战沙场，令无数敌人饮血刀下？

　　女人哪敢再泣，慌忙求告，手脚并用地爬去想阻止女儿。却见姜含元已弯下腰，在女人惊恐的注视下伸出一手，慢慢地握住了女婴攥她袍角的小手。

　　这只手布满刀茧，掌与指皆极为粗粝。许是感到了疼痛，女婴忽然"哇"的一声，哭了出来。

　　女人恐惧万分，又不敢夺女婴，只颤抖着身子，不停地磕头求饶。姜含元一顿，撒手松开了女婴，转身而去。

　　"燧长虽戴罪立功，但其罪，战死仍不足以全赦。二燧卒以军法处置，立斩，拟文书，告全军，以儆效尤。至于李和之过，非我能定，叫他自己去向大将军请罪！"

　　姜含元说完，接过一名手下递来的马缰，偏脸望向跟随在旁的樊敬："樊叔，还要劳烦你留下监察善后，将这一带的全部边防再检视一番，务必确保没有疏漏。"

　　"明白。将军你放心去。"

　　"还有，"姜含元略略一停，望了一眼远处那个仍抱着女儿跪地哭泣的女人的背影，低声说道，"给她母女双倍抚恤，从我的俸饷里出。"

　　樊敬一怔，回头看了一眼，随即应诺。

　　"今日受了伤的，全部自行返营！其余人随我上路！"她最后下令，翻身上马，单手一拢马缰，策马欲去。

　　杨虎急了，一跃冲上，拦在了她的马头之前，晃着自己刚包扎好的胳膊："将军，我好着呢！皮肉小伤！我要随你！"

　　"给我回去！"姜含元低低呵斥一声，策马从他身旁绕过，去了。

　　剩下没受伤的十几人笑嘻嘻地冲着杨虎做了个手势，顷刻间悉数上马，呼哨一声，跟着疾驰而去，剩下杨虎和那几个受了伤的兵士立在原地，满心懊恼。

　　杨虎望着前方将军那道越来越模糊的背影，越想越气，忍不住冲着前头一个上马离去的同伴破口大骂："张猴子你这王八羔子！今日要不是我救了你，替你吃了那一刀，你已经挺尸了！你倒好，自己跟着将军上路了！你给我等着，回来看我怎么收拾你！"

那被唤为"张猴子"的同伴连头都没回，还催马加速，转眼便不见了踪影。边上几个一道被留下的同伴不免幸灾乐祸，又不敢笑，忍得颇是辛苦。

"行了行了！照将军的吩咐，你们晚上休息一下，明早就回去！"

对着这个由女将军亲自选拔出来、似还被偏爱几分的刺儿头，樊敬也是有点儿头疼。自然了，他是绝对不会表露出这一点的。他绷着一贯的严肃大胡子脸，沉声重复了一遍姜含元的命令。

杨虎只能作罢，沮丧地瞥了一眼这趟来的方向，不料却见一匹快马载着传令兵，正从远处疾驰而来。

"长宁将军可在？大将军有急令，命长宁将军即刻火速归营——"

那传令兵远远看见樊敬几人，迎风踩着马镫，在马背上直立而起，高声呼道。

传令兵带来了大将军姜祖望的命令，姜含元只能中止行程，掉头回她父亲常驻的位于雁门西陉关附近的大营。

数日后，她于深夜时分赶到营中。

这个时辰，西陉大营四周漆黑无光，除了夜哨，将士都早已安寝入梦了。

姜含元穿过一座座营帐，来到父亲所在的大帐前，见灯火从帐门缝隙里透出，没直接进去，停在帐外，叫守卫前去通报。

"将军请进。"守卫很快出来，恭声说道。

姜含元入帐。帐内只有她父亲一人，穿着一袭军中便衣，端坐于燃着灯烛的案后。

大将军定安侯姜祖望虽战功卓著，却并非如一般人以为的武将那般生得燕颔虎须、雄壮过人。他容貌周正，剑眉凤目，年轻时当是位不折不扣的美男子，只是现如今风霜侵鬓，即便此刻灯火并不明亮，也掩不住其面容里透出的憔悴老态。

他早年曾中过冷箭，伤及肺腑，险些丧命。后来他虽凭己身压制了伤势，但随着年岁渐长，加上边地苦寒，旧伤时有复发，折磨实在不轻，只是他素来刚强，极会忍耐，因而知道的人不多。

看见女儿进来，姜祖望立刻从案后站了起来，朝她走去。

"咒咒你到了？路上劳累了吧？若是疲乏，先去歇息，明日再说不迟。"他唤着女儿的乳名，眉头舒展，脸上也露出笑意。

姜含元领兵驻在从此往北几百里的青木塞，青木塞几十里外便是魏军和北狄的冲突频发之地。平日若非有军情，她与姜祖望碰面也不多。

她行了一个军中下级拜见上级的常礼，随即站直身体，用恭谨的语气问："大将军急召我来，何事？"

姜祖望停住脚步，顿了一下，缓缓坐了回去。

帐中一时寂静无声。夜风从帐门的缝隙里钻入，吹得灯影摇晃。

姜祖望再次开口，脸上的笑意已经消失："李和已向我请罪了。只是，你未免太过托大，不等援兵赶到，竟那样追了出去！你们才多少人？对方多少人？便是晚些，那些妇人也不至于丧命！纵然你在军中几经历练，就能以一当四？我本以为你不是这样鲁莽的性子！"

说到最后，他语气已是十分严厉。

"是，妇人们大约不会死，但我若等李和的人到了再追出去，她们恐怕已是生不如死。"姜含元平静地说道。

没有约束的普通狄兵，兽行能至何等地步，姜祖望自然清楚。他这般斥责女儿，其实也是出于一点儿私心，是担忧焦虑所致。被女儿一句话驳了回来，他一时沉默，待再次开口，神色也随之缓和下来。

他转了话题，问道："含元，阿爹要是没记错，你也有二十岁了吧？"

他的目光从女儿落满尘土的肩上，慢慢移到那张和她母亲肖似的脸庞上。

"大将军何事？"姜含元没回答，只重复问道。

姜祖望一顿。

朝廷派遣使者——宗正卿贤王束韫北上，见到姜祖望，一番寒暄过后，再开口的第一句话便是询问他的女儿长宁将军姜含元。

"七年前，当今摄政的祁王殿下还是安乐王，曾代武帝来此犒军，当时你也在。你应当还有印象吧？"

姜含元的睫毛微微一动，她用略带戒备的眼神盯着父亲，没有接话。

"这一趟是贤王束韫亲自来的。你知他此行目的为何？"

女儿仍没应声。

他一咬牙:"他是受摄政王所托,来向为父提亲。摄政王意欲立你为妃。"

空气仿佛突然凝固。

姜祖望看着女儿,苦笑:"阿爹知道,这消息实在太过突然,你大约毫无准备。莫说你了,便是我也如此。不过——"他将话锋一转,再次从案后站了起来,面带微笑,朝表情略微发僵的女儿走去,"不过,摄政王乃人中龙凤,才干当世无二,论姿貌风度,更是万里挑一,你从前应当亲眼见过的。何况,你毕竟不是男儿身,幼时便罢了,如今年岁也不小了,不好总这样在军营中蹉跎年岁,该当觅一良人……"

"父亲!"姜含元忽然开口,"您真觉得,束慎徽为女儿之良人?您真觉得,如我这般,适合嫁人?"

她连问两声。

姜祖望顿住了,和女儿那双如其母的眼眸对望了片刻,心中忽然涌出一阵浓烈的羞愧乃至狼狈。他甚至不敢和女儿对视,避开了她直直投向自己的目光。

大帐里陷入沉寂。片刻后,还是姜含元再次开口打破了沉默,语气已转为平淡。

"罢了,我也知您不易,您应了便是。"她说完,未再做片刻停留,转身出帐而去。

她大步走在深夜的大营里,朝营外而去,越走越快,越走越快,最后径直走出辕门,解了拴马桩旁的坐骑缰绳,翻身上马。

"将军,大将军召你何事?哎,你要去哪里?等等我!"

杨虎方才不肯去休息,抱着受伤的胳膊硬是等在这里,见状,立刻拍马追了上去。

姜含元的坐骑是匹枣红大马,名天龙,是她外祖送她的大宛神骏,若放开了奔驰,寻常马匹根本无法追上。杨虎才追出去没多远,前头的一人一马已彻底消失在了夜色之中,看不见了。

姜含元纵马狂奔,一气奔到了十几里外的铁剑崖,直至绝了路,方停了下来。她下马,登上崖顶,立在崖头之上。

雁门西陉一带,崖体多为黑岩,天晴时远远望去,犹如座座铁山。她此刻立足的这座崖也是如此，因其高耸笔直而得名"铁剑崖"。

今夜乌云密布，头顶无月，亦无星光。

她迎着边地秋寒深重的夜风站了许久，忽然蹬掉靴子，纵身一跃，跳至崖下。

这是她自幼时便常来的地方——她曾无数次从这里跃下。崖下是口泉潭，此刻水面黑漆漆的，如一张张开的巨人之口。她人亦如石，入水后笔直地沉到了宛如地底的潭底。

世界在这一刻彻底无声，心脏也仿佛彻底停止了跳动，她闭着双目，在水底紧紧蜷成一团，如藏在母亲子宫中的胎儿，静静不动。

良久，姜含元倏地睁开眼睛，松了手脚，赤足足尖在近旁的岩上一蹬，身子便如一条灵蛇，迅速从水底浮了上去。"哗啦"一声，她猛然破水而出。

她随意地抹了把脸上的水，套回靴子，打了声呼哨，召来天龙，再次纵马疾驰而去。

天亮时分，杨虎带人找到铁剑崖下，在水边的地上看到了两个用刀尖划出的字：勿寻。

贤王束韫还在营里，姜祖望召回樊敬商议。樊敬本是姜含元母家那边的人，十几年前就跟过来了，视姜含元为小主君，对她的忠诚恐怕还要胜过对姜祖望的。此事，姜祖望自然没必要对他隐瞒。

樊敬这才知道束韫此行北上的目的，内心之震惊可想而知。

"大将军应了？！"他诧异万分，只是话刚脱口而出，便领悟自己失言了。

对方摄政朝堂，与君王实无两样，既开了口，还遣束韫亲自前来，姜祖望身为将臣，何来推拒余地？

何况再想，这件事虽突然，却也没什么可奇怪的。

本朝高祖本为北方诸侯之一，几十年前以秦雍之地为据，在群雄割据的大乱之世创立国基。随后继位的圣武皇帝更是雄才大略，在位二十余年，南征北战，终于在十几年前灭掉了最后一股割据势力，彻底结束了中原长达百年的战乱分裂，一统天下。

但与此同时，中原的长久内乱也给了北方狄人绝佳的南侵机会。

当时的北方以两个大国为主，以黄河中游为界，河西为魏，河东为晋。魏晋之间曾有过旷日持久的拉锯对峙，但后来随着魏国不断崛起，晋帝期望能和北狄这个北方外邻结盟对抗大魏，因而面对北狄的侵犯，一再退让，舍地饲狼，最后非但没能保住基业，反而令本属晋国北方门户的朔州、恒州、燕州等大部悉数落入北狄之手。

内乱平定、大业告成之后，武帝将目光聚向北境，谋划北上，夺回重要门户——朔、恒、燕等地。不料在出兵北伐的路上，武帝旧伤复发，卧床不起，计划就此折戟。

武帝于数年后驾崩，太子继位，是为明帝。

明帝为太子时，在弟兄当中固然显得平庸，但自小宽厚有德，继位乃是人心所向。偏他在位的那几年，先是天灾不断，后又出现皇子争储之乱，明帝心力交瘁，亦是无力兼顾北方失地，于去年病重而去。十二岁的皇子戬奉上嗣大位，成为大魏的第四代君主，次年，也就是今年，改年号为天和，便是当今之少帝。

少帝尚未及冠，不能亲政。明帝临终前，指自己的三弟祁王为摄政亲王，将少帝托付给祁王和另外一位辅政大臣。

樊敬虽驻边多年，但也隐约知晓现如今的朝堂局势有些微妙。

祁王早年被封为安乐王，母家高贵。圣武皇帝在世时钟爱此子，缠绵病榻之际，还曾派祁王代自己到北境巡边犒军。当年那位少年安乐王的风采令樊敬印象深刻，虽过去了多年，当时的情景依然历历在目。但，言及祁王摄政，以他的资历和年纪，恐怕未必人人信服。

早些年，朝廷重心不在北境，守边二十余载的姜祖望也就被人遗忘了。但这几年，随着北境问题日益凸显，他自然重获关注。以他如今的声望，在这个时间，摄政王择其女为妃，目的显而易见。

姜祖望默然。

樊敬忙告罪："大将军勿怪，实在是……"

他一时也不知该说什么才好。

"好在……好在摄政王……才俊，和将军……堪称良配……"最后，他只好这么喃喃道，连自己也觉得这话实是软弱无力。

姜祖望摆了摆手："你长年在她身边，她和你或比和我还亲。她可能去了哪里？"

樊敬立刻替姜含元辩白："将军自小稳重干练，不会出事的，大将军尽管放心。她许是一时没想通，自己去散心了吧。她这次本就是要去云落城的，或许又去了那里？"

姜祖望紧锁眉头："我没想到含元对这事的反应如此之大……怪我疏忽了。你即刻带几个人去云落城看看。"

"遵命！"樊敬匆匆离去。

姜祖望独自出神良久，忽然咳嗽起来，面露痛楚之色，手扶住案角慢慢地坐了回去，神色委顿。

半个月后，十月乙亥，秋高气爽，京城西郊皇家护国寺迎来了特殊的一天。

禁军将军刘向昨日便清完寺院，驱走一切闲杂人等，今日一大早又亲自统领五百禁卫来到这里，布在寺院前后以及周围，戒备之森严，连只苍蝇也休想越墙。

禁军之所以如此慎重，是因今日乃当今少帝母后兰太后的寿辰。太后倡俭抑奢，又笃信神佛，是护国寺的供养人，是以护国寺为她绘制了一幅壁画贺寿。今日，太后带着少帝来此，为壁画揭幕。

不但如此，同行之人还有以摄政王为首的诸王百官。此刻，一众人等虽已入寺，刘向依然不敢有半分懈怠。

寺院内外各处早已安排妥当，但刘向还是抽空亲自出来，又前后巡查了一遍，见确实没有纰漏才放了心。

他在寺院后门外匆匆叮嘱了手下几句，正要入内听宣，忽见对面山路的尽头走来一人。那人着青衣皂靴，头戴斗笠，因笠檐压得低，加上未到近处，他一时看不清脸，但从身形判断，年纪应当不大。

刘向立刻示意手下前去驱赶。那人便停在山道之畔，和到来的禁军士兵说了句话。

刘向见手下折返，而来人竟还不走，不禁恼怒，大步走去，厉声呵斥。

"将军，那人说与您相熟，请您过去，有话要说。"

刘向一怔，再次打量了对方一眼，见来人依旧立在路旁，身影沉静，实在想不出这会是谁，皱了皱眉，走到近前。

"你到底是何人？不知今日此处戒严？快走！"

对面的人举臂，略微抬高笠檐，露出了斗笠下的脸庞——年轻干净，眼眸清湛。来人朝他微微一笑，说道："刘叔，是我，含元。"

刘向一怔，端详对方片刻，突然惊喜地出声："小女君！怎会是你？"

刘向早年是姜祖望的部下，驻守北地雁门郡一带，与姜祖望同袍同泽。直到十几年前，两人才分道：姜祖望继续做安北都护，持节绥靖边郡，刘向则因旧伤解甲，后来入京做了禁军将军，掌宫门屯兵、内外禁卫。

当年武帝一统九州的战事催生了无数的武人功臣，但刘向那些年一直跟着姜祖望在北境服役，并未建过什么大功，能获得如此机会，离不开姜祖望的举荐。这些年，碍于内外不相交的禁忌，他们虽没机会再见，但对自己的老上司，刘向一直是怀着敬重感恩之心的。

至于姜含元，就更不用说了，刘向在军营里是看着她长大的。

刘向认出了来人，态度立刻变得亲热无比。

"小女君怎会突然入京？大将军可安好？哎呀，一晃多年没见，小女君竟也这么大了！我虽人在京中，这两年也时常听闻小女君的捷报，真是将门之后，武曲下凡，羞杀我等一干混吃等死之辈！"

他又上前，要向姜含元见礼，被她拦了。

"不敢当。刘叔不必客气。实不相瞒，我今天来找刘叔，是有事想请刘叔帮忙。"姜含元含笑说道。

刘向立刻点头："小女君有何事，尽管道来。只要你刘叔能帮得上，绝不推辞！"

姜含元望了一眼护国寺的方向。

秋木掩映，自高墙寺宇的深处，随风飘来隐隐的佛唱声。阳光下，那一对高高立在雄伟大殿屋脊两侧的金碧琉璃鸱吻，闪烁着斑斓的光芒。

"那就多谢刘叔了。我想进去。"

刘向愣住："这……"

他顿时期期艾艾，说不出话来。

姜含元微笑道："我自知所求无理，实在是为难您。但请您放心，我不会给您惹麻烦的。"

倘若换成其他任何一个人，就算是至亲提出这个要求，刘向也会毫不犹豫地拒绝，但现在站在自己面前的是姜祖望之女……

"敢问小女君，今日入寺所为何事？并非刘叔不愿帮忙，而是……小女君你也知道的，我职责在身，不能有半分差池。"终于，他开了口，小心试探。

"我想看一眼摄政王。"她语气很是寻常。

刘向再次一怔，想起一事：摄政王年二十又四，却至今未曾娉内，王妃之位空悬。

几个月前，刘向听到一个不知真假的传言。

摄政王入宫探望武帝朝的老太妃。太妃心疼他身边至今没个知冷知热的知心人，催他立妃，他便笑称自己仰慕姜祖望之女，若能娶其为妻，则当无憾。

姜祖望的原配早逝，他只有一个女儿，那便是从小被他带在身边的姜含元。

刘向又听闻上月，宗正卿贤王老千岁束辊出京北上了，无人知晓他此行的目的，但那个传言愈盛，都说老千岁是去替摄政王求亲了。

今日姜含元在这里现身，且看这一身装束，分明是悄然入的京城。

看来传言是真的。刘向暗暗松了口气。

原来如此。小女君在沙场上虽不让须眉，但终究是女孩儿家，想看一眼未来郎君的模样，也是人之常情。

祁王摄政后，宵衣旰食，孜孜不倦，常理政至深夜乃至通宵达旦，为方便常宿于宫中，外人想入宫窥其样貌自是不可能的。今日确实算是极为难得的便宜机会。

刘向又暗暗打量了一番姜含元，只见她气定神闲、泰然自若，料她知道轻重。这一点，他是绝对相信的。

退一步说，就算不考虑自己和姜家的旧情，日后她若真成为摄政王妃，必居于京城，大家抬头不见低头见的，不过这样一个要求，他怎能不应？

刘向不再犹豫，低声道："也好，今日我就为小女君你破例一回。方才已观毕供养殿的壁画，摄政王伴着太后及陛下去了罗汉殿，在听法师讲经。你可扮作我的亲兵入内，以暗语通行，来回无阻。只是，小女君牢记，切勿惊动他人。"最后他靠近些，用略带调侃的亲切语气，促狭地道了一句，"摄政王姿貌无须近观，小女君只消远远看上一眼，便有数了。"

"多谢刘叔，我有数。"姜含元丝毫没有忸怩，只微微躬身，笑着道谢。

讲经堂外乌柏森森，鸟声悄绝。一尊高过人顶的硕大三足紫金香炉立于过道正中，敞口朝天，吐出缕缕不绝的袅袅白色香烟。

殿内正北方，兰太后坐于一张绣墩之上，正凝神细听上座法师讲经。她是兰司徒之女，年近三十，看起来却只二十五六岁的模样，云鬟绮貌，端正庄严。她的周围瑞烟芬馥，两名女使为她斜打金翠翚扇，十三岁的少帝坐在她身侧。

今日陪同的诸多内外命妇，从南康大长公主开始，按照份位高低依次伴在大殿西侧。阳光从殿门照射而入，映得太后和一众贵妇发鬟衣裙上的金钗彩绣相互争辉，散发着淡淡的美丽光晕。

大殿东侧则分列今日同行的诸王百官。当中自以摄政王为首，特设尊座。此外，他身侧另设一座，上面坐了一位腰系金玉环带的壮硕昂藏之人，此人便是当朝辅政大臣，大司马高王束晖。

高王其实已年过半百，但因武将出身，至今骑射不辍，所以体格依然健壮，若非眼角的几道皱纹，其形貌与壮年时无二。他的地位也极高，因他本就是高祖之子、武帝之弟，早年又随武帝多次出征，乃赫赫有名的大魏猛将，立过汗马功劳，威望素著——两相加持之下，不但当今少帝对他毕恭毕敬，以"皇叔祖"尊之，即便是摄政祁王对这位皇叔也是礼节周到，不敢有分毫怠慢。

座上法师敷演为太后所作之壁画为《明王》，明王乃菩萨之恐怖相。菩萨为教化贪婪愚昧之众生示出愤怒威猛相，其相对执迷众生如当头棒喝。菩萨又以智慧之光明，破除众生愚痴烦恼之业障，故称明王。

法师舌灿莲花，但这位皇叔祖又何来心思听什么佛法，坐了片刻，余光便扫向身旁的那位青年——自己的侄儿，摄政祁王束慎徽。

祁王的母妃来自吴越之地，外祖吴越王曾有铁甲十万，早年于大争乱世中，却始终没称帝，只以王号守国。等到武帝扫荡南方，吴越王便率民投魏。那时元后已去，王女起初为妃，宠冠后宫。安乐王出生后，武帝便欲立她为后，却被她拒绝了。此后武帝也未另立皇后，以她实领六宫。武帝驾崩后，她便以潜心修佛为由回了故地，长年隐居，不再入世。

　　王女年轻之时，有西子之貌，祁王亦承其母之貌。今日他身着玄色公服，峨冠博带，朱缨玉簪，姿态放松，微微靠于宽椅之上，平视前方，视线落在殿中央的法师身上，神色专注，似深浸佛法，丝毫没有觉察到来自身旁人的窥探。

　　高王恐被察觉，不敢久望，收回视线，余光却又不自觉地在祁王系于腰间的那条束带上停了一停。

　　本朝冠服制度，帝束九环金玉腰带，亲王八环，余者按照品级依次递减，等级分明，不容僭越。

　　以高王今日之尊，也只能系八环金玉带，而他身旁这个不过二十几岁的子侄后辈，却因摄政之故，明帝临终前亲解衣带，赐其同等衣冠。只不过祁王自己从不以此衣冠加身，平日依旧是着从前的亲王衣冠罢了。

　　但，恰因如此，那条和自己同等的镶金玉带落入眼中，反而令高王更觉刺目。

　　高王顿感一阵躁乱，心"突突"地跳，但毕竟是身经百战之人，再大的风浪也是等闲视之，很快便克制住了心绪。他稳了稳心神，下意识地瞥了一眼殿外的日影。

　　这时，他忽然见侄儿身边那个好似名叫张宝的小侍出现在大殿门口，矮身猫腰，沿着殿壁轻手轻脚地飞快来到祁王的身畔，躬身附耳过去，低声说了句话。摄政王听完，神色如常，但很快便起身悄然走了出去，身影消失在大殿门外。

　　高王的耳力不减当年，他方才虽表面无异，实则在凝神窃听。奈何那张宝将声音放得极低，以至于他并未听到什么东西，只能看着人走了出去。周围百官应也留意到了这一幕，纷纷将目光投向摄政王出去的方向。

　　高王心神不宁，片刻后见祁王依旧未回，实在按捺不住，以更衣为名，也起身走了出去。他跨出殿槛，带着自己候在殿外的两名近侍，沿侄儿刚才离去的那条直廊右拐，慢慢试探，直至走到尽头。

　　路尽头是间偏殿，殿门半掩，殿内光线昏暗，隐约露出金色佛像，香火缓缓弥散，四周空荡荡的，不见半个人影。

日影斜照，一簇古松虬枝从近旁的一堵墙头探入，随风轻轻晃动。松针落地，那"簌簌"之声仿佛清晰可闻。

高王停步，环顾四周，短暂的茫然过后，心里突地闪过一阵强烈的不祥之感。这种感觉告诉他，他要有灾祸临头了。

这是他半生以来数次得以死里逃生的法门，与无处不在的陷阱斗智斗勇而修炼得来的通往生门的秘诀。

他顿觉毛骨悚然，迅速决定立刻回去，并下达撤销行动的指令。

但为时已晚。

两名亲卫装束的人似从地底无声无息地冒出来一般，如幽灵般出现在他的身后。

白练似的刀光闪过，他的两个近侍倒在地上。

两人的喉咙皆被割开了一道深深的口子，血喷射而出，他们徒劳地张开嘴，如脱离了水的鱼般不停翕动嘴唇，却发不出任何声音，只有更多的血沫，不停地从他们的嘴里涌出。

高王大惊，但反应也是极快，下意识地便伸手往腰间摸去。他想要抽刀，手却握了个空。

他醒悟了过来。今日随太后和少帝礼佛，为表虔诚，除了禁军和亲卫，诸王百官皆除利器。他本以为这是上天给自己的机会，却没有想到，这原来是上天要绝自己的陷阱。

他再抬眼，只见那得手的两人已如猎豹，又扑到了他的身前，将他困在中间。

高王感到咽喉一冷。

就在这一刻，这位皇叔祖大司马，前所未有地清晰地嗅到了死亡的恐怖气味。他僵住了，慢慢地抬起眼。

一道玄色身影从大殿的幽深角落中缓步走了出来，停在了殿阶前的一片古松树影之下。

十月阳光明媚，照在高王的身上，他却只觉得自己后背发寒，额头冒着冷汗，牙根都透着凉气。

就在看到那身影的一刻，他已明白了一切。他盯着立在殿阶前的侄儿，指着对方，咬紧齿根，"呵呵"地冷笑。

"飞鸟尽，良弓藏。三郎小儿，可记得你幼时，老夫还曾手把手地教过你射雕！如今你乳臭未干，竟也如此谋算起了你的亲叔父！我有今日，岂不是被你所逼？！"

斑驳树影落在对面那青年的脸上，半明半暗。

那青年并未接话，只是平静地道："皇叔，若我所料不错，城中武侯府、监门卫里呼应你之人，此刻应已伏诛。侄儿敬你是长辈，早年亦是劳苦功高，你可自裁，免受羞辱。你去后，只要你这一支血脉子孙安分守己，我必保他们荣华分毫不减。"

一侍卫上前，单膝跪在高王身前，双手托起那柄方才抵着对方咽喉的染了血的匕首，恭声道："高王请。"

高王面如死灰："我乃高祖亲子，汝嫡亲之皇叔，握有铁券，可免十死！"

那青年神色淡漠，恍若未闻。

高王的面肌不停地抽搐，他从亲侄儿的脸上收回视线，死死地盯着那被托在自己面前的利刃，终于，颤抖的手艰难地一分一分地伸了过去。他握住匕首抬起来，缓缓横到胸前，闭目，状似绝望欲刺之时，忽地睁目，猛地翻转手腕——只见匕首激射而出，飞向立于阶前的人。

以他之身手，倘若这一击得手，摄政王怕不是得立刻血溅当场！

就在这电光石火间，方才跪在他面前的侍卫拔身而起，迅如灵猿，又猛如虎豹，瞬间击下了匕首。紧接着，另一人自袖中抽出一根套索，一下便套在了高王的颈项之上。两人各执绳索一端，左右一收，活结一紧，登时将索套扣得牢牢的。

但高王是何等人，怎会束手就擒？他反应极快，竟将双手插入索套，奋力往外拉扯。奈何他固然勇猛，但这二卫的身手也非常人能及。他纵有一身的本事，颈项被套，也是无处可展。

套在颈上的索套越收越紧，他的双掌也深深陷入自己的颈项，他双目凸起，脸庞发红，发出了一阵犹如猛兽垂死哀号的"嚄嚄"之声。

"天予不取……反受其咎……怪我不够心狠……当年你的废物皇兄，本就没有资格继位……"

高王拼尽全力挣扎，双足胡乱蹬地，泥叶翻飞，壮硕的身体扭得如同砧板之上的一条鲇鱼。

"三郎小儿……你设计杀我……你敢说一句……你就没有分毫僭越之心……"

索套越收越紧，高王拼尽最后一丝力气，含含混混地发出最后的声音。

"别以为你将来就能善终……我之今日，便是你之明日……"

这声音怨毒无比，如来自地狱的诅咒。

二卫齐齐望向摄政王，却见他依然静静立着，微微垂目，看着顽强不肯死去的皇叔，眼神之中似有几分悲悯。

二卫再次发力，高王的颈骨彻底碎裂，这位昔日的大魏猛将终于停止挣扎，躯体变成一团软肉，头也无力地偏向了一侧。二卫并未松懈，直至片刻后确定人死无疑，才收绳退至角落，悄然等待。

摄政王继续在阶前立着。

铺在屋宇瓦片间隙里的松针忽地被风吹起，无声地落于他肩上，又跌落在他的脚下。

他走到已然气绝的高王身畔，低头望着那张扭曲的脸。片刻后，他弯腰，缓缓伸手合上那双怨恨的眼，而后起身，从旁走了过去。

他回到讲经殿中，在无数道目光暗暗的注视下，平静地坐回自己的座位。

兰太后借着翣扇的遮掩，望了一眼东殿这道片刻前不知何故出去又回来的身影，收目之时，余光又瞥向立在西殿人群末端的一抹绛色身影，几不可察地扯了扯唇角。

殿外，刘向被人引到后殿，见到驸马都尉陈伦那张冷肃的脸，方如梦初醒，知出了大事。并排躺在地上的几个死人，全都有着他再熟悉不过的脸，其中一个甚至就是被他委以重任掌管小队的队正，负责今日保护摄政王。

他做梦也没有想到，自以为经营得密不透风如同铁桶般的禁军，竟早已变成了筛子。高王在他刚执掌禁军的时候安插了人，这一点不可怕，可怕的是，他们竟能逃过他上任之初的例行清洗。高王这些年一直没有动用这几人，以致他分毫没有察觉。

高王的计划，是利用今日礼佛结束，各方戒备最为松懈之际，掷冠为号，几名死士一齐出手，击杀摄政王。

这些都是百里挑一的猛士，距摄政王又近。弓马虽是皇族子弟的必修课，但摄政王毕竟善文，又未携防身之器，所以死士一旦出手，摄政王必死无疑。

也是这一刻，刘向方彻底明白过来：摄政王应早就在计划除掉高王，为了给高王施压，逼高王自乱阵脚，才故意放出求娶姜祖望之女的消息。

本朝圣武皇帝在时，自然是威加海内，人人俯首。但到了明帝在位时期，来自君主的威望大减，反而是如姜祖望这般的人物，手握重兵，常驻边关，身先士卒，爱兵如子，部下对其的忠诚往往甚于对皇帝的忠诚，从这一点来说，是为隐患。这大约也是古往今来无数良将难有善终的原因。

但反过来，若是善用这些人物，他们则又如国之重器，定海神针。所以姜祖望若是被摄政王笼络，彻底效忠于摄政王，摄政王自然如虎添翼。

高王应是觉察到了威胁，并且意识到了这种威胁背后的意味。在此之前，他或许未必真有立刻举事的打算。但毫无疑问，他是个深谙斗争之道的老手，比任何人都清楚，一旦双方狭路相逢，谁能笑到最后，就看谁能更快地抓住机会，予对手以致命一击。所以他才会动用早年安插在刘向手下的人，冒险在今日博一个先手。他却不知，自己的每一步都踏在对手为他预设的那条路上，越走越远，最后一头陷入罗网。

不但如此，今日高王倒了，摄政王便又能以此震慑包括姜祖望在内的所有手握兵权的武人们了。

年轻的摄政王是位弓手，而束晖还有姜祖望那些人，不过都是他引弓欲射的一群老雕罢了。

这求婚之举，真是一箭双雕。

刘向盯着脚下的一具尸首，内心深处的惊骇犹如巨浪，无法形容。他不敢想象，倘若今日高王得逞，当真出现那样的喋血一幕，事态将会如何发展，等着自己的又将会是什么样的悲惨境地。

将罪名戴到自己头上，再随便抛出一个所谓的"主谋"，大司马高王则将摇身一变，代替祁王摄政。

早年在北境服役，刘向也曾不止一次经历过血杀，但从没像这一次，感觉到入骨的恐怖寒意。慢慢地，他感到双腿发软，最后跪到了地上，冷汗涔涔。

忽然，一阵韶乐之声飘入他的耳中。

前殿讲经结束了，在悠扬的韶乐和深沉的佛唱声中，两队彩衣侍女各端着一只装满花瓣的花篮，向空中抛撒。在纷纷乱坠的天花里，摄政王护着兰太后和少帝出了大殿。

气氛祥和，仿佛没有人觉察到诸王队列里少了一人。或许有人觉察到了，但根本不会想到，就在片刻之前，在这块净地的一个偏僻角落里，曾发生过怎样足以影响这个帝国未来走向的惊心动魄的一幕。

一众人出山门，摄政王将兰太后和少帝送上舆驾，内外命妇和诸王百官也纷纷归列，或登宫车，或上鞍马。

摄政王却未再同行，而是在侧旁恭谨躬身，送走舆驾。舆驾去后，他慢慢站直身体，立于山门之外，依旧目送着宝盖迤逦远去，直到队伍消失在自己的视野里。

这时，他身后的刘向"扑通"一声跪下，重重叩首："殿下！卑职死罪！万死不能辞其罪！殿下——"

这个昔日也曾扬威沙场的宿将不停叩首，额前很快就渗出了血丝。束慎徽转身，冷淡的目光落在刘向的脸上。

"忠直有余，智虑不足。"片刻后，他冷冷地道。

刘向深深垂首，不敢抬起半分："卑职无能至极！请摄政王降罪！"

"去把你的地盘给我扫干净，我不希望日后再有类似事情发生。"

刘向呆住，很快明白过来，自己这是被赦免了。他一时不敢相信，几乎以为是在做梦，待反应过来，顿时感激涕零，无以言表。

这一刻，便是叫他为眼前的这位年轻摄政王挖心剖肝，他也心甘情愿。他激动得浑身微微战栗，心里生出了决意要对摄政王彻底效忠的念头。他红着眼，再次用力叩首，咬紧牙关，一字一顿地道："摄政王请放心，再有疏忽，卑职先自行了断！"

不料摄政王闻得此言，竟笑了起来，面上寒霜化去，转为温和，指了指刘向："你了断事小，再误我事，却万万不可。"

说完，他迈步跨入山门，朝里而去。

"是，是，卑职谨记……"

刘向感觉摄政王最后对自己所说的话，似乎并无多少责难之意，而他给自己下的那八字评语，在某种程度上来说，甚至还是一种肯定。

刘向只觉一腔热血沸腾。他涨红了脸，始终跪地随那道身影挪动膝盖，目送着摄政王的背影，再次恭恭敬敬地叩首。片刻后，他微微抬眼，那道玄色背影已消失不见。

他知摄政王必是去处置方才那事的后续了。

高王既择定今日在这里动手，京城那边的武侯府、监门卫等处，自然也会有人呼应，刘向推测其地位绝对不会低于自己。不过，摄政王既已拿下了高王，其余问题想必不大。

只是，等今日过去，京城之中，对于某些人来讲，恐怕会有一场不啻巨震的翻天覆地之变。

刘向只觉后怕无比，第一次生出了京都富贵锦绣场竟不如苦寒沙场之感。至少，在沙场之上，即便是死，也死得明白，死得壮烈。

一阵风吹来，方才浸透了冷汗的衣裳紧紧贴在后背上，冷飕飕的。

他定了定神，抬手擦了擦额头上的冷汗，正要从地上起来，突然间又整个人一顿，想起一件刚才被彻底忘记了的事——

含元！她在哪里？

方才出了如此大事，她此刻人在何处？她是已走了，还是依旧藏身在寺内？

刘向一时焦急不已，朝内张望了片刻，沉吟道："罢了，以她之能，料想应当能够自处。"

少帝銮驾已经走出有些路了，刘向一时顾不上两头，只能起身匆匆离去。

束慎徽听完下属回报的消息，目送那具蒙着盖布的尸首被人抬走，再次从偏殿行出。他神色如常，步履却带了几分凝重，二卫不远不近地悄然相随其后。行至方才讲经的罗汉殿前时，他微微放缓脚步，最后停了下来。

一道绛色身影立于殿前巨大的香炉旁，附近候了两个宫女。她凝望前方，似在出神。周围柏木森森，遮天蔽日，显得这道身影越发消瘦单薄。

束慎徽再次迈步，朝她走去。那女子也看见了他，罗裙微动，转身迎了过来。

"婠娘，方才怎没随太后同回？"他问。

温婠是已过世的太傅温节的女儿，从小和束慎徽相识，有传言说他们感情甚笃。早几年，人人都以为温女会成为祁王妃，只是不知为何，始终不见动静。后来温节去世，温家只剩一兄长，做了个不大不小的尚书曹郎，这种猜测方渐渐无人提及。

温婠微笑道："太后命我留下，替她寻几册经文带回宫中。"

她出身于如此门庭，有绝色之容，更有过人才情，因而兰太后很是喜欢她，常召她入宫陪侍伴读。

束慎徽微微颔首："寻齐了吗？"

"还差一册。方才小师父无晴替我去藏经阁取了，还没回。我在此便是等他。"

束慎徽再次颔首，抬眼望向她："我记得你早几年身子弱，天气转凉便易肺燥咳嗽。最近两年如何了？"

"无大碍。前几日阿嫂请医，顺道也替我诊治了一番，我吃了两剂药，已好多了。多谢摄政王关心。"她敛衽道谢。

束慎徽让她免礼，又道："没事就好。太医院应有新熬的秋梨膏，回头我叫张宝给你和你阿嫂送些过去，平常也可用作润肺。"

"我代阿嫂多谢摄政王。"她垂眸道。

束慎徽看了她一眼，似略踌躇，沉默片刻，忽道："婠娘，随我来藏经阁。"

温婠一怔，悄悄抬眸飞快地看了他一眼，轻声应"是"。

束慎徽吩咐二卫不必跟随，转身往藏经阁去，温婠默默随于其后。

两人来到附近的藏经阁时，方才去寻经的小沙弥正手捧经卷走出来，撞见束慎徽，躬身退到路旁。

束慎徽命他将经书拿去给宫女，自己领着温婠径直入内。

"坐吧。"他盘膝坐到一张蒲团上，指了指对面的蒲团道。

温婧慢慢走过去，端正跪坐于蒲团上。束慎徽抬目，注视着她。

一抹秋阳从她身畔半开的南窗外斜斜射入，光影浮动，映照着温婧。她鬓边的一支珠花泛出淡淡霞色，更显花容姣好。

"殿下可是有话要说？"温婧等待了片刻，轻声发问。

"婧娘，我非良人，不必再空等我了。"年轻的摄政王凝视着面前如花的女子，面上带着微笑说道。

温婧定定地望着对面的男子，听他继续说道："你的终身大事，一直是老师生前最记挂的。若有合适之人，你早日嫁了，不但老师得慰，你自己亦是终身有靠。"

他说完，停了下来。

阔大而幽深的经楼里，时间仿佛凝止。一只误闯的黑头雀"扑棱棱"地从南窗前飞过，惊破一室寂静。她猝然回神，很快又露出笑容。

"我也听说了，摄政王殿下要娶姜大将军之女。那应该是真的了？"

她虽是笑着说出了这句话，然而，失了血色的脸还是显露出其此刻纷乱的心绪。

束慎徽的眼中带了几分不忍和怜悯，但他没有犹豫，颔首道："是，贤王老千岁已代我去提亲，早在半个多月前便到了西陉大营。倘若不出意外，姜祖望那边不至于拒我。"

温婧的唇畔依然噙着笑意，她从蒲团上站了起来。

"臣女恭贺摄政王殿下。女将军之名，臣女也素有耳闻，对她极是敬佩。愿殿下和女将军缔结良缘，百年好合。太后还等着臣女回复，臣女先行告退。"

她说完，微微低头，迈步朝外而去，步履匆匆。

"等一下。"

忽然，一个声音从身后传来，温婧的脚步停在了门槛前，她抬起一手扶住门，身影随之顿住，却没回头。

"姜家之女，是最适合摄政王妃之位的人。"

片刻之后，那人接着在她身后说道。

温婧终于缓缓地回过头，却没开口。他依然那般坐着，目光落在她的脸上。

"婠娘,你应当也知。父皇去后,皇兄在位的那几年,少了父皇的压制,大司马倚仗爵位和从前的功劳,又掌着实权,日益骄纵。皇兄曾几度想将散失的兵权收回,奈何阻力重重,不了了之。当今陛下继位,大司马更是不将他放在眼里。上自京城有司,下到地方要员,暗里附着在大司马周围的势力无数。不除大司马,莫说父皇遗愿,便是朝堂稳定,恐怕也难以维系。"

　　"圣武皇帝遗愿?"她迟疑了一下,终于轻声发问。

　　"是。"他点头,"父皇一生有两大心愿,一是一统天下,万民归一;二是驱走狄人,收回北方诸州失地,令北狄再不敢南顾。奈何天不假年,父皇终究还是未能实现全部心愿。"

　　温婠的目中流露出浓重的关切之色,她转过身,终于再次面向男子。

　　"我明白,殿下如今的处境很是不易。大司马他……"

　　"大司马已伏诛。"他淡淡地道。

　　"殿下说什么?!大司马他——"温婠惊骇至极,失声了,话音戛然而止。

　　"他已伏诛,就在片刻之前。"

　　温婠圆睁双眸,显然是震惊至极,一句话也说不出来了。他也随之沉默,仿佛陷入某种回忆,片刻后,再次抬目望向她。

　　"婠娘,我在十七岁那年,曾到雁门一带巡边,归来之日,父皇不顾病体,连夜召我,要我事无巨细地向他禀告。那夜对谈,直至天明,他没有明说,但我知道,若不是他那时的身体实在虚弱,他一定会亲自走那一趟的。后来在临终之时,他犹叹息不止。他是心怀遗憾而去的。"

　　"殿下,你是想替圣武皇帝完成遗愿,一雪前耻?"温婠轻声问。

　　他点头,又摇头。

　　"没错,此父皇之遗愿,我必倾尽全力去做。但我也不只是为了完成父皇的遗愿,更是为了收复我大魏的北方门户,谋得北境真正之长宁,叫我大魏世代居彼一方的万千子民和他们的子子孙孙,将来能够安其居、乐其业,再不必遭受战乱,不必日夜担忧不知何日便家破人亡、足下没有归依之地!"他一顿,又道,"我知军中近年颇多怨言,为多年固守不出之故。这些年,朝廷为何不能放开了打?是因内部多有掣肘,时机未到。是故今日求变,如刮骨疗毒,虽痛苦万分,但唯有如此。剔除腐毒,我大魏方能走上人和政通之道,在此之前,唯有秣马厉兵,以待将来出击之日!"

温婠睁大一双美眸,怔怔凝视着他。

"我明白了,殿下将来是要重用姜大将军。"她喃喃道。

他并未回应,显然是默认,接着道:"婠娘,你我从小相识,人非草木,你对我之心意,我焉能无知无觉?何况,我自小便随皇兄得太傅悉心授业,师恩深重,你又才貌双全、蕙质兰心,若能得你这般淑女为伴,人生夫复何求?只是,"他一顿,"自十七岁北巡后,我便立下了志向。我大好河山,何其壮阔,岂容外寇马蹄践踏,更遑论拱手相让!便是一片荒沙,亦寸毫必争!大魏既应承天命,定鼎九州,则收复失地,驱逐敌寇,乃我辈必须完成的功业!

"婠娘,倘若父皇仍然健在,做成了他想做之事;倘若我还只是个安乐王,只需要清享安乐,我定会娶你为妻。京中仰慕你的世家子弟无数,当中不乏俊杰,你却至今未嫁,我知是我误了你。早前,我便不止一次想向你致以歉意,却一直不得机会开口。"

泪水再也抑制不住,扑簌簌地从温婠的眼中滚落。她用力摇头:"不,不,殿下,你不必说了!我真的明白,完全明白了!你千万勿自责,更不是你误我。一切和你无关。殿下向来以礼相待,是我自己存了不该有的念想,令殿下徒增困扰。我明白了!"

"摄政王妃之名,确实只有那位女将军方能担当。"她转过脸,抹去面颊上的泪痕,"殿下,我要多谢你,今日对我直言相告。"

束慎徽望着她,眼中充满歉疚:"婠娘,往后你若有难事,尽管差人来告知于我。"他的话极是诚挚。

"多谢殿下。我去了。"

温婠再次深深作揖,最后望了那年轻男子一眼,转身去了。

她是真的去了。

束慎徽也未再开口说什么,只是从蒲团上起身,立于原地,目送着那道绛影。

南窗外,秋木萧森,寂然无声。

佳人已然远去,再不见影踪。他却依然未动,又静立片刻,良久,方缓缓坐了回去,也不知在想什么,一动不动。

一只蜘蛛攀在一张结于藏经阁西北角暗处的罗网上，吐丝结网，忙忙碌碌，忽然不慎失足，从网上掉了下来。连着蜘蛛与罗网的那根蛛丝在空中晃荡了几下，终还是从中断裂，蛛儿"啪"地掉到了下方的书架之上。

"出来！"束慎徽忽地抬眼，眼神陡然锐利，低低地喝了一句。

没有动静。

束慎徽望了一眼通往藏经阁外的路，很快，似有所悟，方才眼中露出的凌厉之色消失了，将视线扫向南窗的方向。

"还藏什么？出来吧！"他又道了一句。

这回话音落下，伴着一阵"窸窸窣窣"之声，自南窗之下，竟应声钻出一个脑袋。那是一个高且瘦的少年，戴着一顶小帽，一身宫里小侍的打扮，眉眼生得甚是俊秀，只是面容尚未完全长开，唇边还有一圈淡淡的绒毛，透出几分尚未退尽的稚气。

"三皇叔！"少年冲束慎徽扮了个鬼脸，"我才潜进来，还没蹲下呢，就被你发现了！没劲！"

他表情有点儿不甘地问："你怎么猜到就是我？"

束慎徽没应，只立刻起身去迎，口呼"陛下"，向那少年行礼。

少年忙疾步蹿了进来，伸手拦他，口里抱怨起来："三皇叔，我说了多少遍了，人后你不要对我行这些虚礼！"

束慎徽礼毕，微笑道："简礼不可略，此君臣之道。"

几名负责今日保卫少帝出行的贴身亲卫也远远地从门外通道尽头的拐角处现了身，随即纷纷跪地，神色惶恐。

这少年便是当今那位年方十三的少帝束戬，但因为长得快，如今个头就有十五六岁的样子了。只是他此刻这般着装，原本戴的冕冠和身上的冕服竟全都不见了。

束慎徽打量少帝的装扮，倒也没露出什么诧异之色。

少帝一见束慎徽将目光落到自己身上，不待对方发问，立刻先行坦白："方才一直不见你跟上来，我不想就这样回去，便叫边上人脱了衣服，在车里换了。我觑了个机会，下车回来找你。三皇叔，你留在这里做什么？"

束慎徽看着他，似笑非笑："就算太后车驾在前没有察觉，后头那么多的大臣莫非全被风沙给迷了眼，就任你这么在半路大摇大摆地离队？"

少帝知瞒不了束慎徽。反正在这位他从小就亲近的三皇叔跟前，也没什么不能说的，从前比这更荒唐的事，他也不是没干过，索性老实交代。

原是经过一片小树林时，等太后的车驾拐过弯去后，他称内急停车，下来钻进林子，逼随行的小侍和自己换衣裳，再命跟来的另几人拥着小侍回到舆驾上，继续前行。停下来等他的百官浑然不觉皇帝和小侍换了身份，见车动了，全都继续跟着前行。他就这样偷偷溜了回来。

说起自己脱身的经过，他颇是得意，"哈哈"大笑："哎哟，这可太好笑了！那么多人，全都无知无觉！还以为我真的又上了车！"

束慎徽微皱眉头："陛下，你如今和从前不一样了——"

他的话刚开了个头，就被少帝打断。

"三皇叔，我知道你要说什么！不用你说，丁太傅就天天在我耳边念叨，我的耳朵里都要生茧了！是，我知道何为天子威仪，当如何去做！只是我都已经半年多没有出来过了！我快要闷死了，即便不闷死，也会累死！今日好不容易有这个机会，三皇叔你就可怜可怜我，别再教训我了！"少帝又叹了口气，"要是我的太子皇兄还活着，那该多好，我也就不用这么累了，似从前那样，天天逍遥快活……"

他的太子皇兄几年前外出行猎，骑马出了意外，不幸身亡，后来查出竟是二皇子母族之人的算计。他们暗中将一种能令马匹癫狂的毒药以特制的厚蜡密封之后，混在草料里，喂入马腹。蜡层被消化之后，药效发作，马匹发癫狂奔，将一众随从护卫抛在身后。太子自己无法停马，最后堕马而亡。

事情被查清后，牵涉到的皇子遭到重惩，正因如此，皇位最后才落到了束戬头上。

束戬虽是皇子，但过于年幼，且母族兰家并未有人居于显要之位，将来不过就是当一个享受清平的闲王罢了，所以一向不引人注意。他喜欢寻他的三皇叔祁王玩，加上天性大胆顽皮，从前常找各种机会偷溜出宫去祁王府。也因他是个普通皇子，明帝又和自己三弟极为亲厚，所以明帝虽对这个儿子的举止有所耳闻，但知他和祁王亲近，也就听之任之，没有特别约束。如此，束戬竟养成了不受拘束的性子。待到后来命运使然，他成了继位皇子，生活骤变，课业管教之严，可想而知。

生活如此已有几年了，束戬却至今没有完全习惯，平日在人前倒也中规中矩，看不大出来，却不想今天趁着这机会，竟故态复萌。

束慎徽听侄儿如此哀叹，想到自去年登基以来，他确实也算努力，各种事情学得有模有样，丁太傅对他的学业也算认可。束慎徽问询过几次，丁太傅称"陛下聪敏，每日皆有所进益，唯一不足便是定性不够，偶会取巧躲懒，倘能改掉这一点，那便大善"。

丁太傅其人清廉谨慎，乃至迂直，向来不会言迎合违心之语，如此评价，可见侄儿真的有进步。

人如禾生，揠苗助长，弹压过度，怕也是不妥。

束慎徽想到这里，语气缓了下来："我知道你辛苦，课业繁重，还要学着处理奏章、应对国事。你不是最崇拜皇祖父吗？他在位时，天下群雄割据，诸国林立，战乱不断。那时我比你还小，不过七八岁，却至今记得你皇祖父白天上马作战，夜间处置快马送至他战营中的紧急奏章，勤奋不怠，辛劳之程度，远超你我今日。你将来若想成为像皇祖父那样的一代圣君，今日这些苦，都是必须经历的。"

他说一句，少帝便点一下头，宛若小鸡啄米。等他说完，少帝一挥手道："我记住了！"

说完，少帝挨了过去，靠到他身边，扭头看了一眼身后刚来的方向，压低声音道："三皇叔，我刚才进来时看见温家女儿正出去，不想被她撞见，就躲了起来，却见她低着头匆匆走路，眼睛红红的，好像哭过。"束戬露出暧昧的神色，冲自己的皇叔挤了挤眼，"三皇叔，她是不是——"

"大司马伏诛。"束慎徽出声打断道。

少帝一愣，张着嘴巴，方才想说的话顿时被抛到了九霄之外，圆睁双目："三皇叔你说什么？大司马死了？！"

束慎徽颔首。

也不用他再解释什么，束戬迅速反应过来，猛地拍了一下额头。

"我明白了！早上你忽然出去，我见他也跟了出去；后来你回，他却没回，我走时也不见他人！莫非就是那段时间，三皇叔你……？"

束慎徽再次颔首，赞了一句："果然聪明。"

少帝张圆嘴巴，在原地定定地立了片刻，突然，一下蹦得老高，整个人竟直接在半空中翻了个蜻蜓筋斗，连头上的帽儿都飞了出去。双足落地之后，他"哈哈"放声狂笑，笑声惊得栖在附近枝木里的鸟儿纷纷惊慌飞散。

"我懂了！我懂了！"他手舞足蹈，绕着他的皇叔不停转圈，快活得像只不小心掉进了米缸的老鼠，"父皇驾崩前指他辅政，不过是迫于局面，稳住他罢了。如今他终于沉不住气了，打算动手了，却没想到三皇叔你等的就是他动，否则还真动不了他！老东西！早该死了！"

"哈哈哈——"少年又顿足大笑一阵，"太好了！高王老儿死了！他再也别想骑我头上了！三皇叔，你还记得上月我叫人送你府里去的南方进贡来的果子吗？小侍偷偷跟我说，那批果子入宫之前，竟先被那老儿的孙儿给拦了，说高王最近口淡，拣了一层好的，剩下的才送进宫！反正事小，见怪不怪，三皇叔你事忙，我也就没和你讲。我呸，他算个什么东西？！我也不稀罕吃！但真要论第一份，那也该孝敬三皇叔你，什么时候轮得到他了？！"

少帝一把攥住束慎徽的手臂用力摇晃，仰着脸看他，眼睛亮晶晶的，充满骄傲和崇拜。

"三皇叔，我的亲皇叔！你可太厉害了！居然就这么不动声色地除掉了人！我可做梦都没想到，原来今日这一趟还另藏玄机！真是半点儿也看不出来！走的时候，一直不见那老儿，我心里还寻思，他到底去了哪儿呢！"

束慎徽待少帝的情绪稍稍平定些后，请他入座，郑重解释道："陛下，今日如此大事，本该提早让你知道。但大司马精明过人，臣恐陛下临场沉不住气，神色有所表露，若是被他看出端倪，莫说下回想再动他，眼前恐怕就生大乱。先帝临终将此事交托于臣，未料今日始成。这两年来，令陛下受尽委屈，是臣无能。臣事先不告之罪，还请陛下责罚。"

少帝眉开眼笑，手一挥道："三皇叔，你说什么呢？我怎么会见怪？三皇叔你考虑得极是周到！只要能把人除掉，我怎样都行！"

说到"除掉"二字，他咬牙切齿，目光不善。

束慎徽一笑，又正色道："今日大司马虽除，其京中党羽也一并被捉，但百足之虫，死而不僵。若我所料没错，某些心怀叵测之辈必然还会有所反应，且动静不会小。不过，这也是必然之结果。他既伏诛，其余人等便成不了大气候，不足为惧。"

少帝点头："我知道，是青州成王吧？他和那老儿一个鼻孔出气！兵来将挡，水来土掩！只要有三皇叔你在，天塌不下来，我什么都不怕！"

他说完，眼珠一转，再次重重拍了一下脑门儿："我又明白了！"

"你又明白何事？"束慎徽问。

"三皇叔你之前是故意放出求娶姜祖望之女的消息，就为刺激那老儿，对吧？今日事既成了，三皇叔你就不用真娶了！太好了！趁还来得及，快快，赶紧地，快派人把皇伯祖叫回来！要不然婚事板上钉钉，三皇叔你岂不是惨了？"他急急忙忙地从座位上一跃而起，跑出去就要喊人。

"陛下！"身后传来一道声音，少帝停步扭头，见束慎徽微笑道，"你说对了一半，臣确有逼迫高王之意在内。不过，求婚一事，也是当真。"

少帝无奈，只好折了回去："三皇叔，我知道你想示恩信于姜祖望，可是你这样也太委屈自己了！我听说姜祖望之女从小以狼为母，月圆之夜还要嗜血，否则便会化为狼身，露出獠牙利齿！"他双手比画着，瞪大眼睛，"就算那是不实传言，但姜祖望之女从小在北地军营长大，上阵杀人，那是实打实的事！可见她即便不是獠牙利齿，也必容貌丑陋、举止粗野——"

束慎徽出声打断他："陛下！倘若一位男子如她那般在军营长大，上阵杀敌，陛下是否还会以'容貌丑陋、举止粗野'来下论断？陛下就不怕寒了那些为朝廷奋勇杀敌的将士的心？"

束戬脸一热："我错了，我不该这么说，但……但我就是觉着……"

他耷拉下脑袋，一时语塞。

束慎徽原本语气中带了几分严厉，但见少帝这模样，神色缓了下来："戬儿，三皇叔是想让姜祖望知道，朝廷是真正看重他，希望他一心一意为朝廷效力。"

少帝一声不吭。

束慎徽岂会看不出他心里还是不服气，笑道："你还不服？想说什么，尽管说。"

"这可是你叫我说的！"束戬嘟囔，"我就不信了，难道大魏就只姜祖望一

· 29 ·

个人能打仗？三皇叔你要这么笼络他——"

"是，大魏以武立国，能领兵打仗之人，原本多如繁星。我记得你皇祖父最后一次封功，光是一等公便封了不下十人。然而不过短短十来年，大多昔日功臣或耽于享乐，武功废弛，或居功自傲，难当大任。

"在这几十年间，北狄却出了一位雄主，不仅仿效中原立国称帝，又挟早年夺取北方诸州之势，号称控弦百万，纵然传言有所夸大，但其战力之强，前所未有。不但如此，北狄国中几名王子也非庸才，其中一名王子名炽舒，更非常人，引汉人投效，青木原一战后便是此人坐镇燕朔之地，尊号南王。想夺回我大魏的北方门户，将来之决战乃国战，艰难程度或将超过当年你皇祖父的那些征伐，不是将猛不畏死便能所向披靡。领军之人，须有运筹帷幄、举重若轻之能，放眼如今之朝廷，日后最适合当这天下兵马大元帅的人，便是姜祖望。"

少帝起先一脸不服，渐渐地，凝视着束慎徽，眼睛一眨不眨。

束慎徽略略迟疑，继续道："还有一件事，先前还没来得及和你讲，我正打算近日告诉你的。姜祖望早年初入行伍，是高王的部下，得过其提拔——高王一直想要将他收为己用。这也是此番我求婚之举令高王如此沉不住气的原因。这就罢了，就在几个月前，成王还暗中遣人秘密去见了姜祖望……"

远处的角落里，掉落的蛛儿在经海中攀爬，想回到它辛苦吐丝结成的网上，却漫无目的地在原地焦急地打转了片刻，又胡乱爬上近旁的一扇楅窗。

少帝吃了一惊："什么？竟有此事？难道姜祖望也和他们是一伙的？"

束慎徽摇头："姜祖望其人，行事保守谨慎，这几年大约也看出高王日益膨胀，应当是惧怕惹祸上身，因而据我所知，他并未主动与高王往来。这回成王使者和他到底说了什么不得而知，但我推测，必是劝他提防功高震主，意欲拉拢。姜祖望应当没有答应，不过，也未曾将此事上报朝廷。以他之能，时至今日，不可能看不出高王、成王之流的意图。"

少帝大怒："他竟也和那些人一样，企图骑坐墙头，观望而动？！"

束慎徽神色凝重："他出于旧情，隐瞒不报，也是有可能的，不过，也不能不防。

"便如你方才所言，这种时刻，必然要彰显朝廷对他的恩信。自古联姻便是两姓紧密交好之捷径，皇家欲施恩于臣子，亦一概如此。将来会是如何再论，至少今日，我是借此向他传递态度——只要他一心向着朝廷，朝廷和陛下对他寄予厚望，绝无恶意。为表郑重，这回代我去求亲的还是你皇伯祖。我早年巡边，和姜祖望处过几日，虽时间不长，但也看得出来他是个有识之人，料他能够体会我此举的深意，做出他当有的反应。那也是我期待的。"

"可是人心隔肚皮，万一他也和那些人一样存有二心，意图作壁上观……"少帝停住。

束慎徽淡淡一笑："这就是高王必死的原因了——敲山震虎，让摇摆之人明白，及时纠错，时犹未晚。"

"为什么要给那些摇摆之人机会？为什么不趁机杀光，以绝后患？"少帝狠狠地道。

"戬儿，你记住，世上最难掌控者，便是人心。'人道经纬万端，规矩无所不贯，诱进以仁义，束缚以刑罚'，如此，总一海内而整齐万民。这话你读过吧？"束慎徽看向少帝。

束戬应道："《礼书》之言。"

束慎徽点头："不错！一个君主，在他之下，固然有誓死效忠之人，但也永远会有摇摆不定之人存在。这样的人是杀不完的，即便是昔日圣武皇帝一朝，你以为就没有？不过是慑于圣武皇帝君威，不敢心存二念罢了。身为君主，你现在要做的，便是熟悉朝政，慢慢立威。当有朝一日，你的君威足够强大，你便可恩威并施，令所有人都为你所用，包括昔日的摇摆之人。

"这回我求娶姜祖望之女，除了向他示好，还有一点用意。人人都知他是高王旧部，早年与高王交往不浅，现在高王倒了，暗中不知多少双眼睛在看着他。倘若他非但没有受到牵连，反而更得朝廷器重，这便是在向所有人递送朝廷的态度：只要他们不是首恶，往后效忠朝廷，朝廷便可既往不咎。戬儿，你懂了吗？"

少帝恍然大悟："我知道了！三皇叔，你讲书可比丁太傅讲得有意思多了！我一听他说话，就想睡觉！"

"丁太傅的学识造诣远胜于我，你不可造次！"

"是，知道了。"少帝老老实实地应了一句，又看向束慎徽，神色犹豫，终于，仿佛下定了什么决心似的，一咬牙，用悲壮的表情说道，"三皇叔，倘若一定要娶姜家之女,那也不一定非要你娶!我也可以!我娶便是!"

束慎徽大概没想到会从少帝口里听到这样的话,惊讶地打量了他一眼:"你?你方才不是百般瞧不上那位女将军吗?"

束戬涨红了脸:"三皇叔,你别以为我还小……我什么都知道!方才走出去的温家女郎,你二人分明情投意合!她必是知晓了你要娶姜家女,才那么伤心。我知道,三皇叔你心里一定也不好受。"

他猛地挺起胸膛,满脸即将就义般的凛然之色:"三皇叔你完全是为了大魏,为了朝廷,才决意做如此之取舍!既然如此,我是皇帝,这般牺牲是我身为大魏君主该做的,不该由三皇叔你来承担!你为我,已经够劳心劳力了!"他一顿,"倘若因我年岁还小,不能即刻成婚,可以先订立婚约,待我成年之时,再行婚礼仪式,意思岂不是一样?"

听到如此的话从侄儿口中说出,望着他决绝的表情,束慎徽忽然有些忍俊不禁,但心中更多的是油然而生的感动。

少帝性格飞扬,厌恶拘束,常令束慎徽顾虑,也不知他何日方能稳重下来,真正明白帝王在享受无上权力和荣光的同时,双肩须承担同样无上的责任。而此刻,自少帝口中说出的话,虽仍退不了稚气,但也足见他的心意了。

束慎徽便道:"戬儿,你听好了。第一,这桩婚事于我,绝非牺牲,乃我之所谋;第二,我与她年纪更为匹配,日后自有更适合你的女子。"

"可是三皇叔,你和温家女郎亦是天造地设的佳偶!我真的不忍心令你和心爱的女子就这样生离——"

"戬儿!"束慎徽再次打断少帝的话,顿了一顿,"我与温家女郎只是因太傅而从小认识,较旁人多几分渊源罢了,此外并无任何深交。似这种毁女子清誉的话,你往后再不要提!"

少帝显然不信他的解释,嘀咕道:"又不是我说的,外头人都这么传,说她至今未嫁,就是在等三皇叔你……"

见束慎徽蹙眉,少帝有眼力见儿,立刻闭了嘴。

"戬儿你记住了,"束慎徽神色郑重,"姜大将军是我大魏名将,至于其女,我虽未曾与她见过面,但她绝非一般人可比,容不得轻慢。你如何待我,往后便须如何待她,不许心存半分不敬。"

"知道了……"少帝含含混混地应了一句。

束慎徽抬眼望日影："差不多了，我该回城了，你也要回宫了。走吧。"

好不容易才走脱，这就回去了，束戬满心不愿，却也明白今日情况特殊，上午出了如此大事，现在皇城各处关键衙门虽都在掌握之中，但三皇叔确实是要回去了。

少帝正磨磨蹭蹭间，自外头匆匆冲进来一行人，打头的正是刘向，后头跟着禁卫。

刘向一眼便看到少帝，见其果然和摄政王在一起，长长松了一口气，定了定神，疾步上前，先下跪请罪："卑职护驾不力，请陛下和摄政王恕罪！"

原来，方才他追上舆驾，待少帝下车出恭又回来上车，行了一段路后，便留意到车外步行随驾的小侍竟少了一个。联想到少帝从前的一些跳脱举动，他心里便起了疑虑，于是上前到车旁，寻了个借口和车中之人试探交谈，里头却长久无声。他心知不对，叫停御驾，开门一看，少帝果然不见了，车里只跪着一个套着冕服、面无人色、瑟瑟发抖的小侍。

这下同行的诸王百官炸了锅，议论纷纷。刘向将此事禀告了前头的兰太后，太后这才知道儿子在中途溜走了，又气又怒，当场便命人斩了那个胆敢僭越的小侍。刘向进言劝阻，称今日太后寿诞，不宜见血，那小侍才捡回一条命。

此后，刘向命人先护送太后回宫，自己匆匆回来寻找。

虽少帝人没事了，但一个上午，自己竟接连两次严重失职，刘向此刻的心情可想而知。

好在摄政王并未责怪他，只在听到兰太后要杀那小侍时看了少帝一眼，少帝低头不语。

"陛下，请回城吧。"摄政王恭声道。

这回束戬不敢再拖延了，快快迈步，当先跨出门槛。待摄政王随驾而去，刘向也急忙从地上爬起来，带着手下人跟了上去。

一行人远去，脚步声渐渐消失。

秋风自南窗掠过，一片黄叶飘飘荡荡，寂寞落地。

阁楼幽暗僻静的西北角落里，蛛儿努力往上，终于又从槅窗爬回了方才跌落的书架顶端。奈何断丝在半空随风拂动，蛛儿一次次试图攀够，又一次次地抓空，如此反复，竟有不死不休之势。

忽然，一只手探来，停在了小虫之旁，静待小虫爬上了指端，随后举起小虫，轻轻放在断丝之前。

那小虫得了机会，立刻抱住断丝，沿着蛛丝飞快往上，终于回到网中坐定，片刻也不得歇，继续忙忙碌碌，吐丝不停。

十一月，雁门西陉关，枯草萧瑟。

从女儿留下那两个字后消失到现在，已过去了月余，这些天对姜祖望而言，度日如年。

云落城地处西极，距此地的路途实在不算近，是以樊敬还没消息。更令姜祖望烦心的是，那位被他以营帐无法抵御夜寒为由送到城里去住的贤王还没走，时不时着人来问消息。

他之前是拿女儿祭拜外祖周年未归为理由去挡的，只好每回搪塞，称路途遥远，消息和人来回都需时日。至于贤王所在的城中，他更是避而不入，免得被对方知道了找上门。

这日，姜祖望心事重重之际，小校前来禀告，称樊敬终于回来了。可惜，樊敬带回来的消息令他大失所望——

女将军没在云落。据她舅父所言，她也没有去过他那里。

短暂的失望过后，随之而来的便是浓重的担忧。

女儿开口说话很晚，会说话后，从小到大虽沉默寡言，却极是稳重，从没有过像这样不告而走的经历。虽说她走之前留了字，但姜祖望怎可能真正放得下心？

他听完樊敬的回报，紧锁眉头，定定地立在帐中，半响不语。

樊敬很是自责："是卑职无能，没能找到将军。不过，大将军切勿过于忧心，卑职这就带人再去别处寻！"

他说完就要走，却被姜祖望叫住了。

"罢了。她从小就隐忍，有事从不和人讲。我虽然是她的父亲，却也不知她心中所想到底为何。既然她不在云落，北地之大，你漫无目的，能去哪里找？"

"可是……"

姜祖望摆了摆手："她自小便有主见，既然已经留字提醒，那便无事，我们就照她的意思行事吧。无论她有何事，等办完了，自己会回来的。"他望向樊敬，"你也连日赶路，辛苦了，去休息吧。"

"大将军！宗正卿贤王老千岁驾到——"

姜祖望的话音未落，外面忽然传来了杨虎拉长调的狮吼似的通报声。自然了，那是在提醒大帐内的人，外头来了一位不速之客。

见樊敬望过来，姜祖望立刻示意他先避一下。樊敬会意，匆匆出帐。

姜祖望也快步走了出去，远远地，果然看见杨虎搀着一位老者正朝大帐这边行来。那老者须髯飘飘，走路颤巍巍的，好似不大稳的样子。姜祖望见状，忙快步去迎。

"你就是安武郡公杨家的那个小七郎？记得你幼时有一回跟着你爹来本王府里赴重阳宴，本王见你虎头虎脑，甚是聪明，要你背则诗文来听。那时你斯斯文文，声音小得都听不到，怎的几年不见，嗓门儿如此之大？轻些！轻些！你吵坏本王的耳朵了。"

这皱眉说话的老者，便是贤王束韫。

杨虎想起旧事还是一肚子的气，当年当众背不出诗丢了脸，回家就被大人狠狠打了一顿屁股。

"禀老千岁，军营里的人说话就是这么大声的，我还算斯文了！要不然，等上了阵，厮杀起来，自己人喊话都听不见！老——千——岁——"他故意笑嘻嘻地凑过去，又大吼了一声。

"哎呀！我看你这小娃娃就是故意要吵本王耳朵！"

"便是给我一百个胆，我也不敢哪！老千岁你冤枉我了——"

你一言我一句，一老一少竟好似斗起了嘴。

姜祖望赶到贤王近前，压下心中的烦恼，告罪道："大营离城几十里路，若是有事，老千岁叫人传个话，我去城中见老千岁便可，怎敢劳动老千岁亲自来此？"

他这话绝非客套。

束韫地位极高，是高祖的嫡长子，圣武皇帝的同胞长兄。当初高祖要立他为太子，束韫认为魏国强敌林立，需一智勇双全的太子，而自己才智平庸，处处不及胞弟，坚决要将太子之位让出。武帝继位之后，亦厚待长兄，封其同万岁，束韫又极力不从，最后只受了贤王的封号。他人如其号，贤明不争，性情豁达，百官无不敬重他，称老千岁，在明宗一朝便得了上朝赐座的独尊待遇。哪怕是权焰炽盛的高王束晖，见了这位嫡长兄贤王，也不敢无礼。

这也就罢了，何况束韫已是一把年纪，走路都需人搀扶，北地道路又坑坑洼洼很是颠簸，万一路上闪了他的老腰腿，谁都担待不起。

"大将军你帐中繁忙。连日不见你入城，本王闲来无事，今日就自己出来了。万一扰到大将军，还望莫怪。"束韫笑眯眯地道。

"万万不敢！"姜祖望忙从杨虎手里接过束韫，要将人扶入大帐。

"不用不用，本王老当益壮！我自己能走，不用大将军你扶！"束韫挡开姜祖望伸过去的手。

姜祖望只好在他身后小心护着，入帐后，又恭敬地请他坐到正中位上。

束韫拒绝："中军大帐主位，岂是我能坐的？莫说我了，今日便是陛下亲至，亦不可夺。"

姜祖望只好使人替老千岁另外设座。

束韫坐定了，张望帐外："本王方才入辕门时，听一小校讲，女将军帐下有位樊将军，今日也归营了？我进来时，依稀瞧见一位将军自你帐中出来，满面须髯，虎背熊腰，威武雄壮，人莫能及，正想再看个清楚，却是老眼昏花，一晃便找不到人了。不知那位将军姓甚名谁，担任何职？"

姜祖望没想到束韫眼睛贼尖，樊敬隔老远都能被他看见，只好应道："那位应当就是樊将军了。"

束韫眼睛一亮："莫非是女将军和他一道回了？"

"樊将军确系小女麾下之人，不过这回出去是另有要务，和小女无关。小女那边，前几日末将也给老千岁递过近况——她还没回。待她回来，我立刻派人通报老千岁！"

束韫面露失望之色，抚须微微点头："原来如此，我还道是女将军回了呢！"

姜祖望告罪，称时不凑巧，令他久等。

束韫道："无妨。女将军之名，本王在京中便有耳闻。这回摄政王求娶女将军，本王主动请缨，除了要替摄政王转达诚意，也存了一点儿私心，是想比旁人早些见到大将军爱女，本朝独一无二之女将军！可惜如你所言，时不凑巧，不免遗憾。不过，这些时日，本王在城中也听到了不少女将军英勇善战的过往之事。

"本王记得青木原那一带，早几年还是被狄人占住的，是女将军领兵夺了回来，亲自建镇驻兵，打通了东西防塞。提起女将军，我看城中是人人敬重。这一趟，路远是远了些，却没白来！"

姜祖望此刻何来心情听束韫唠叨这些，一心只想快些把这尊大佛请走，在旁唯唯诺诺，又代女儿谦虚了一番，便看了一眼帐外。

"老千岁，您看，外头这天也不早了，边地不比京城，这时节天黑得极快，入夜更是骤寒，与凛冬无二。营帐透风不暖，老千岁您万金之体，不如末将送您及早回城，免得冻着了老千岁。"

束韫笑呵呵地道："看来今日来得不是时候，打扰到了大将军。大将军这是下逐客令了？"

姜祖望自然连声否认。

束韫忽地正色道："罢了，本王今日前来是想告诉大将军一声，今日收到了一则京中加急递送的消息。"他微微一顿，神色凝重，语气也转为低沉，"大司马高王于前些天暴病身故，本王须尽快回去。"

姜祖望大吃一惊。

高王束晖虽年过半百，却是龙精虎猛，传闻王府后院曳罗绮者不下百人，夜夜笙歌。姜祖望万万没想到，他竟暴病，就这么没了。

震惊之时，忽然，姜祖望又联想到一件事，顿时心惊肉跳，后背骤然冒出了一层冷汗。他沉默着，没有发话。

束韫继续说着话："本王本想等见了女将军再回的，现今看来是等不及，只能先走了。只是一想，关于摄政王求婚之事，大将军你好似允了婚，又好似还没给个准话，若就这样回了，本王不好回复。"他望向姜祖望，"如何？关于那日我之所请，大将军可考虑好了？摄政王对令爱是诚心求娶，本王身为亲长，乐见其成。"

说完，他轻轻拊掌，便有两名随从从外面进来，其中一名双手捧着一只长匣，另一名小心翼翼地打开了匣盖。

匣里静静地卧着一柄长尺余、刀身微弯如新月的短刀。刀柄环首，刀鞘覆犀，上面累缠乌丝，又镶嵌纹玉，整柄短刀古朴又不失华丽。

贤王转向姜祖望，笑道："此刀乃大匠效仿上古之法，淬以清漳，以百炼精铁铸造而成，光若星辉，吹毛断发。这本是当年圣武皇帝的佩刀，随圣武皇帝南征北战，后被转赐给了当时不过十四岁的安乐王。此刀已伴摄政王多年，摄政王视若珍宝，此番为表诚意，愿以此为信物。

"刀剑本是汇聚血气之器，不宜用作姻缘信物，但女将军不是一般女子，摄政王以为，罄其所有，唯有此刀才配得上女将军。倘若大将军应允，本王便代摄政王留下月刀，回去回话。"

姜祖望半晌应不出声来，最后慢慢地朝着那柄短刀下跪："摄政王之美意，臣感激不尽，只是……我女儿自小在军营长大，资质愚钝不说，举止粗鄙，与男子无二。微臣……微臣实在是怕含元当不起摄政王妃之位……"

束韫看着他，面上的笑意渐渐消失，咳了一声："大将军这是看不上摄政王？"

感到他的话里已是隐隐带着威压，姜祖望额冒冷汗，硬着头皮低声道："微臣不敢，微臣不敢！老千岁恕罪！只是……"

只是……他一时竟也不知自己该说什么，正心乱如麻，却听到座上束韫语气一缓，又道："罢了，儿女婚事，为人父母者，顾虑重重也是应当。本王明日动身，还有一夜，大将军可再细想，明早再给本王回复吧！"

姜祖望送走了束韫。

夜幕降临，他独自坐在帐中，望着那把被留下的月刀，短刀泛着冷冷的寒光。

初冬的北风在边地的旷野上空呼啸了一夜，直至天快亮时，才渐渐止歇。

大帐内的灯火也亮了一夜。

姜祖望一夜无眠。束韫在等着他的回复，他知自己必须做出决定了。

他也终于做出了最后的决定。

他猛然起身，抄起月刀，步出大帐，朝营外走去。

时值北地初冬清晨，头顶天穹上的夜色依然浓重，唤醒士兵的早操角声也未响起。

姜祖望出了辕门，迎着瑟瑟晨风，接过了亲兵牵来的马，正要上马入城，忽见远处有个骑马而来的身影。

姜祖望停住，扭头观望。

渐渐地，那一骑近了，他认了出来，那竟是一去便没了下落的女儿姜含元！

姜含元纵马来到辕门前，一个翻身便下了马，大步走到姜祖望跟前。她衣服出行的便利打扮，风尘仆仆，面上带着夜风吹出的淡淡霜色，显见是经历了一番披星戴月的长途跋涉方才归来。

姜祖望的神色已从起初的欣喜转为恼怒，他盯着女儿，没有立刻发话。

"婚事，可。"她望向姜祖望，简短地道了一句。

姜祖望吃惊，片刻前因女儿不告而走而生出的淡淡恼意也顿时被抛开了。

他一顿，转头望了一眼远处被笼罩在夜色下的城池，命等在一边的亲兵避开，随后道："含元，我知道你是不愿意的。为父已经想好了，方才正准备去城中给贤王最后回复，推掉这门亲事。你不必胡思乱想，放心去休息吧。我去了！"

他说完，走向坐骑。

姜含元望着他的背影，再次开口："父亲，你误会了。方才我说了，婚事，可。"

姜祖望停步，转过头打量着女儿。

辕门附近的火杖经夜不熄，火光在寒风里跳跃，映着她的面容。她神色如常，只是眉目之间带着疲乏之色。

姜祖望看了女儿片刻，一股浓重的愧疚之情再次从心底涌了出来。

摄政王求婚，连贤王这样的人都请了出来，自是势在必得，意图明显。姜祖望清楚地知道，自己在这个时候拒婚意味着什么，尤其是在获悉京中出了那样的大事之后。

然而，倘若说一开始突然获悉摄政王求婚，他确实有些不敢拂逆上意的话，在目睹女儿如此强烈的抗拒反应之后，身为人父的天性还是压下一切，最终占了上风。

从前因为懦弱，他已铸了大错，这一次倘若还是如此，因忌惮天威便违心承命，半点儿的可能性也不去争取，将来便是死了，也无颜去见亡妻。

"你随我来！"他转身朝营里走去。

姜含元跟着他入了大帐。

"含元，你不必为了顾全我，违心应许，委屈了自己。你先前的质问没错，摄政王绝非良人。莫说为父不能就这样将你嫁了，便是因你的性情，也不能答应。你从小长在边地，自由惯了。京城那种地方，于你如同牢笼——你待不住，那里也不适合你。"一进帐中，姜祖望便如此说道。

"雁门之西陉关，天下雄兵将来聚集之地。摄政王娶你，本意在我，应当还是以示恩羁縻居多。他必须要用我，所以此事并非完全没有转圜余地。何况，他少年时巡边来此，我和他处过几日，他虽年轻，却风猷遐旷，慨然有气度，应当是个能容人进言之人。关于这件事，为父心意已决，推掉婚事！"

姜祖望语气坚定，再无半分先前的犹豫彷徨。他说完，却见女儿的目光落在自己脸上，她一言不发，对他的话依然没什么反应。

"你在听阿爹说话吗？"

她仿佛忽然回过了神，道："我方才说过了，我接受婚事。"

"兕兕！"姜祖望叫了一声她的乳名，加重了语气，"阿爹说过了，你完全不必顾虑过多，一切有为父担着！朝廷现在要用我，摄政王不会对我如何的！"

她慢慢抬起眼眸，望着自己的父亲。

"多谢您为我着想。不过，您照我的意思答复便可。"她顿了一顿，"另外，不知婚期何时，倘若来得及，我去趟云落。"

她说完，朝自己的父亲行了一礼，转身去了。

姜祖望万万没有想到，女儿失踪多日，回来后竟态度大变。

做父亲的直觉告诉他，就在一开始，乍然得知这个消息的时候，她是极其抵触的。这些天她去了哪里，到底发生了什么，竟会让她的想法发生如此大的变化?

他望着女儿的背影,忍不住再次叫住了她:"兕兕!你到底怎么了?你当真愿意?你这些天到底去了哪里?"

姜含元在帐门前停步,立了片刻。

"父亲,你方才也说过,此关会是将来天下雄兵聚集之地。"她慢慢地回过头,望着姜祖望,"束慎徽需要你这样的大将军,你也需束慎徽那般的上位之人。这婚事于我也并非不可,我应下了,心甘情愿。父亲无须自责,只需秣马厉兵,等待那一日的到来。"

说完,她走了出去。

姜祖望回过神,追出大帐,却见女儿已远去了。她的步伐稳健,一道孤影渐渐消失在微白的晨光之中。

东面天际露白,当第一缕阳光从被寒霜覆盖的原野地平线下进射而出的时候,载着贤王的马车和队伍出了城,往南朝京城的方向疾驰而去。

深夜,打更之声从连绵不绝的殿宇重楼深处飘来,传送到了人耳之中。

子时了,少帝早已回寝宫歇息。这个时辰,皇宫之内,也就这间屋内依然灯火通明。

此处乃文林阁,位于皇宫二道宫墙内的西北一隅,距中朝正殿宣政殿不远,是朝议结束后摄政王用来日常理事召议兼作休息的场所。

更声渐消。候在外间的老太监李祥春见跟在身边的张宝已开始上下眼皮打架,便扭头往里瞧了一眼,只见摄政王依然坐于案后,微微低头,聚精会神地批阅奏章。

这段时日,京中发生了太多大事。

先是兰太后寿辰当夜,当朝大司马高王暴病身亡。摄政王亲自主持了丧葬之礼,哀荣备至,自不必多言。就在丧礼期间,皇城领军、护军、左右卫、骁骑、游骑六军将军大半被调离职位,换了新员。又,就在高王大丧过去没几日,一众圣武皇帝朝的勋员们纷纷上表乞骸骨,朝廷一律准许,为表对这些老功臣的感念,各赐厚赏,并食邑千户到五千户不等。随后,朝廷又废了沿用多年的武侯府、监门卫等部,另设天门、地门二司,下领武威、奋扬等营,负责保卫京畿内外。

　　类似这样的革新举措，早在先帝明宗朝时就曾推行过，奈何阻力重重，最后不了了之。而现在，高王束晖的暴毙竟令不少人吓破了胆，在几个月前的朝议中还惯会跳出来说三道四的某些大臣，如今竟成了新政的鼎力支持者，道道政令畅行无阻，直达下方。不但如此，最近检举成王及其同党的密奏，也如雪片般从各地飞来，堆满御案。

　　至于摄政王，那日亲自到高王府上祭奠，堂中之人，上从诸王，下到百官，皆俯首三拜，屏息敛气。他定睛凝视，目光所及之处竟无人敢与之对望。

　　好似就是那日之后，京城中迅速传开了一句话，说什么摄政王才雄心狠，杀人于无形。

　　那些话是宫里一些不知死活的小侍不知从哪里听来私下学舌，偶被李祥春听到。在老太监听来，那简直都是屁话。他也是武帝朝的老人了，说句托大的，他就是看着摄政王长大的。从安乐王到祁王，再到如今的摄政王，主人是什么人，他还不清楚？

　　当时，那几个小侍被吓得面无人色，跪地求饶。摄政王若是听到了这话，想必也就一笑而过罢了，所以李祥春也没怎么为难他们，只叫他们各领二十杖，长个记性。

　　就算有人真的死在摄政王的手里，那也全是该死鬼，活着就是糟践口粮的主儿，老太监冷冷地想。

　　他只心疼摄政王，本就总揽朝政，少帝又……老太监在心里暗叹一口气。

　　摄政王是一刻也不得空闲，最近诸事还纷至沓来，忙碌之程度可想而知。

　　仲冬了，今年入冬又早，夜间寒气侵袭。阁屋内虽燃着炭火，但此处楼阁空旷，候久了，李祥春还是感到手脚有些发冷。

　　今晚摄政王从少帝离去后，更是一直如此伏案，没起身过。

　　打着盹儿的张宝突然打了个哆嗦，一下子清醒了。他跟了老太监多年，见其眼睛看向里头的暖炉，立刻会意，赶紧要进屋，却见老太监冲自己摇了摇手。

　　估摸炉里的炭火不旺了，老太监自己轻轻地走进阁中，掀盖后拿炉钳通了通火，夹几块炭添进去，再仔细地将盖子盖了回去。

他的动作很轻,但束慎徽还是被惊动了,信口问时辰。

李祥春等的就是这个:"方才鼓楼响过子时的更声了。殿下大约专心于公事,没听到。"

"这么晚了?"束慎徽口里说着,头却没抬,手中所执之笔也未停。

"是啊。老奴知道国事繁重,都须尽快处置。只是,老奴虽认不得几个字,也听说过,所谓'工欲善其事,必先利其器',摄政王便如咱们大魏的重器,您要是累坏了身子,如何为陛下分忧?昨夜殿下就只睡了两个时辰而已,总这样,便是铁打的,那也受不了哇!"

束慎徽终于停笔,抬头看了老太监一眼:"你比张宝还话多。"

外间的张宝忽然听到摄政王提及自己,不知何事,耳朵一竖。

老太监躬身:"老奴多嘴!若说错了,殿下勿笑话老奴。"

束慎徽一笑,待墨迹干了,合上方批完的本子,将笔轻轻地搭在一只小山玉笔架上,搓了搓手,起身走到窗前,推开窗扇。

连日阴寒,今夜亦是浓云蔽月。窗外的近处,庭院花木凋敝,满眼萧瑟,池边几支枯荷残叶。远处,夜色勾勒着重重殿宇的沉沉轮廓,立在飞檐翘角上的脊兽也不复白天庄严威武,阴影森森。

一阵带着浓重寒意的夜风扑入。

李祥春忙取了大氅送上去:"殿下,当心冷。"

束慎徽没接,对着窗外出神了片刻,自言自语般地道:"贤王出去,也有些时日了吧?"

如与他心有灵犀般,恰在这时,外头一个小侍快步来到外间门前,和张宝轻声道了几句话。张宝忙进来传话:"殿下,方才刘将军递了消息进来,说贤王老千岁回了!老千岁就在宫门外,问殿下是否歇下了。"

束慎徽目光微动,蓦地回头,立刻朝外大步而去。

贤王束韫今夜方到京城,连休整也免了,直奔皇宫,直接就将车停在了宫门之外。

束慎徽亲自将贤王从宫门接到文林阁,李祥春带着张宝等人奉上热水、毛巾等物。束慎徽摆了摆手,李祥春会意,领人退了出去,轻轻闭门。

束慎徽将束韫扶入座,亲自替他拧了热巾,双手奉上。

"皇伯父这年纪,本早该保养年寿,享受子孙侍奉,如今却还不顾年迈,如此奔波劳顿,只怪侄儿无能。侄儿万分惭愧,更是感激不尽。"

贤王摆手道:"一家人不说两家话,三郎你为朝廷尽心竭力,我不过是出门跑一趟罢了,谈何劳顿!况且,这也是我自己要的差事,莫要如此说话!"

说着,他接过面巾,擦了把脸和手,再匆匆喝了一口束慎徽斟的茶,立刻便入了正题。

"高王怎的暴病身亡了?"他开口就问自己的侄儿高王的事,这也是他如此迫不及待,连夜便要见到束慎徽的原因。

他问完,却见侄儿没有应声,只是走到自己面前,默默地行了一个告罪之礼,便明白了。

这一路回来,他千思万想,心里早已有所预料,但得知事情当真如此时,心还是"咯噔"一下,沉了下去。

"自取灭亡啊,自取灭亡……"他喃喃地道了一句,神色惨淡。

束慎徽依旧沉默。

"他意欲何为?"片刻后,贤王压下纷乱的心绪,低声问道。

"拟于太后寿辰在护国寺趁机除掉我,控制陛下和百官,城内武侯府和监门卫呼应,然,被我反杀。"

高王不是贤王的胞弟,尽管这些年,两人关系日渐疏离,但早年也曾有过兄友弟恭的日子。

贤王也知自己的这个侄儿看似温文,实则隐锋于鞘,也是武帝的皇子当中唯一继承了武帝深沉而又霸道果决的特质的。武帝钟爱此子,人人都以为是因其母亲的美貌和出身,然而武帝的后宫妃嫔个个均为美人,似吴越王女那样身份的妃子也不止一位。贤王心里很清楚,其实很大程度上,武帝是喜此子的性格最像自己。

已驾崩的明帝自然也深知这一点,才会在临终前将少帝托付给这个三皇弟。

贤王早前也暗中有所准备,知晓高王若再不知收敛,迟早会成为这侄儿的祭刀之魂。直到近日,他知时机也差不多了,只是仍然没有想到,侄儿此局如此隐秘，就连自己此前竟也分毫没有察觉。

现在看来，侄儿向姜祖望求娶其女，便是反杀的开始。

贤王也沉默了下去。

"请皇伯父恕侄儿之罪。"束慎徽说道。

贤王一下回了神，摆手，又起身朝着侄儿深深作揖，回了一礼。

"摄政王无须自责。高王有今日之果，皆是咎由自取。我反而要代大魏谢过摄政王，幸而你及时除凶，才免去了一场祸乱。"贤王正色说道。

束慎徽上前，伸手再次扶贤王落座："多谢皇伯父体谅。"

贤王知束慎徽应也在记挂自己此行的结果，定了定心神，转了话题："三郎，我此行算是不辱使命，留下了信物——姜祖望应了。"

这答案应当就在束慎徽的意料之中，他只点了点头，表情丝毫不见喜色。

"您提求亲，姜祖望反应如何？"他问道。

束韫自然不会隐瞒，毕竟观察姜祖望也是其此行的目的之一。

"起初我观他虽略勉强，倒也没有拒绝之意……不过中间出了一个意外。"

束慎徽望向他。

"姜祖望之女——那位长宁将军应是不愿，获得消息后，竟连夜不告而走。姜祖望不欲教我知晓此事，极力瞒我，哄我去城中住。他许是以为女将军负气去了其母家所在的云落城，打发我后便暗中派亲信去找人。就在收到京中来的消息，预备动身回来的前一夜，我再去试探姜祖望，可以肯定女将军没去云落，并且还是没有下落。大约受此影响，姜祖望态度大变，竟当着我的面意欲拒婚。"贤王顿了一顿，"我便略略施压于他。等到次日清早，他再来见我，却改了口，又应了婚事。只是我觉着，他改口似乎并非完全是我前夜施压的缘故。"

"可是那日您走后，姜祖望之女又有消息了？"

贤王点头："应当便是如此。姜祖望若当真抗命拒婚，岂不乱了你的计划？我怕出意外，当日回城前留了人盯着。也是巧，次日天明之际，那女将军竟独自归了营。他们父女见了面，不知说了什么，或是又权衡利弊，最后顺利定了婚事。"

束慎徽沉默了片刻，问道："知道姜祖望之女去了哪里吗？"

贤王摇头："这个，我也不知。"他看了一眼束慎徽，"关于此事，你莫放心上。姜祖望之女非一般女子，常年处于行伍之中，行事与男子无二，骤然谈及婚嫁，反应难免过了些。不过，话也说回来，再如何她也是女子，待日后见到了你，必会回心转意。"

这话倒也不是做伯父的往自己侄儿脸上贴金，毕竟长安多少女子都为祁王之风采所倾。

所幸摄政王极是大方，微笑着摆了摆手："无妨。"

贤王忽然想起一事。此前他也有所耳闻，这侄儿似与温家之女情投意合，奈何造化弄人。武帝去后，明帝便对束慎徽多有倚重，直至今日摄政，束慎徽肩负重责，行事自然以大局为重，似这等小儿女的私情，也就只能放至一边了。

世上少了一双璧人，老千岁也颇觉遗憾，暗叹一口气，又谈及此行的另一个重要目的。

"我在雁门停留多日，暗中四处探访，姜祖望军中确实纲纪整肃，未曾听说各部将官有结党营私之事。姜祖望与高王、成王之流，应当确实不曾有过深交。"

束慎徽道了声"好"，终于释然，笑道："实不相瞒，姜祖望应许婚事，在我意料之中。我唯一不放心的便是此事。他将来的立场关乎国运，绝不能出任何差池。如此最好不过。"

贤王这趟北上的两个目的达成，谈完了话，束慎徽想他年迈，夜也已深，便道："皇伯父快回府歇息，侄儿送您回去。"

贤王却还是不走："等等！我在雁门待了那么些天，关于姜家之女，另外也得了些消息。"

不待侄儿回话，贤王便又滔滔不绝地说了起来："姜祖望善战，其女也大有其父之风，虽是女子，但我看军营之中，从上到下无人以此为异。士兵提及她，皆以其号长宁将军呼之，敬重之情由衷而发。这回我虽没能见到其面，但京中传的那些此女乃狼女化身之类的闲言，荒唐至极！不过，我倒也确实听说，她与狼有些渊源。据说她尚在襁褓中之时，与其母外出，路上不幸遭遇了意外。其母丧生，她则机缘巧合，也是上天垂幸，竟受母狼哺乳，方得续命，后来被寻了回来,仅此而已。其余种种,想必因为自古便少有女将军,一些从没见过她面的无知愚人凭空附会,以讹传讹罢了!"

虽然心里为侄儿和温家女儿感到可惜,但侄儿既是要娶姜女,无论这桩婚事初衷如何,身为亲长,贤王也希望二人将来琴瑟调和,自然要替姜女澄清谣言。

"皇伯父所言极是。您费心了。"束慎徽笑道。

"另外,她的外祖老城主去年去世,当时你以陛下之名遣使监护丧事,特意赠赐马匹、粟麦、布绢,加谥号,以示朝廷恩德。此事你应当还有印象。姜女与母家之人感情亲厚,我听说这回她本是要去云落祭拜老城主,中途被召了回来,对婚事毫无准备。这应当也是她起初不愿的原因。"

"侄儿明白。"束慎徽又笑道。

解释到这里,贤王忽然又想起此行听来的另外一个消息。

据说,云落城中有个西行归来的年轻比丘,是一位高僧的弟子,从前落难,恰被女将军所救并带回城中。后来那僧人便留在了那里,至今没有离开。

这本没什么,问题是传言那僧人容貌俊美,被女将军收为面首。女将军每回去云落,必找那年轻僧人,还曾有人看到过女将军在那僧人处留宿。但云落城的人对此丝毫不以为怪,似乎认为即便是真,也是理所当然。

"皇伯父可还有别的话?"

贤王正出神,忽然听到侄儿发问,回过神,迟疑了一下。他本欲将此事隐下不提,免得凭空添刺,但再想,日后若再被侄儿知道了,反而更为不美。晚不如早,两人本就是联姻,无论好歹,教侄儿全部知晓,明明白白的,以便应对,如此才最为妥当。

"还有件事,不过,也只是小事……"

束慎徽望向贤王。

贤王微微咳了一下:"我还听闻,云落那里有个西域回来的和尚,从前被女将军所救,后来二人便有所往来。你也知,此事落入庸人眼中,其难免就会往别处想去。但照我看,似这等传言,应和女将军狼女之说那般,是捕风捉影,以谣言居多。"

摄政王果然大方得很,听完神色丝毫无变化,只道:"明白,多谢皇伯父提点。您这一趟实在辛苦，侄儿送您。"

他将贤王送至宫门口，本要亲自再送回王府，可贤王不允，叫他立刻也去歇了，不可太过操劳。

束慎徽应了，停步于宫门前，目送贤王一行车马远去后，回身往里。

夜暗影深，他将双手负于身后，独自缓步行在两侧宫墙高耸对峙的幽深夹道之上。李祥春带着小侍提了宫灯悄然跟随，知摄政王是在虑事，故而不敢靠近，唯恐惊扰了他，如此行到夹道的尽头，忽见他停了步。

李祥春疾步赶上，听到摄政王吩咐："今日朝议前，你唤礼部尚书先来文林阁。"

李祥春一下子便明白了——

此前早已传得沸沸扬扬的摄政王娶姜氏女之事，至此定下。

姜含元到了云落城。

云落地方不大，小小一座城邑，于雪山之下，户不过数千。它是如此宁静。在这里，无论身处何地，只要抬眼，便能看见城南远处那山顶终年积着皑皑白雪的连绵雪山。天晴的时候，山下湖泊的水面仿佛一面镜子，能清楚地映出云落女儿如花朵一般的美丽面容。

二十多年前，正值中原战乱，北狄尝到了从晋国手里夺走朔、恒、燕等州的甜头后，食髓知味，又将目光放到了大魏的西关，试图获得这一带诸城的藩属权，进而以此为跳板，封锁魏国西关。当时，位于要冲之地的云落城便首当其冲。

当时，姜含元的外祖一边率领举城两千勇士奋勇抵抗，一边向宗主国大魏发去求援消息。那时武帝还顾不上北境，但也容不下如此公然挑衅，派军北上，协助云落打退了进犯的北狄。

武帝派去的将军便是姜祖望。他出身将门，有着极高的军事天赋，十八岁便已在武帝一统中原的大业里屡立战功，声名赫赫。他和许多出身于世家的开国勋贵子弟一样，正当年轻热血之时，为武帝剑指九州的千古功业而振奋不已，梦想能更上一层，在其间留下属于自己的辉煌烙印，名垂青史。

这位来自大魏的年轻将军英俊勇毅，意气风发，吸引了无数云落女儿的目光。而他，爱上了云落最美丽的女儿燕氏，娶了她，将她带回了京城。

故事的开头总是很美好。年轻夫妇两情相悦，虽聚少离多，却也度过了一段幸福的日子。几年后，燕氏得了一个玉雪可爱的女儿。她盼战乱早日止息，夫君便可再也不用离家征伐，便给女儿起了一个寄托愿望的乳名——兕兕。

兕，传说中的上古神兽，天下将盛则出。

京城之繁华远胜云落，但燕氏还是渐渐开始想念雪山湖泊旁的遥远家乡。正逢老城主寿辰，姜祖望恰也回了长安，便向朝廷告假，亲自护送她回乡。如此，夫妇带着尚在襁褓中的女儿，踏上了这条探亲之路。

原本一切非常顺利，经过一段长途跋涉，再过些天，他们就可以到云落了。但这一日，后头忽然追上一人，传来一个消息，称当朝新寡的南康长公主出京去往封地，不知为何中途改道，竟如此巧合也朝这个方向来了。她的舆驾现就停在后方的武城，她命姜祖望前往此地，称有要事。

七天之前，夫妇二人路过了那个叫武城的地方。

南康是高祖之女。据说她出生时，一只麋鹿自京城郊外经过，有相师称此为祥瑞，果然，不久之后便有小国前来归附。高祖因此宠爱此女，特意为她建了麋园，择婿尚之。武帝继位后，封其为长公主，对这个妹妹也是有求必应。当时的京中，南康长公主权势遮天，麋园更是人人趋之若鹜的地方。

长公主突然现身在此地且召丈夫前去，到底是什么缘由，燕氏心中自然有数。此前在京中时，新寡的长公主就频频向他示好。

姜祖望满心不愿，却忌惮对方的地位和威势，最后还是不敢不从。

姜氏夫妇当时所在的地方，前头不远有座名为昌乐的城邑，与云落世代交好，相互守望。姜祖望只好将妻女送到昌乐，叮嘱燕氏安心等自己回来，随后匆匆掉头，赶往武城。

他不知道，从他做出掉头这个决定的那一刻开始，灾祸便降临到了他的头上，继而改变了他的一生。

昌乐老王已去，继位的新王被北狄的密使游说心动，图谋将来在此扩张自己的势力，自几个月前便开始与北狄暗通款曲，得遇如此机会，便密谋入夜动手，将燕氏母女交给北狄。所幸，计划被一个和云落老城主有旧的人得知。那人将此事告知燕氏后，燕氏脱去华服乔装打扮一番，带着女儿悄悄离开，混出了城。

然而幸运没持续下去，燕氏逃出城没多久，追兵便追了上来。身边的随行护卫越来越少，最后只剩燕氏抱着襁褓里的女儿，退到一座悬崖边缘，再无可退之路。

崖下，乱石林立。

燕氏性烈，不愿落入北狄人之手，更不愿让自己成为胁迫亲人的工具。她脱下厚衣，一层层紧紧裹住襁褓里的爱女，祈祷雪山圣神护佑女儿，随后用尽全部的力气，将女儿远远地抛向了崖下一片生着茂枝的密林，自己也纵身跃下。

当姜祖望赶回，已是半个多月后了。燕氏在崖下被找到，粉身碎骨。不但如此，她的遗体还遭野兽啃噬搬运，只剩了几片残余衫角和零星残骨，情状惨不忍睹。女婴也不见踪迹，人们只在附近密林之中寻见了零星的狼足印痕和一个散落在远处的襁褓。人皆以为女婴已被狼吃掉，尸骨无存，不料几个月后，她竟被发现侥幸存活，奇迹般地出现在几十里外的一片荒林中的独狼穴中。

她是被一个猎人在追踪野狼之时无意间发现的，据说当时满身脏污，眠于母狼之侧。姜祖望闻讯赶到，凭着胎记才认出了女儿。当自己被驱开，见女婴被强行带走后，那母狼还迟迟不肯离去，远远跟随。姜祖望令人勿伤母狼，它便跟了长长一路，最后大约知道无法夺回"孩子"了，才伤心号叫着离去。

而当日令姜祖望被传走的所谓"要事"，据说是前日路上遭遇野兽，那位新寡的长公主受惊病倒，寝不能寐，须这位大魏的勇武将军护驾同行。

经此一事，姜祖望呕血大病一场。后来他病愈，武帝为表弥补，为他与南康长公主赐婚。姜祖望以曾对亡妻发毒誓此生绝不另娶之由，拒了婚，武帝便也未再勉强，做主为长公主另择佳婿，此事算是过去了。

再后来，当昔日那些旧友实现梦想，纷纷在武帝统一九州的战事里立下耀目功劳的时候，姜祖望自请到北地戍边，与风沙为伴，一吹便是二十年，从此再未踏入京城一步。

这就是故事的结局。

去年，姜含元那位一次次守住这座雪山小城，守了一辈子的外祖父，也走完一生的路，去了。她的舅父燕重成了城主。

燕重是一个脾气暴躁、说话大嗓门儿的汉子，继承了燕氏世世代代的勇武和忠诚。他更以姜含元为荣，获悉她将至云落，当天亲自出城去接。

城门附近的人们看见姜含元，纷纷停下手里正在做的事，从四面八方拥来，争相向她行礼。

由于姜含元幼年那段离奇的经历，在别人看来她或许是不祥的化身、恐怖的象征，但在云落城的人们眼中，她是受到神灵护佑的神女。

是啊，倘若不是如此，襁褓中的女婴怎能活下来，又怎能变成如此一位令敌人切齿痛恨的悍勇之将？

燕重见这一幕，开怀大笑，扬鞭指着那些迎接外甥女的城民，道："囡囡你瞧！我们云落之人敬重勇士！他们敬你，竟还超过我这个城主！大家都盼你能一直留下！这里就是你的家！"

姜含元含笑感谢城民，在热烈的欢呼声中纵马入城。

青木塞地理位置重要，却被魏国夺了回去，南王炽舒正是因那一败，亲自坐镇幽燕等地。去年外祖过世时，姜含元正领着军队与一支试图夺回青木塞的狄军周旋作战，没能赶来。是以今年祭日，她本打算提早来，没想到中途又出波折，直到今日才得以成行。

燕重准备亲自带她去祭奠。

"舅舅，我自己去吧。去年没能赶到，今年又错过日子，我想一个人陪外祖几天。"

燕重知她和外祖感情深厚，也不勉强同行，点头应"好"。

老城主的安眠之地位于城外的山谷中，那里也是燕氏族人的埋骨之地，晴天的时候，从谷口便能看见对面的雪山和镜湖。

姜含元独自在一间简陋的草庐里住了下来，席地而卧，伴着外祖，还有她记不得模样的母亲。不过她知道，母亲是真实存在过的，这里的一座坟茔里就埋着那几片碎衣和几根残骨。

母亲原本应该有着幽兰的气息、温热的皮肤、温柔的声音。她是雪山脚下最好看的女子，镜湖中曾留下过她那张美丽面容。

是的，姜含元能看见这一切，就好像她总是能在梦里看见那只曾经哺乳过自己的母狼。

一个被包裹在重重襁褓里的婴儿，带着母亲的全部祝福，穿过一片茂盛的枝叶，挂在了几条缠绕成网的枝蔓上，悬在空中。过去一天一夜，她因为饥饿而啼哭不停。她的记忆告诉她，只要她这样啼哭，就会有一个散发着好闻香味的温柔的女人抱住自己，让自己的嘴贴上温暖而柔软的皮肤，用甘甜的乳汁喂饱自己。但是这一次，那个人没有来。最后，她挣扎着，用自己的小手小脚挣开了襁褓，从树顶掉了下去，摔在地上厚厚的灌木丛里——这是她第一次独自面对这个世界。她到处寻找那女子，哭得声嘶力竭，嗓音沙哑，直到再也爬不动。在她奄奄一息的时候，来了一只母狼。

那是一只年轻的母狼，第一次做母亲。不幸的是，它外出觅食归来，发现自己的孩子不见了，窝里只剩下一摊血。失去狼崽的母狼悲伤而愤怒，涨乳的痛苦更是令它焦躁不安。它到处寻找自己的孩子，闯入树林，发现了地上的人类婴儿。它扑了上去，利爪深深地刺入婴儿后背娇嫩的皮肤。就在它低头要咬上婴儿脖颈的时候，那人类的孩子闻到了它腹下乳头处正不停渗滴的乳汁的气味——母亲的味道。她被饥渴和强大的求生欲望驱使，忘记了来自背上的痛苦，张大嘴巴狠狠叼住乳头，用尽力气使劲地吸吮，大口大口地吞咽。骤然而来的乳汁畅通的快感令母狼中止了撕咬的动作，它注视着身下那正在吸食自己乳汁的人类婴儿，眼里的凶光渐渐散去，静静立着，任这幼崽吸吮。等到她终于吃饱，闭着眼睛入睡，它舔去婴儿背上被自己抓出的血迹，叼着她离去……

梦境一转，姜含元看见一个美丽的女子紧紧地抱着怀中的婴儿，仓皇奔逃，狼狈不堪，最后逃到路的尽头，立在悬崖之上，那些追赶她的人就要逼到近前了。

停住，不要再继续梦了，我不想梦下去。梦中的姜含元这样告诉自己，努力挣扎，想要醒来。可是每一次，梦都是如此深沉，将她牢牢吸住，让她犹如身处旋涡，无法挣脱。

"是你害死了姑母！是他们说的！姑母本来已经藏起来了，坏人都已经过去了，是你哭了起来！你害死了姑母！"

一个四五岁的男童伤心地号啕大哭，用尖锐的嗓音冲着姜含元叫嚷。

他想不明白，为什么祖父和父亲都对这个来了几年后才开口说话的阿姐比对自己更好。

停住，不要再继续梦了！

梦里的姜含元再次逼迫自己醒来，可梦境还是不肯结束。

姜含元又看见了西陉关大营外那座熟悉的铁剑崖，看见自己就站在崖顶上，迎风纵身一跃而下，仿佛曾许多次做过的那样。崖下的那汪潭水在梦里再一次变成了嶙峋山石，又一次，她重重地砸在了山石上面，鲜血喷溅，粉身碎骨，四肢百骸乃至灵魂深处，没有一处不是疼痛至极。

那个温柔美丽的女人，在死去的那一刻，应就是这种感觉。

她该如何痛苦啊。

血越来越多，到了最后，姜含元已分不清那些是那女人的血、战死的同袍的血，还是自被一刀砍了头的敌人脖腔里射出的血。梦中只剩下漫天的血雨，将她从头到脚浇湿，将她浇成一个血人。

浓烈的血腥味深深地渗透到了她的每个毛孔里，散不去，永远也散不去了。

她的身体抽搐，紧紧缩成一团，僵硬得仿佛一块冰雪里的冻石。

不能哭，梦里的那个自己再次提醒她。

从知道是自己的哭声害死了那个女人之后，她便发了誓，永远不会再哭了。

她要跨上马，挽最强的弓，握最利的刀！

唯有如此，她才能保护所有需要她保护的人！

姜含元紧闭的眼皮忽地一动。她还没睁眼，便反手抽出了身上带的刀，自那从小便重复了无数次的噩梦里猛然坐直身体。

"阿姐！醒醒！是我。"

夕照暗淡，一个瘦弱的少年站在她几步之外，见状，微微后退。

"父亲派我来请阿姐回去。"

燕乘望着面前这双布满了血丝的杀气外露的眼睛，小心翼翼地说道。

是阿弟来了。

目中杀气退去，姜含元略微茫然地环顾四周。日将西落，她靠坐在母亲的墓碑之侧，就这样睡了过去。她闭了闭眼，慢慢呼出一口气，收了刀。

"是我父亲那边来消息了吗？"她问。她的嗓音嘶哑而疲倦，仿佛一片被撕破的绸缎。

"是的。樊将军来接阿姐你。他说，京中的迎亲使者到了，要接阿姐你走了。"

樊敬等在谷外，待姜含元走出，迎了上去："迎亲使者到了，黄门侍郎何聪。"

黄门侍郎平常给事于宫内，是皇帝侍从，内顾问应对，外则往往陪乘，与皇帝关系亲近，居此官之人往往是皇帝信任的重臣或外戚宗室。

"现在就回吗？"姜含元问。

"自雁门出发，若随大队日行夜宿，需月余方能到京，况且从这里到雁门也需要些时日。何侍郎说，婚期是太史测天时观星历选的良辰吉日，所以最好……"他停住。

姜含元已点头："我明白了。"

她转头，望向西北方向。

樊敬顺着她的视线望去。那里有座千年风吹而化的石头山，山壁上布满了大大小小的石窟，状若蜂巢，上有摩崖。此时正当黄昏，那摩崖岩便静静地卧在夕阳的斜晖之中，远远望去，橘光一片。

"你们先回城吧。明早会合，一道走。"

樊敬又看了一眼那座沐浴在夕阳里的摩崖石山，若有所悟，却也没说什么，只用复杂的眼神望了一眼女将军，应"是"，便扭头带着人去了。

最后一抹夕阳落下了山巅，天色骤暗，昏鸦绕着山头秃岩聒噪。山脚处有条通往上方的简陋石道，石道的尽头是个不知哪朝哪代的修行人依山凿出的窟。此刻在石窟之外，一对城里来的父子正弯腰向对面之人表达着感激之情。

那是一位年轻的僧人，肩披葛衣，脚穿草履，因为清瘦，显得眼眶微凹，目光却越发炯炯。他面带着笑容，双手合十，朝那对父子还礼。那儿子千恩万谢后，拿着草药，搀着父亲，沿着便道下来。他们要赶在天黑之前回到城中，忽然看到站在一旁的姜含元，认出她来，忙相扶着走过去向她行礼。

姜含元知这对父子应是从云落城来这里求医的，便颔首示意他们不必多礼。

那僧人目送那对父子离去,转身回石窟,正要入内,忽然仿佛觉察到了什么,迟疑了一下,停步,转过了头。

姜含元立在如天梯般的石阶之末。暮色朝她四合而来。

她朝僧人微微一笑,迈步沿着石阶走了上去。

"无生,我又来了。"她说道。

这个法号无生的僧人注视着她,也笑了,合掌道:"小僧等候将军多时了。"

这个独居于摩崖洞的僧人,曾有过一段不为人所知的隐秘往事。他本出身于一个末代皇室,乃帝之幼子,聪敏早慧,过目成诵。在他六岁那年,国为大魏所灭。他侥幸存活,与比丘结缘,成为一位来自天竺的高僧的嫡传弟子,从此割断红尘,受法号无生,取无生无灭真谛之意。多年之后,高僧圆寂。那时的无生虽年纪尚轻,却已得禅学衣钵,精通梵文,造诣高深,声名远扬。长安护国寺也慕名派了使者,请他入寺主持讲经,然他舍了一切,踏上了他的前行者曾走过的苦行之道,风沙砥砺,西行漫游。

三年前,他终于带着所得的经文东归,随一队商旅同行,不料经过这一带时,遭遇一伙狄国游骑的劫掠。商旅纷纷被杀,狄人见他是比丘,暂留了他的性命,却肆意加以凌辱。正当生死攸关之际,姜含元带着士兵如神兵般从天而降,将他救下,带到了这个地方。伤好后,他停下了脚步,栖身在这个不知名的先人所留的摩崖石窟里,一边继续修行,一边翻译经文。

这个独居城外摩崖洞的比丘,不但精通梵文,亦通药理,时间长了,消息被周边民众慢慢传开,便时常有人来此找他看病。他从不推拒,后来还将石窟辟出一角,专门用来存他跋山涉水采来炮制而成的各种草药。便这样,时间一晃,竟已三年之久。

窟内的陈设和姜含元上回来时见过的一样,分毫没有改变。除了那些草药,便是一几、一灯、笔墨纸砚,再一石榻,榻上一条薄薄麻被,一口陈旧藤箱。窟外另有一处简陋火坑,用以煮食烧水,旁贮几袋口粮。

这便是全部了,一个人得以维持生命的最低级的需求。

这地方唯一丰盛的,便是那一册册堆叠而起的梵文经卷,整整齐齐,一尘不染,可见主人平日爱护的程度。

姜含元曾让舅舅每隔一段时日派人送些补给过来，却被无生婉拒，让她不必为此挂心。他饮食简单，倘若打坐入定，可七天七夜不饮不食。他笑着说，即便自己没有劳作采摘，光是靠着那些来他这里看过病的淳朴城民不时送来的口粮，就足以果腹了。

姜含元知他澄心空空，天龙护念，所求不是这些凡人的身外之物，后来便也未再提过了。

无生盘膝坐于石窟内的那张案几之后，就着青灯，译着经文。姜含元靠坐在摩崖窟的洞边，望着远处雪山顶上的那缕白日余光。当黑暗彻底降临，雪顶消隐，她整个人也被笼罩在了黑夜里。

"无生，你知道吗？我要嫁人了。"她忽然说道。

无生执笔的手在纸卷上微微一顿，一滴墨从笔尖滴落。他抬头看了一眼坐在窟口的那道青色身影，又慢慢地低头，就着方才的墨点继续落笔。墨点消失。

"是吗？"他应答。

"是的。我以前见过那个人，在我十三岁的时候。那时他也年少，我见他仿佛爱笑。无生，你见过晴天之时，来自雪山的风吹皱镜湖，湖水泛出层层涟漪的景象吗？这就是他笑起来的感觉。"

僧人再次停笔，思索了一下。

"小僧未曾见过。"他沉声说道。

"你何日有空，可以去看看，湖水非常美。当然了，他必早已忘记见过我了。其实莫说他了，便是我，倘若不是这回他向我父亲求亲，也早已经忘了他了。毕竟，那是多久之前的旧事了。谁会整天记着从前这种无关紧要的小事，你说是吧？"

"将军说得是。"无生在她身后继续低头译着经。

油灯昏暗的光微微摇动。

"无生，你知他为何娶我？"她悠悠的声音再次传来。

"想必总有他的理由。"无生应道。

"是。他以天下为棋枰，上有宏图和大业。我是他枰上的棋子，但愿意为他去做一个马前卒，心甘情愿。无生，你知道为什么吗？"

僧人又一次停笔，思索了一下。

"不管为何，他是一个有福之人。"最后僧人说道。

那道青色身影仿佛笑了起来，因为无生的这句话。

"无生，你心有慧灯，通常是对的，不过这次，你错了。他为此付出了很大的代价，失了此生所爱，何来有福？"

"求仁得仁，亦是福缘。"无生在她身后应道。

她再次轻声而笑，为这一句话。

"其实我本打算与他面谈，因实在不甘就此受下我所不欲之安排。但我见了他后，改了主意。他的为人何其无情，心性何其坚定，似他那样的人，为达目的，可绝人欲，可劈山，可裂海。无生，你相信吗？我被这样的人说服了。我无法不成全他的所想，因他的所想，便是我之所想。所以，我改了主意。"

她停住，似第三回自己笑了起来，而这一回，是自嘲的笑。

"算了，我今日话太多，不说这些了，你也不会懂的。无生，你的世界距俗世太过遥远，你生来就和普通人不同，高高在上，低眉慈悲。你的使命是传播佛法，普度众生，将来成为释迦那样的伟大之人，去受世人的顶礼和膜拜，我不该和你说这些，扰了你的清净。"

"你可以的。无论你想说什么，都是可以的。"她身后传来回复之声。

姜含元转过头，看见摩崖窟的深处，昏暗的油灯映出一团朦胧的身影。无生并没有看她，还是那样低着头，继续写着他的经文，一边写，一边和她对话。

她看了他片刻，环顾这处苦寒到了极点的石窟，摇了摇头："有时候我不大明白，你为什么不走，偏偏要留在这荒凉之所？"

他停了笔，慢慢抬起头，在昏暗的灯火中，远远望向她。

"这是小僧的修炼。"他应道，"译经也将是小僧这一生的重大责任。只要有笔墨，身在莲台宝境，或是九荒之野，于小僧而言，都是一样。"

他说完，放下了笔。

"将军，我可以诵经给你听。你还想听吗？"

她从前说，他诵经的声音极好。虽然听不懂他在诵什么，但无关紧要，她喜欢听他诵经的声音。

姜含元点头："想。"

"那么就诵小僧手头的这部经文吧，讲化生天道。佛陀宣说了成就十种佛论，以此'降诸天魔、外道、邪论，摧灭一切诸众生类，犹如金刚坚固烦恼'，断一切障……"

在淡淡的草药苦香和无生不疾不徐的平静的诵经声中，姜含元靠在洞口的岩石上，慢慢地闭上了眼。

他继续诵着经，直到她完全睡沉了方停止，起身，取过石榻上的麻被，走到了她的身畔。他弯腰，凝视着她的睡容，轻轻地将麻被盖在了她的肩上。

随后，他走回去，盘膝坐到近旁的一张石台上，闭目，打坐。

一夜过去，天明，当第一道阳光照射到摩崖洞口外的崖壁之上，他缓缓地睁开了眼。

石窟口，昨夜那道曾听他诵经的青色身影已离开了。此刻，那里空荡荡的，不留半分痕迹。那条曾被盖在她身上为她取暖的麻被，已被叠得整整齐齐，放回在了石榻之上。

她一夜安眠，是在五更拂晓时分醒来的。无生灵台清醒，心目观她悄然离去，却没有出声和她道别。

无须道别。

若是有一天，她又想听他诵经的声音，自然还会回来。

而若是有一天，她遇到了另外一个能代替他诵经声的声音，在那声音之畔，她亦能安然入眠，自然便不会回来了。

那时，他也就可以离开这里。

他的修炼，也将达到圆满。

黄门侍郎带着浩浩荡荡的迎亲队伍抵达雁门郡，长宁将军就要被迎入京中和摄政王大婚的消息已在西陉大营传开，尽人皆知。但这消息对于远远驻扎在西陉大营北去几百里外的青木塞的官兵来说，闻所未闻。

直到这日清早，早操结束之后，消息才终于传到青木塞。而且，据说便是这两日，长宁将军就要动身入京了。

这下子，整个青木塞的兵营都为之轰动，简直如同炸了锅。平常早操后一窝蜂挤满了人的伙房前,今日竟是冷冷清清、门可罗雀。士兵们到处扎堆,相互打听消息,议论个不停。

伙房那头走来一人,长手长脚,肩宽胸阔,手里抓着两只大馍,嘴里还叼了一只,边走边吃,左右张望。另一个身材精瘦、奔跑起来犹如猎豹的年轻士兵见状,冲他狂奔而去,高声大叫:"杨虎!杨虎!你还吃呢?!大事不好了!"

这人便是上次在追击狄骑的行动中被杨虎救过的那绰号叫猴子的士兵张骏。

"干什么?天塌下来了?就算塌下来了,我也不能饿肚子!"杨虎咬了口大馍,"今早是怎么了?肚子都不饿吗?我一解散就冲了过来。你们平常个个都跟饿死鬼一样,今早居然没人和我抢?"

"不是不是!"张骏双手乱摆,神色惊恐。

"你怎么了?撞见鬼了?"

"将军要嫁人了!"

"将军嫁人?哪个将军会嫁人?你脑子坏了……"

"是咱们的头儿!说是要嫁给摄政王了!"

"啪嗒"两下,杨虎手里的大馍掉落在地,两只眼睛瞪得如铜铃,脚定在地上,一动不动。

"吓到了吧?我也是!刚听到的时候,如同遭了雷劈啊!"张骏脸上的神色沮丧至极。

他少年时父母双亡,为求有口饭吃,投身军伍。因耳聪目明,机敏过人,他从军后被女将军选中,接受了特殊的追踪和察迹训练,如今领着一支斥候小队。上回众人能那么快就追上那支狄人游骑,靠的就是他的本事。

这么说吧,便是单独行动时迎面撞见了狄人的千军万马,他也没方才乍听到那消息时来得震惊和恐慌。他便如一下子被抽了主心骨,说天塌了也不为过。

杨虎终于反应过来,嘴巴一动,嘴里叼着的大馍也掉了下去,在他脚下骨碌碌地滚了一圈。

"你放屁!不可能!将军怎么可能嫁人!"杨虎的脸都绿了,他责骂一声,

"是真的！说一个什么迎亲的大官早就领着人到了！西陉大营那边的人也早就知道了，就我们还被蒙在鼓里呢！完了完了，头儿都没了，以后我们不知道要被打发到哪儿去混了……"张骏念叨个不停。

杨虎呆了片刻，忽然一把推开忧心忡忡的张骏，迈步便走。

"杨虎你去哪儿？"张骏冲他的背影喊。

"找将军去！我要问个清楚！"杨虎大吼一声。

张骏一愣，拔腿追了上去："等等！我也去——"

有了带头人，很快，官兵越聚越多，最后全都跟着杨虎拥了出去。

这段时日在营中暂摄军务的另一名副将年纪长些，行事自然较这些愣头青稳重，见状出来阻拦，却哪里拦得住。那一众人群情激愤，撸起袖子发狠，刚出青木营的辕门就远远看见驰道之上来了一队人马。

很快，人马到了近前，如此之巧，正是姜含元回了。士兵们见她回来，渐渐安静下来。

樊敬和姜含元同行，停马，扫了一眼这群将辕门堵得水泄不通的士兵，喝道："干什么？这是要去打架？"

众人方才热血上头，此刻见主将回了，却不敢出声，纷纷缩头看向杨虎。杨虎大步出列。

"将军！他们都说你要嫁人了，是真的吗？"他冲着马背上的姜含元大声问道。

樊敬怒了："放肆！杨虎，你眼里还有军纪吗？以下犯上！胆敢如此和将军说话！"

"我不管！今日就算砍了我的脑袋，我也要说！"杨虎脸涨得通红，再次转向姜含元："将军！同衣同袍，共生共死！这可是你三年前建敢死前部时说过的话！我杨虎是第一个报的名！现在我们人还在，敢死前部也变成了今日的青木营！我们个个以身在青木营为荣！你若要我们冲锋，哪怕前头是刀山，我们眼睛也不会眨一下！现在转个头，你竟要去嫁人了！"

说到这里，他几乎是咆哮了起来："我不管你今日嫁的是何人！别说摄政王了，便是皇帝，我也要说！言犹在耳，将军你却丢下我们这些人去嫁人？你背叛了我们！"

他的话音落下，辕门附近一片死寂，士兵们有的心有戚戚，有的面露惊惶。

张骏慌了，万万没想到杨虎这个缺心眼儿的竟无愧于"拼命七郎"的绰号，竟敢说出这样的话。他赶紧看向身旁平日交好的军官百长宋时运，对其使了个眼色。宋时运会意，与张骏上前一左一右攥住杨虎的胳膊，齐齐一摁，便将人捺在了地上。

"你疯了？还不赶紧求饶！"张骏在杨虎耳边低语。

杨虎却是眼睛发红，奋力挣扎，竟挣脱了身后两人的钳制。

这下张骏也不客气了，狠狠踹了杨虎的屁股一脚，让他直接扑在了地上，顺势又揪住他的头发，将他的脸死死地摁在地上，好教他不能再发出声音。

杨虎吃了一嘴干燥的黄尘，被呛得咳嗽起来。

"我不服！将军你就这样去嫁人了，丢下我们这些人，算什么？说好的！同衣同袍，共生共死！"杨虎一边咳嗽，一边竟还不肯屈服，又挣扎着扭过头，声嘶力竭地嚷道。

周围人听得清楚，皆悄然无声。

樊敬之前也猜到青木营的人对这消息必会有所反应，但没想到众人的反应竟会如此之大。他心中亦是有所触动，面上却是分毫不能表露，厉声下令："把他捆了，关起来，等待军法处置！"

同行回来的几名亲兵一拥而上，和张骏、宋时运一道，正要七手八脚地将人捆成待宰的猪一样拖走，却听姜含元开口道："放了他。"

主将既如此发令，众人立刻撒手。

杨虎趴在地上"呼哧呼哧"地喘气，抬起那张糊了泥沙的脸，见姜含元下了马朝自己走来，最终停在面前，低头望了过来。站在他身旁的张骏又踢他的屁股，催他认错，他却咬着牙，梗着脖子，趴在地上就是不肯开口。

两人如此僵持片刻，众人屏住了呼吸，气氛也越发紧张。忽然，姜含元俯身朝杨虎伸出了一只手。杨虎迟疑了一下，慢慢地抬起自己的手，被她一把握住。她一拽，他整个人便被从地上硬生生地拽了起来。

杨虎一时不明所以，站定后迟疑了一下，终还是忍不住了。

"明明说好的……"他喃喃道，眼眶发红，声音里竟似带了点儿委屈的哭腔。

"是，说好的！同衣同袍，共生共死！你们没忘，我也没忘。"姜含元忽然应道。

杨虎一愣。

她转过头，环顾营外的大片丘野之地。

"这个叫青木原的地方，从前被狄人占了，直到三年前，我们才终于夺了回来！那一战，战死的人里，最长者二十六岁，最小的不过十四岁！他们此刻就躺在我的脚下，化作了白骨。今日，狄骑依旧劫掠我民，国土依旧未曾夺回，我何来胆量，胆敢忘记他们！"

话音刚落，她自靴筒内抽出一把匕首。众人尚未看分明，便见她挽起一袖，寒光动处，她的左小臂的内侧赫然被划出了一道长达数寸的口子，殷红的血迅速地从伤口里涌出。

"将军！"

众人吃了一惊，纷纷拥了上来。

姜含元神色不动，只平抬起流着血的左臂，缓缓转了半周，令自臂上流出的血一滴滴地落入脚下的土里，随后抬起了眼。

"我姜含元，今日以血起誓，狄骑一日不驱尽，青木营一日不会解散！"她的眼睛望向对面的一张张脸，她朗声道，"将来若要解甲，也必是一同解下，放马南山。今日我虽去，不日即将归来！你们要做的，就是替我守好青木塞，且等我回，共饮敌血！"

她的声音铿锵有力，传送到青木营每一个士兵的耳中。

辕门附近起先静悄悄的，几息过后，突然爆发出一阵如雷般的欢呼之声。杨虎更是一蹦三尺高，飞快地抹了把眼睛。

"吓死我了！将军你怎么不早说？我以为你真的不要我们了，要去和那个摄政王过日子生娃娃了！太好了！太好了！将军你一定要早点儿回来！"

姜含元微微一笑，点头。

杨虎实在按捺不住心里的激动，回头又冲着伙伴喊："张骏！宋时运！崔久！弟兄们，你们都听到了，将军说了，她很快就会回来的！"

张骏和宋时运喜笑颜开。那叫崔久的弓兵百长，脸上有道长长的伤疤，平日沉默寡言，此刻站在人群之后，听到杨虎叫自己，扯了扯嘴角，算是回应。

杨虎喊完话，想起自己方才的冲撞之举，不免讪讪，忽见姜含元垂下的手臂还在淌血，又大喊军医。军医奔来为姜含元包扎，杨虎便在旁紧紧守着，伸长脖子巴巴地看，唉声叹气。

"将军你……只要你说一声你会回来，我们就会信的……你不用这样啊……都怪我不好！"

这等皮肉伤于姜含元而言自不算什么，军医也很快处置完毕。她自顾自地整理着腕袖，不理睬杨虎。

"我……我这就去自领军棍！"杨虎涨红了脸，说完就要走。

"下不为例。这回军棍免了，罚你每日早操比别人延长一刻钟，直到我归来为止！"她开了口。

杨虎松了口气。

"不行！一刻钟太短！两刻！"他讨好般地喊。

姜含元瞥了他一眼："你自己说的。"

"两刻钟！绝不食言！"他一挺胸膛，神色坚定。

姜含元点头："那便两刻钟。不许趁我不在就躲懒！"

"是！谨遵将军之命！"杨虎大声吼道。

张骏凑上去，撞了撞他的肩，挤眉弄眼："说，方才是不是哭了？幸好将军是要回来的，否则你岂不是要在地上撒泼打滚哭鼻子了？"

杨虎那张娃娃脸"腾"发热，自是抵死不认，摸了摸自己还留着新鲜脚印的屁股，抬脚便踹。

"说，刚才故意踢了我多少脚？我都数着呢！上回我就不该救你的！"

其他伙伴被吸引了注意力，纷纷围过来，起哄的起哄，拱火的拱火，巴不得两人打起来，场面一时热闹极了。

张骏拔腿就跑："还没吃早饭，都赶紧去吃啊！再不去，抢光啦——"

众人被提醒，方觉腹中饥饿，纷纷奔去抢食，片刻前还挤得水泄不通的军营辕门附近，"呼啦"一下，人便全散了。

樊敬暗暗吁出了一口气。

姜含元注视着士兵们离去的身影，片刻后，转向樊敬："樊叔，我这趟回来就是想和他们道声别。我去了,此处便先交给你。"

樊敬本是云落燕氏的家臣,因为勇毅忠诚,从姜含元摸刀射箭起,便被老城主派去她身旁,还充当过她的弓马师父。这么多年来,于他而言,女将军既是他的主君,在他的心底也有舐犊般的感情。这是她头回独自远行,虽说他也相信女将军一定会回来,但到底是什么时候就难讲了。毕竟,这回她去的地方是京城,嫁的还是当今的摄政王,说他不担心,那是不可能的。

樊敬压下心中的担忧和不舍:"将军放心去,末将必竭尽所能,不负将军所托!"

姜含元含笑点头。

"将军,还有一事。"

姜含元看过去。

樊敬看着她的神色,小心地说道:"大将军说,京中的禁卫将军刘向是他旧部,这些年虽碍于内外不相交的规矩没有往来,但旧日的交情应该多少还有些。大将军叫我和你说一声,入京后若有不便之处,可以找刘向,料他多少会顾着点儿旧情,予以助力。"

姜含元没说话,只是再次望了一眼青木营,望着这里的一草一木、一旗一纛,终于收回视线,上马而去。

第二章　大婚始成

两个月后，天和二年的正月刚过，春寒不减，雪满长安道。

那件已教京城百姓津津乐道了些时日的大事终于到来了。

今日，当今的摄政王祁王，将要迎娶安北都护大将军姜祖望之女——长宁将军姜含元。

姜女其人，早年在京中并无人知晓，直至三年前，朝廷在雁门郡取得了青木原一战的大捷，她的名字才为人所知。

据说，当时就是否要打那一仗，姜祖望麾下战将意见不一。在朝廷长期以防御为主的方略影响下，众将自然也以保守居多，姜含元却如初生牛犊，是当日为数不多的主战派中的一个。她认为充分准备，可以打。最后也是她请命立下军令状，领着一支三百人的敢死前部，夜出西陉关，发动突袭，成功地撕破了狄人的防线，大军继而压上，取得大胜，夺回了这个重要的关隘，将魏军被割裂的两侧防线连接了起来。随后青木塞建立，她领兵常驻。便是那一仗后，她在军中声名大噪，无人不知。此后两年，狄国皇子南王炽舒也曾几次派兵，试图夺回青木塞，却皆未能如愿。

实是自古以来，少有女子从军，至于如此出众者，更是凤毛麟角，所以战报入京，引起轰动。当时还在位的明帝特意下旨，封其长宁之号，以资嘉奖。

姜含元出名后，大约因她一介女子，却在战场上霸烈如斯，于是好事之人添油加醋，关于她狼女转世、月夜化身之类的耸人听闻之传言也越传越真了。不过那一阵过后，她渐渐地就被人淡忘了。

直到最近，因为这桩婚事，她才又成了京城上下最为关注的人物。"身高八尺""腰阔十围""声若惊雷""虎头太岁"，她就差口能喷火、日行八百里了，坊间人说得口沫横飞，好似亲眼见到过她一般，至于早前那些"狼女化身""月圆嗜血"的传言更不消说，已被传得妇孺皆知。

人人都好奇万分，终于等到了今天这个日子。据说，女将军一行昨夜便已至距北门光门十数里的渭河渭桥畔。那里有座驿舍，早几日前已清空闲杂人等，礼部派人洒水清道，还在周围为迎亲之礼设了围帐。

尽管今日从驿舍到祁王府一路戒严，天门司、地门司以及禁卫各营都出动人马，沿途几十步设一岗，但依然挡不住好事者的脚步。闲人不辞路远，纷纷出城奔去渭桥。至于城内，通往祁王府的通衢大道和王府附近，更是早早便挤满了男女老少，就等着摄政王迎回女将军，热闹之情状，堪比元宵灯会。

姜含元独自身处驿舍，一身嫁衣，立于窗前。

窗外远处有道虹影，那便是渭桥，连渭水南北两岸，是长安通往渭西和渭北诸多州郡的主道。千百年来，或西行，或北去，或迢迢奔赴黄金殿，红尘紫陌，长安客从这里来来去去。就是在这里，失意人饮离别酒，得意者催马蹄疾，在这古老渭水的桥头之上，日复一日地上演，如桥下之川，永不断绝。

暮色渐渐浓重，积雪垂枝的桥头柳上，忽然亮起了特意为今日而悬的第一盏灯笼。接着，第二盏、第三盏……几乎是在错眼间，桥上次第亮满了灯，一盏盏鲜红果，又如一只只红色巨眼，飘在了泛着淡淡雪色的渭水上空，悠悠荡荡。

姜含元耳边传来叩门声，是侍郎何聪亲自来请，说摄政王领着迎她的厌翟车已到，此刻就在外头等候。

她知道的，片刻前，耳中已飘入肃穆而平和的钟鸣礼乐之声。

"出来了！出来了！"

远远错落立在高处翘首张望的长安闲人起了一阵骚动。

暮色朦胧，红光满天。在前的两名负责引导的侍人各持一把金羽翚扇，相互斜交，挡住了姜女，但在人走出围帐的短暂瞬间，百姓隐隐还是能觑见个大概：女将军竟好似不过是普通女子的样子，并不见传闻里的身高八尺、腰阔十围的金刚状。人群再次骚动，或失望，或讶异，或怀疑，噫叹之声此起彼伏。

来接她的厌翟车已经停在门外。那车车身宽大，前后饰以黄金，帐幔的红绫之上绣满了金色的云霞翟纹，就连车轮轮辐之上也绘着朱牙，在周围火杖的映照下，金碧辉煌。

姜含元登上了这辆婚车。在礼赞声中，车帷落下。大队的仪仗前引后随，车前一名身穿缁衣的驭人坐定，挥鞭，前方一排配着金络玉辔的骏马便起了蹄，车辚辚前行。

天完全黑了下来，一轮圆月皎若银盘，升上长安的夜空。

厌翟车穿城门而入，掺着嬉笑声和呼唤声的喧嚣声骤然放大，浪涛一般从四面八方涌来，将车队彻底淹没。长安的街市本就灯火通明，今夜更是辉煌灿烂，火杖映亮了半城，夺走了月辉，红透了残雪。那光沁入车外覆满的锦帘，车里也朦朦胧胧起来，人若浮于一个虚幻的梦境。

车轮不紧不慢地碾过平铺于道上的条石之间的缝隙，马车微微颠簸。姜含元上车后便感到有些疲倦，正合目休息，忽然，听到夹杂着阵阵"千岁永安"的喊声。随即，前头道路两旁，又起了一阵如雷般的呼声，那是民众为今夜这位正骑马行于大道中央的摄政王的风采所倾，自发欢呼。

"阿娘！女将军在哪里？我怎没看见？她会在月圆之夜化为狼身？阿娘你看，今夜月圆！若她吃了摄政王，那该如何是好？"

海潮般的呼声里，忽然飘来一道稚嫩的童子叫嚷之声。童音尚未结束，便猝然消失，童子应是被身旁的母亲捂住了嘴。

姜含元本被马车颠得昏昏欲睡，倒是因那童子的嚷声清醒了些。她忽然觉得，这趟长长的、令人除了疲乏还是疲乏的旅程，好似终于有了几分趣味，因这一句烂漫无忌的童言童语。

据说束慎徽颇得民心，看来确实如此，月圆之夜，连长安城里的懵懂童子都在替他忧心。

"放心。"

她微微勾了勾唇角，也不知是说给那忧心忡忡的童子，还是此刻车前马背上的那道正接她去往摄政王府的背影听。

就算这个叫姜含元的人，真的能够月夜化狼，也不会吃了那人。

从明事的第一天起，她便明白，在战场这个修罗地，自己没有任何先天优势。她唯一的优势，就是会比别人付出更多，心志更加坚忍。手被磨出血疱又如何，自会结痂愈合，再磨破，再出血，再结痂……反反复复，终有一日，当双手覆满了厚茧，便再不会感觉到疼痛了。

那一年她十三岁，读兵书，参过战，杀过人，整日和兵卒一道摸爬滚打。她总是沉默的，从早到晚满头满脸的灰和土，身上带着摔打出的瘀青，还有仿佛永远也洗不去的泥巴和汗水混合的气味，看起来和身边那些因家贫无依而不得不早早投身军伍的小卒没什么两样。周围的人也习惯了她的存在——大将军那个受过狼哺的女儿，自然天生就是异于常人的。她仿佛成了一个超越性别的特殊的人。西陉大营当中的很多人，在还没来到军营的时候，她就已经在了。

秋，武帝遣三皇子安乐王北巡抚边，来到了雁门郡的西陉关。

安乐王时年刚满十七，未及弱冠，犹少年之身，容貌美而英俊，举止贵而文雅。人人以为安乐王会高高在上，姜祖望更是顾虑颇多，毕竟皇家中人面目如何，他的心里再清楚不过。

但是很快，随着安乐王的到来，一切顾虑皆消。无论是他初到便下到军营与军士笑谈共饮的潇洒随和，还是随后表现出来的器量与风度，无不令军营上下为之折服。

他将在此停留半月，姜祖望本以为他只会在西陉关附近巡视，便于城内准备了一座精舍，不料第一天过后，他便舍了仪仗，沿北境走遍了东西各个重要关隘，无一遗漏。若天黑时人还在路上，他便就地于野地宿营。最后归来，他又出西陉关，抵达当时还被狄人占住的青木原，登上高地，近距离观察对面的地形和布防。

那天天气晴好，北狄哨望很快就发现了高地上的人，引来弓兵，万箭齐发。一时间箭镞满天，自对面射来。箭矢划破空气发出密集的"嗖嗖"之声，如疾风暴雨，乌云压顶。

双方距离过远，射来的箭矢最后只落于高地前的坡下，插入了地，但这般阵仗依然叫人捏一把汗，随行众人当中少有不色变者，安乐王却神色自若，足下分毫未动。

狄营守军终于放弃射箭，却心有不甘，于是便用学到的中原话大声谩骂，骂声不堪入耳，随风传到高地上。

当时同行众人，包括姜祖望，再次色变，这回却是因怒气，恐安乐王会被冒犯，便欲召来弓兵，以盾护身，前出十数丈后组织回击，如此应当能够将箭射到对面。不料，此举却被安乐王阻了。

"今日便是将这些跳梁小丑悉数射死于眼前，又有何用？"身量犹带几分少年清瘦感的安乐王，望着对面那些不停谩骂狂笑羞辱他们的狄兵，平静地说道，"大将军，箭且留着，待到他日，一并射回，也是不迟。"

诚然，组织回射本就是意气之争，并无实际意义。姜祖望之所以如此安排，也只是因为对面羞辱得太过，想在众目睽睽之下，保全眼前这位皇子的颜面罢了。他没有想到，对方竟说出了这样的话。

这趟陪同安乐王巡边本已令姜祖望对这位少年皇子生出了颇多敬意——这一刻，他更是讶异于对方所表现出来的和其年纪不相符的少见的隐忍和冷静。

安乐王的话说得平淡，如随口之言，但在那一刻，姜祖望忽然生出一种感觉：倘朝廷将来能有安乐王这般的人主事，那么在自己的有生之年，在防守了漫长得犹如见不到头的时间后，或有一天，他终将等到出击的命令。

自然了，这一切都和姜含元无关。不过，硬说二者有什么关系的话，倒也确实不是完全没有。

因为安乐王到来，她的外祖父也提早从云落赶了过来，参与拜见。待安乐王的全部行程结束，外祖父归去，她去送行，一直送出老远，才依依不舍地回营。

那时天正傍晚，夕阳如火，她在距离西陉大营十几里外的一条野道上，遇见了安乐王一行人。

他便衣快马，鞍角悬弓，身畔是伴驾的驸马都尉陈伦，带七八名侍卫。

她知他为何会出现在此地。

他巡边之事已毕，归京前的最后一日欲独游一番，令姜祖望不必同行。一行人此刻应是外出归来，却不知为何停马于道，似在商议着什么事。

姜含元在他到来的第一日，曾隔着迎他的大队人马远远地看了他一眼。认出人后,她不欲与他们碰面,转马要改道离去,却已被对面的人看到。

一名侍卫冲她喊:"你,过来!"

姜含元只好下马走了过去,朝被拥在中间、高坐马背之上的人行了一礼。

"西陉大营的兵?"他打量了她一眼。

"是。"

"何营?"

"步卒。"

"多大?"

"十四。"她撒了个谎。

那些年暂无大的战事,朝廷为繁衍人口之计,官府有不得征召未满十四岁男丁入伍的条文。但在民间,许多贫寒人家或为吃饭,或为军功,还是会让小于这个年纪的男丁投身入伍,军营长官若是查出,通常也就睁只眼闭只眼地放过。

她那时个头小,即便站直了,也堪堪只及他胯下那匹白色骏马的马背。她见他似又瞥了一眼她的身量,显然是不信她对年龄的回答,却也没有深究下去。

"知道灵丘吗?"他问。

灵丘是战国时期赵武灵王之墓。赵武灵王乃赵国第六代君王,胡服骑射,提缰挎弓,南灭长期得到强邻支援的中山国,粉碎了强邻利用中山国牵制赵国的意图,北上则大破楼烦、林胡,设无穷之门,是位英主。可惜他对家事优柔寡断,酿成内祸,最后竟以主父身份,在壮年被儿子活活饿死在了沙丘宫,死后也不能入王陵,被远远地独自葬在了这片他昔日纵马驰骋过的边地,引后来无数文人墨客到灵丘凭吊,幽思怀古,悲慨不已。

姜含元点头,指着东北方向:"有条近道,路难走些,但骑马一日可到。"

少年安乐王顺着她的手指,遥遥眺望了片刻远处夕阳里的灵丘方向。

"你来带路!"他回过头,说道。

"谨美,天就要黑了,不如明日再去吧。"一旁的陈伦望了一眼落日,出声劝阻。

慎徽，意恭谨宣美，所以他字谨美，以呼应其名？

姜含元便想到了自己几个月前刚读过的书，正微微走神，耳边又响起那少年皇子的说话声："赵雍克定祸乱，以其一人之力，使赵国跻身于乱世七雄之列，以其功业，称一代雄王，委实不过。若是明日去，便要后日回，回京整整推迟两天，不妥。既想到了此事，又一夜能到，不去祭拜一番，未免遗憾。"

他向好友如此解释了一番。

陈伦，字子静，是朱国公的世子，比安乐王大几岁。他去年娶了安乐王的堂姐——贤王之女，因其妻破格得封永泰公主，便也做了驸马都尉。他和安乐王平日关系亲厚，既是伴驾，也是老友，私下常互称名字。他知安乐王是性情中人，既听对方如此说了，便不再劝阻，应"是"。

姜含元却不想替他们领路。她以为他们只是问路，便是去也要明日动身，不关己事，所以才随口指了下路，却没想到这位安乐王竟说走就走，要连夜上路。

早知如此，她就说不知了。她闷声不动，想寻个理由推托，譬如说自己记不清具体的路了。

她刚要张口，他却误会，以为她担忧不能按时归营要受惩罚。他将目光落在她的脸上："你不必害怕，等回来了，若有人问起，本王定会替你解释。"

夕阳在旁，金色余晖照在少年皇子俊美的脸上，他的眉目若染了一层光辉。

望着面前的这张脸，便如鬼使神差一般，姜含元竟再也说不出拒绝的话了。她张了张嘴，又慢慢地闭上，最后默默地上了马，带着这一行人往灵丘而去。

他们行了一夜，只在中途短暂休息，终于破晓时分来到了那座丘陵之畔。

古赵国的雄威王气早已随着漫长岁月被风吹散，昔日的赵王之陵，现如今也不过是一座枕着荒山的野地小丘而已。

那日正值北地深秋，天光微明，山月苍白，仍静静地挂于山巅之上。人立于高台之上，极目远眺，只见旷野苍茫。一阵秋风掠过，陵畔荒草飒飒，野狐走兔，满目尽是荒凉。

虽行了一夜的路，但安乐王看起来丝毫没有困乏。他迎着带了浓重秋寒的晨风，在那一座黄土丘之前伫立。良久，姜含元听到他低低地叹息了一声："昔年功盖世，今我秋草黄。酹酒浇王土，不老唯青山。"

他自鞍袋里取出一壶酒，拔塞，高高举起，对着土丘，将酒浇于黄土之上。

以酒酹地后，他道了一声："回吧！"。见他转头欲去，陈伦便唤侍卫，姜含元也跟了上去。

这时，一只自北向南的雁忽然从一片云中穿出，出现在秋日清晨的天空中。安乐王仿佛被勾出兴致，停步，仰头，目不转睛地看着空中之雁，随即抬起一臂。

侍卫会意，奔去安乐王的坐骑旁，从鞍角上取下挂着的弓箭，又飞奔回来，递了上去。安乐王接过弓箭，搭箭于弦，拉弓，箭镞随着顶上之影缓缓移动，瞄准待射。

空中的飞雁仿佛感觉到了不祥的杀气，忽地发出一声长鸣，状似示警。

少年眼睛一眨不眨，目光锐利，扣着箭杆的拇指微微一松。就在他意欲将箭射出之时，自刚才的云层里竟又飞出了另一只大雁。

后雁鸣叫不绝，极力追赶前者。很快，双雁会合，振翅疾飞。

姜含元见他继续瞄了片刻，却始终未发箭，最后竟松了弦，慢慢地放下弓，似是放弃了射雁之念。臂落，他又仿佛有些不甘，微微一挑眉，忽然再次举弓搭箭。

这一回他不再犹豫，拉满弓，将弦绷得笔直。只听"嗖"的一声，羽箭飞出，撕破空气，如一道白光朝着头顶射去，眨眼间便到了双雁之旁，却是不偏不倚地从两雁中间飞过，又射了数丈之高，直到力尽，方从空中掉落，远远地消失不见。

饶是如此，双雁亦是受了大惊，在鸣叫声中胡乱扑棱翅膀，纷纷扬扬，抖落几簇翅羽，又在原地盘旋了几圈，才仿佛惊魂稍定，急急忙忙，一并仓皇地继续往南飞逃而去。

安乐王这才放下弓，目送那一双远去之雁，笑了起来。

陈伦见状，不解地道："谨美，你这是何意？"

安乐王将弓抛回给方才替他取弓的侍卫:"本以为是只孤雁,不料却是双雁。前途凶险,它们竟也双双对对,相互守望至此,实是不易,罢了,放过吧。不过,箭既上了弓,便无回撤之理,故射了出去,吓上它们一吓,也不算白费一箭。"

陈伦性情稳重,听罢解释,对安乐王这带了几分少年气的举动有些咋舌,一时不知如何应对,只好道:"谨美,你的箭法较之从前,又有精进。"

安乐王发出一阵爽朗的大笑声。他似乎是个喜欢笑的人。

"子静见笑了。不过,论及武功,我唯一还能勉强与你一较高下的,大约也就弓箭一项了。"

陈伦也笑道:"这可不敢当!殿下自谦了!"

他二人谈笑间,侍卫牵来了马。安乐王翻身上马,挽缰收辔,正要催马而去,似是想起了那名给自己带了一夜路的小兵,便回头看了一眼。

姜含元还在原地翘首,望着双雁离去。

这是一个北方秋日常见的晴朗清晨,双雁离去的方向霜天破晓,山头下的朝阳尚未跃出,但那喷薄的光已染云为霞,令附近高远的深蓝天穹也泛出了层层的透粉之色,宛如春日里的一片淡樱雾海。

她曾无数次早起,在这样的清晨里操练,埋头学习各种作战和杀人的方法。仿佛是平生第一次,她抬起了头,然后见到了一个如此轻盈而多彩的边塞深秋的清晨。

"喂!上路!"一名侍卫高声催她。

她看得入了神,突然听到催促声,扭头,却见安乐王和众人都已坐在了马背之上,正在看自己。她迈步要走,又见安乐王忽然抬手,朝自己勾了勾手指。

她只好朝他走去,停在他的马前,距他几步远,仰头问:"殿下何事?"

"还能跟得上吗?"

姜含元答:"能。"

"姜祖望练兵,果然还是不错的。"陈伦在旁插了一句。

安乐王没接话,只微微低头,目光从她因行路一夜而被寒霜打湿的头发和泛潮的衣领上扫过,随手解了自己身上的那件烟湖色厚缎外氅,朝她抛了过去。

"呼"的一下，还带着原主体温的衣物，倏然罩在她冰凉的肩上。她的鼻间也冲入了一缕极淡的，但确确实实存在着的若沉香般的熏香气味。

姜含元闻惯自己身上的泥巴汗味，一时之间，反而不习惯这陡然间将自己笼罩住的干干净净的沉静的香气。她整个人陡然发僵，立得笔直，下意识地屏住了呼吸。那外氅相较于那时她的身量，委实过大了，搭上她的肩便往下滑，快要掉落到地时，她方惊觉，猛地伸手，一把紧紧将它攥住。

她这模样落入他的眼里，大约甚是可笑。他摇了摇头，又笑了一声，在破晓的霜天之下，颜若朝华。

"小娃娃，马骑得不错，路也带得不错。还看甚？回了！"他用嘉奖的语气道了一句，随即丢下了她，骑马而去。

姜含元怔了片刻，忽然回神，胡乱卷起外氅，急忙也上马追了上去。

那天，他们是在傍晚回到营地附近的。姜含元不欲让他知晓自己的身份，回到昨日相遇的地方，便从后追上他们归还了衣物，随即转向，就要脱离队列。

"站住！"

她走出没几步，忽听身后传来他的声音。她回过头，见他从腰间解了一枚玉佩，一把朝自己抛掷过来。

"小娃娃，这是带路的酬谢！你年纪尚小，不足以入伍，看你呆头呆脑的，若真打起仗来，怕是要送命的！若是因家贫投的军，你便拿着这个回乡，寻最大的一个官，就说是本王给的，换几亩田地想必足够。你往后便在家中好生侍奉双亲，过几年娶房妻室，胜过在军伍卖命！"

那少年说完，便挽缰纵马当先去了，陈伦紧随其后，其余人"呼啦啦"地跟上。一行人疾驰归营，渐渐地，消失在了姜含元的视野之中。

忽然，耳中又涌入一阵极大的欢呼声，姜含元感到身下的马车放慢速度，最后，缓缓地停了下来。

她知道，这一趟漫长旅途的终点——那从最初的安乐王府更为祁王府，如今又被称作摄政王府的地方，终于到了。

少顷，她面前的车门将会从外被人开启，那名为束慎徽的男子将会来引她下去，礼成，随后，便是只有二人相对的漫长的夜了。

她再次闭目，在心里估算回青木营的大概时间。

摄政王府的大门大开，门前高悬红灯，从门中望去，一条长长的两侧燃满庭燎的通道如火龙一般，将庭院照得辉煌若昼。

摄政王下马，朝婚车走去，即将引着他新娶的王妃进入这道门。

驸马都尉陈伦，身兼京城天门司长官和摄政王多年伴驾两重身份，今晚这样的场合，自是同路随行。但这一路，他一直将神经绷得紧紧的，丝毫不敢放松。

自去年秋高王束晖"暴毙"之后，向朝廷检举宗室成王及其党羽的密奏便没有断绝过，牵涉者众多，最初连安北都护姜祖望都在其中，上奏者称其与成王有多年私交。后来摄政王将娶姜女为妃的消息被证实后，姜祖望才退出了被弹劾的名单。

去年年底，成王再次被人检举，私募兵马证据确凿。成王自知已无退路，仓促间于青州举事，然而，不过半月，事败。成王自裁，成王一脉子孙连同党羽宗族皆被诛杀，其余人发徙岭外，终身不得归朝。

祸乱虽已消弭，但保不齐还有走脱的余党残孽妄图反扑。今天这样的日子，人多事杂，各司岂敢懈怠？从渭桥入城到摄政王府的这一路，除了常规出动的两司和禁军明卫，沿途更是安排了数以千计的暗哨，严密监视道路两旁的围观人群以及房屋乃至屋顶，以防有人潜伏生事。

此刻，摄政王及姜氏王妃的厌翟车仪仗，这一队浩浩荡荡的人马，终于到了府邸大门之外。入了这扇大门，今晚这场全城瞩目的盛大婚仪，便算是圆满度过了。

陈伦站在自己的位置上，将目光从正走向厌翟车的摄政王的背影上挪开，又扫了一遍周围。婚仪赞礼是来自礼部和鸿胪寺的官员，身着官服，各就各位，正候着摄政王将姜女迎下婚车，随后入内。

今晚，能近距离站在这里的所有人员，上从眼前这几位当朝第二品官员，下到各部随行人员和守卫，全都被陈伦暗中查了个底朝天，没有任何问题。

王府正门的周围，道路空阔，没有死角。

陈伦终于微微松了口气。这时，他的目光扫到了对面数丈外的路口，人忽然一顿。

那里聚着众多追随迎亲厌翟车观礼的城中百姓，他们都已被拦在预设了路障的路口之外，然而这时，一名童子竟从人群里脱了出来。

从陈伦这个角度看去，童子六七岁的模样，看着像是调皮，脱离了大人的保护，独自向着车驾蹦蹦跳跳而来。

不待陈伦发令，离路口最近的地方，立刻便有两名守卫上去，意欲将那童子拉回。突然，童子似磕绊了一下，扑摔在地。守卫弯腰欲捉，童子却忽然蜷作一团，如同一只球，竟滴溜溜地从其中一人裆下穿了过去，接着继续朝前滚动，速度快得异乎寻常。

陈伦双目瞳孔骤然缩紧。他已看清楚了，那不是童子，而是一名侏儒！

在遍布长安的乐坊和酒肆里，并不乏这种以自身残缺来逗人笑乐维持生计的俳优。但今夜出现在这里，又伪装成童子，此人是什么身份，显而易见。

路口周围的另外七八名守卫也反应过来，和方才那两名同伴一道，齐齐飞身而上，朝那还在往前翻滚的侏儒拥去，迅速合围。

侏儒被迫停住。然而，就在同一时刻，他自衣下抽出一张弩机。

刹那间，一支弩箭发射而出。

弩机射程不及弓远，但在有效的射程内，弩箭的速度和力道胜于弓箭。经由特制弩机发射而出的弩箭，甚至能贯穿人的前胸从后背而出，力道极是恐怖。

陈伦不顾一切，朝距自己不远的摄政王扑去。

然而，已是来不及了。

纵然已是倾尽全力，他还是没能追上那支如疾风般射出的箭，眼睁睁看着它如一道闪电般从自己的眼前掠过。在掠过他的那一刹那，那箭镞在他的瞳孔里拉出了一道幽幽的蓝线——那是剧毒的颜色！

这支毒箭，又继续从站得更靠近摄政王，却分毫没有觉察异常的礼部主官和几名仪曹的身畔掠过，朝着前方那道已停在了厌翟车前的背影疾射而去。

陈伦的心脏因为灭顶般的极度绝望和恐惧，几乎要在胸腔里爆裂。他甚至在自己的耳朵里清楚地听到了因血液的冲刷压力骤增而发出的"隆隆"之声。

厌翟车内，姜含元猛地弯腰撩起裙摆，一把拔出从不离身的匕首，纵身就要破门而出。这时，那名停车后便如同阴影般悄然隐在车厢侧旁的驭人突然从暗影里纵跃而出，五指大张，自方才坐过的座位之下抽出了一把刀。

已疾射到摄政王近前的弩箭在空中被斩断，后部箭杆旋转着坠落，前端的箭镞则被劈歪了方向，劲道却依旧未消，伴着沉闷的"扑哧"声，深深地射入厌翟车旁的一片暗影里，只余一截断杆露在地面之上。

火杖照出那人的面容，原来是禁军将军刘向——今夜他竟亲自充当了摄政王大婚所用厌翟车的驭人。

而这一切，从头到尾，不过就发生在一个短暂的呼吸之间。

此时，王府大门前正主持着礼仪的礼赞官才刚刚反应过来，主官和身后左右的一群人猝然停下，面露惊恐。至于路口的百姓，因视线被围拢而上的守卫遮挡，更加不明所以，只道他们兴师动众围捕一名误入禁区的顽皮小儿，起了一阵小小骚动。

姜含元止步在车门之后，很快，又听到车外在片刻前中断的祝词声恢复了，有人上前启门。她迅速后退、弯腰，才藏回了匕首，还没来得及抬头，眼前便骤然明亮。

车厢里猛地涌入了来自王府大门内跳跃着的辉煌的庭燎之光，两扇描金云霞翟纹的厢门从左右两侧被两名礼官开启。

摄政王束慎徽着一身礼服，端正立于车前。车门开启，他举目，望向车内的那名女子。她松开了匕首的把柄，抬起头。

两人便如此，一下子四目相对。

庭燎的灼灼之光，连同车门口这名来迎她的男子的身影，跃入她的一双瞳仁之中。

便如片刻前什么事也没发生过，他目光炯炯，眼睛一眨不眨地注视着她，举臂向着车里的她伸来了一只手。

这只手净若洁玉，骨节匀停，生得如同其主一般好，此刻掌心朝上，修长的手指以自然的方式微微舒展，停在了姜含元的面前，耐心地等待着她的回应。

姜含元慢慢地站直身体，从这只手上收回视线，目光转向车外之人。

他始终注视着她。当两人再次四目相对，他露出了微微的笑容，颔了一下首，向她致意。

姜含元没有回之以微笑，但也没令他等待太久。

在车外许多人的注视下，她慢慢地，向他伸去了自己刚刚才松开匕首的那只手。他便收拢五指，轻轻握住了她予以回应的手，牵住，带她下了厌翟车。

姜含元的手是粗粝的，指掌覆茧。握住对方的手后，两人的指掌不可避免地相互贴碰，她清晰地感觉到了来自这男子手心处的温暖，这令她不适。

足落地，她便不动声色地往侧旁挪了些，二人袖下本就只是虚虚相握的手自然便相互脱离了。

一切都是如此自然，他也收回了手，随即微微偏头朝向她，低声提醒前方台阶，便如此引着她，跨入了摄政王府的大门。

片刻前发生在门外的意外，如投入广阔湖面的一粒石子，只在王府大门近旁引出一阵小小骚动，很快便归于无痕，如从未存在过一样。

婚礼循着既定步骤进行，隆重而肃穆，最后，两人被引入新房，礼赞官奉上了合卺之酒。

这是婚礼中最重要，也最受重视的步骤。

盛酒的杯子通体以白玉雕作，双杯相连，其间又有玄鸟立足于瑞兽之背，祥瑞皆作庄严之貌。二杯便如此，左右相互贴依，紧密无缝，静静地置于铺了绛锦的案面之上。

他率先以双手端取左杯，以标准而优雅的动作徐徐抬高，平举礼服大袖之中的双臂，最后停于胸前，随即望向对面的新妇，静待着她举杯。

姜含元的视线落在余下的那只杯上。

本为天南地北客的陌生男女，饮了这杯酒，从此便为一体，同尊卑，相亲爱，不相离。

她伸出双手，也稳稳地端起这为她而留的玉杯，若他那般平举于胸前，抬起双目，平静地对上了对面男子的目光，在礼赞官的称颂声中，和他相互行礼，随即将杯送到唇边，一饮而尽。

放下合卺玉杯，至此，两人结成了夫妇。

礼官退出，侍人放落一道道的帷幕，将今夜的新人留在内室的深处，随即悄无声息地退了出去，闭合房门。

重重帐幔深垂，正对着床榻的墙前摆了一座硕大的落地镏金卷枝烛台，烛台上燃满红烛，光耀灼灼，照着床榻前的两个人。

两人依然保持着方才礼赞官退出前的样子，并肩坐在榻沿之上，中间隔着一臂的距离。两人身后，两道被烛光投映在红帐深处的影，如一幅画，一动不动。

起初谁也没有说话，房内静悄悄的，不闻半点儿声息。忽然，一支红烛的火苗爆了朵灯花。伴着轻微的"噼啪"之声，烛火晃了一晃，男子的身影也随之动了一下。

他转过了头，望向身畔之人。

"何侍郎道你一路甚是辛苦，实在是有劳你了。今日事又多，你想必乏了，不如早些休息吧。"他开了口，率先打破沉默，对她如此说道，神色极是自然，语气极是温和。

说完，他先起了身，走到床榻旁的一座衣帽架前，背对着她，微微低头，开始解起腰间的束带。随着他的动作，安静的内室里响起了来自带扣和衣物摩擦而起的"窸窸窣窣"之声。

"殿下，我有话说。"

束慎徽解带毕，正要抬手将衣带挂起，忽然听到身后传来一个声音。他停住手，转头，见她已站了起来，双目望着自己。

他面上并无任何异色，只示意她稍候，将方才解下的腰带重束了回去，略略整了整衣物，全身重归整齐后才转过身，向着她，面含笑意："何事？"

"殿下何以择我为妃？"姜含元问。

他目光微动，看了她一眼，没有立刻回答。

"殿下若是不便，无须答我。我有几句话，和殿下说明，也是一样。"她继续道，"我的父亲——自然了，还有我——从前未曾对朝廷有过半分不忠，从前如此，现在、将来，亦会如此。今我忝据摄政王妃之尊位，殿下的善意与期望，父亲与我皆是明了，铭记于心。金瓯伤缺，至今未补，姜家人既身为武将，又幸逢明主，以躯报国，也是在所不惜。

"以上，请摄政王知悉。"

她语气平静，神色坦然。

她说话的时候，他面上原本含着的笑意消失，神色转为严肃，目光直落在她脸上。

她也望着他的眼，没有任何避让。两人便如此又对视了片刻，他定住的肩忽然略略动了一下。随后，他缓缓点头。

"甚好。我会将你父女二人的忠心，传达到陛下面前。"他话里带了几分素日里与大臣对话的口吻。

"末将代父亲多谢摄政王。"姜含元向他行了一个郑重的全礼。

他看着她，动了动唇角，应是以笑算作回应，随即便停在了原地，既没说话，也没再继续片刻前宽衣解带的动作。

她也不动，行完礼后便站直，依然如方才那样立在榻前。就这样，两人相对默立着。

忽然，似有一缕风从外间而入，竟透过重重的帷帐侵入内室，惹得烛焰大片跳跃，两人的影子亦随之在锦帐里轻晃。内室里的气氛，好似也平添了几分尴尬。

视线扫过她身后那张阔榻上的锦绣被衾，他微微清了清嗓，再次开口："姜氏，那么……"他略略一顿，"歇了？"

他重又看向她，话里带了几分征询的意味，却也无须她回答，问完了便不再说话，默默转过身，再次背对着她开始宽衣解带。

只是这一回，不知何故，或是玉带扣卡住，过程不顺，过了许久他方解落了身上的那条玉腰带。他一手执带悬于架上，又低头慢慢地除着最外层的衣裳。

这时，外间传来一阵谨慎的轻微叩门之声。

"何事？"他停了手，转过头，应声发问。

前来叩门的是李祥春。

"启禀殿下和王妃，陛下来了，就在外头。"老太监在外间门外说道。

陡然间，他整个人肉眼可见地放松了下来，又迅速整好衣物，一把扯回束带系好，随即转向她，用带着几分歉意的口吻解释道："陛下应是听闻了今晚的意外，等不住，亲自来了。我先出去瞧一下。"

他说完话，神色已恢复了一贯的沉静，迈步朝外去，走了几步忽又停住，再次望向她："姜氏，你想必乏了，不必等我，自行休息便是。"

他的身影消失在了几重赤红帷帐之后，伴着轻微的开门和闭门声，脚步声渐渐远去。

正如束慎徽所言，少帝束戬是为今晚在摄政王府大门之外发生的那起意外而来。他在宫中一听到这样的事，当场便惊怒，性子又急，根本就等不到明早，立刻出了宫，直奔摄政王府来了。

李祥春跟着束慎徽朝外走去，不住地低声告罪："老奴无能，实在是劝不回陛下。老奴若再不来请殿下，陛下就要自己闯入了……"

束慎徽望着前方，没有应声。很快，他们便到了少帝所在的昭格堂。

这里是他平日用作见客的堂院，未经允许，外人不可擅入，所以此刻，通往内里的四扇四抹隔扇门虽开着，刘向却没敢进去，正带着人等在台阶下的游廊附近。

刘向已审完那名刺客了。

那侏儒应是死士，被拿后意欲咬破口里藏的毒丸自裁，却哪里逃得过刘向的眼，被捏开下颌取了毒丸。随后刘向亲自讯问，施以酷刑，不料那侏儒竟又聋又哑，让他一无所获。与此同时，天门司下暗门中的人在长安城众多乐坊里的讯问也无成效，之前无人见过这名侏儒。

调查结果并无太大价值，加上今夜是摄政王和王妃的洞房之夜，刘向、陈伦等人便没敢来扰他，碰头商议后打算明日禀报。不料少帝收到消息，召刘向入宫盘问一番，怒火冲天，直接就连夜出宫来了这里。

刘向哪敢阻拦皇帝，只好一路跟了过来，这会儿立在堂外，看见一身礼服的摄政王从远处走了过来，忙快步迎了上去。

"殿下！陛下他……"

束慎徽没等他说完便摆了摆手，上台阶，入了昭格堂。

少帝束戬此刻正在厅中走来走去，焦躁不已，忽然顿住脚，拔腿就要出去。

王府里的小侍张宝正弯腰缩脖地猫在门旁的角落里，窥着厅内的少帝，见少帝跨出了门槛，似乎是要直接闯去新房那边，急忙出来"扑通"一声跪在了门前:"陛下!陛下!摄政王和王妃在洞房呢!"

少帝没提防门外突然蹿出个大马猴似的影子,被吓了一大跳,定睛一看,火了,抬脚就要踹过去。脚都踹到了张宝的胸前,最后却又硬生生地停住,少帝顿了一顿,放了下去。

少帝从前常出入王府,张宝也常跟在他后头走动,自然知道他的性子,也知自己是沾了摄政王的光,否则少帝这一脚,怕不早将自己踹下台阶滴溜溜滚作圆子了。

张宝急忙又磕了个头:"奴婢爹爹已去通禀了,陛下可再等等?若就这样过去,万一……万一……怕是有所不便……"

少帝年后便十四岁了,长于宫中,于男女之事自然也非懵懂不知,听张宝吞吞吐吐仿佛意有所指,便皱了皱眉,抬眼望向堂门的方向,恰见一道身影朝里走来。他顿时眼睛一亮,立刻绕过张宝冲了出去,一把便攥住了那人的衣袖。

"三皇叔,你可来了!担心死我了!你没事吧?"

束慎徽边说自己无事,边入内。堂中灯火明亮,束戬见他衣着整齐,面带笑意,观之确实和平常一样,这才彻底松了口气。

"实在是太险了!三皇叔你没事就好!"

放下了心,少帝又想起听来的关于当时情景的描述,虽人没在现场,却也心有余悸,牙齿根都咬得"咯吱"响了,狠狠地道:"不必问了!除了高王、成王余党,还有谁要置三皇叔你于死地?看来前次杀的人,还是不够多!"

少帝猛地回头,目露凶光,"噔噔噔"走到束慎徽面前:"三皇叔,青州贼人死猢狲散,纵然还有余孽,料也没那么长的手敢就这么伸到长安来。不是我记仇,此事必是高王儿孙干的!他们表面老老实实,背地里对三皇叔你下手!万幸今晚三皇叔你无碍,可万一有个不好,他们便可纠集余党,浑水摸鱼,到时候怎样还不知道!

"他们这是老寿星上吊——自己找死!莫再耽搁下去了!这就将人全都捉了,好生讯问!只要问下去,总是能查出证据的……"

他是个极端的性子,记一个人好便待他极好,记一个人坏就睚眦必报。

少帝正怂恿得起劲,刘向突然现身在堂门之外,朝里张望。束慎徽见状,示意他进来。刘向匆匆入内。

"何事？"

刘向向二人行礼："陛下！摄政王殿下！方才收到消息，灵寿郡王突然疯了。"

少帝"啊"了一声，嘴巴张得可以塞进一枚鸡蛋。

"什么？疯了？"他将双目睁得滚圆，怪叫一声。

刘向点头："禀陛下，说是疯了。"

高王后院女子众多，子嗣却是单薄，据说是因其早年受伤，损及了那处，故只得一个成年的儿子，便是灵寿郡王。

束慎徽看向刘向："怎么回事？"

刘向便将方才得到的消息讲了出来。

据称，灵寿郡王今晚获知摄政王遇刺的消息后，两眼发直，魂不守舍，将自己关在了屋内。家人觉着不对，闯了进去，发现他竟悬颈于梁。他被解下来后，虽是被救了回来，但是醒来后便胡言乱语，看着竟是如失心疯一般。

少帝错愕过后，冷哼一声："我看是做贼心虚，故意装疯卖傻，想要脱罪吧。"

刘向低头："卑职不敢断言。"

这消息委实出人意料，方才他听手下来报的时候，也觉不可思议，但再一想，好似也是有迹可循的。

据负责监视高王府的暗探所报，高王"暴毙"后，灵寿郡王闭门谢客，至今一步也未曾出过门。据说他惶惶不可终日，日夜不得安眠，听到门外有类似锁甲铁环相碰之声，便胆战心惊，疑神疑鬼。他自上月病倒后，屡传太医，病情却始终未见起色。今晚突然出了如此大事，他若不是被少帝说中，装疯卖傻想要脱罪，那便极有可能是恐惧过度，真的迷了心智。

"三皇叔！他定是装疯！还有他那个儿子，不是猖狂得很，连送进宫的贡品都敢拦吗？！今晚你遇刺，一定和他们脱不了干系！"少帝转向刘向："去！立刻把这对父子抓起来，朕叫他再装疯！"

刘向口里应"是"，眼睛却偷偷望向摄政王。

束慎徽沉吟："陛下，不必这么急，他便是当真装疯卖傻，人也走不脱的。

既然道是人不好了，何妨叫太医再去瞧瞧，看情况究竟如何，再论也是不迟。"

少帝似是有些不甘，却也只好听从他的话："也罢，那就照三皇叔你说的做，我看他能装到几时！"

刘向得了话，正要出去办，忽然听到摄政王又叫住了自己。

"你叫人传话给兰荣，让他带着太医过去，就说是陛下关心灵寿郡王的病情，过去之后，瞧瞧情况究竟如何。"

兰荣是兰太后之兄，少帝之母舅，刚被提拔执掌地门司不久，和陈伦一道被视为摄政王之左膀右臂。

而郡王论辈是少帝的叔父，所以让兰荣去探病最好不过。

少帝喜道："对对对！还是三皇叔你想得周到，这个安排好！舅舅见多识广，定不会叫人给混过去的！"

摄政王笑了一笑，示意刘向去办事，待刘向去后，又转向少帝："陛下，不早了，臣送你回宫。你再不回，太后知晓怕是要担心的。"

束戬今夜出来之时，确是满心担忧和焦急，又恨高王一家恨得厉害，简直一刻也不能耽搁，一心想把人抓起来，此刻的心情却是大不相同了，哪肯就这么回宫："无妨无妨！母后时常教导我，要我听三皇叔的话，与你多多亲近。今晚出了这样的事，我来看三皇叔你，她若知道了，夸奖都来不及，有何可担心的……"

他说着话，转头朝新房的方向望了一眼："三皇叔，戬儿来都来了，若不叫一声皇婶就这么走了，岂不失礼？先前不是你说的吗？我如何待你，便如何待她！你就让我喊她一声，喊完了，我二话不说，立刻回宫！"

虽说明日也能见到姜家之女，但他实是对女将军好奇至极，既然都来了，女将军又近在咫尺，不立刻看上一眼，怎能甘心？

束慎徽见侄儿就是不走，还振振有词，也略头疼。他想了一下，召来张宝吩咐了一声。张宝应"是"，退了出去，拔腿就往新房方向跑去。

摄政王从前的寝卧之处距这里不远，在昭格堂后面的涧月轩，因颇是可心，已住多年。这回新婚，张宝本以为婚房也会设在涧月轩，不料改了地方，换成了王府东侧的一座名为繁祉的院落。

那座院子的建筑自然也是好的，前庭后院，论占地之广和装饰之奢，甚至胜过涧月轩，确也适合用作新房，但其已空置多年，且距离昭格堂有些远，不但隔着两道院墙，还有一座池园。从王府一头到另一头，他若不用跑的，走一个来回怕是一盏茶的时间都打不住。

张宝怕让少帝久等，撒腿飞奔，一口气跑向繁祉院。

新房里，束慎徽出去后，姜含元自然也没休息。她除下头冠，站在窗前，推窗望了出去。

窗外是一座庭院，占地极广，今夜悬满灯笼，红光映着冬枝，枝上的积雪宛若簇簇红梅，远远望去，流光溢彩。然而大约是庭院太大了，此刻也不见人，那团团朦胧红光，非但不见喜气，反而平添了几分寂寥之感。

忽然，她回头望了一眼外间，再等待片刻，转身穿过重帷出了内室，打开门。果然，一小侍模样的人就站在门口，举着一只手要敲不敲，正喘着气。

她方才就是觉察到了门外的呼吸声，等了一会儿，索性自己过去开了门。

张宝片刻前就到了这里，举起手欲敲门，又止，再欲敲门，又一次止住，比画掂量该用何种方式来敲门，才好让此刻应当正在门里等待着摄政王回来的王妃不会觉得自己唐突可厌。

正琢磨着，冷不丁门开了，他一抬眼，就见女将军竟自己开了门，站在门内，投来目光。他心里一慌，急忙缩手，躬身后退。

"启禀王妃，是殿下叫奴婢来的。方才陛下想见王妃，殿下就差奴婢来问一声王妃是否方便，若得便，他便引陛下来此。此间不远处有间正屋，劳烦王妃移步。"

张宝传完话，低头垂目，不敢直视女将军，心里对这位女将军充满敬畏。

倒不是女将军外表骇人，或是气势压顶，把他给震慑住了。相反，今夜第一眼瞧见人时，这个也算是见过大世面的小侍极为意外——此前听多了关于女将军的传言，他便难免也先入为主地有了想象，却没想到女将军乍看和普通女子无甚两样。不但如此，她也不是张宝之前想象的浓眉大眼貌。

女将军的眉眼生得秀而好，眼睫如两排凤尾似的，一路密密地扫上眼角，宛若蝶飞。这样一副眉眼，若在闺阁女子脸上，该当是如何眉若翠羽、秋水顾盼，但生在女将军这里，断不会教人生出如此联想，因她便是静立，腰背也收得格外紧而直，加上又不如何笑，如剑般的庄重之感便迎面扑来，如大雪压松,盖过了别的一切。

不只如此,她的目光更不是张宝本以为的咄咄逼人、如刀如剑,对视之时,杀气流露可诛人于无形。恰恰相反,张宝虽不知这位与刀锋为伍的女将军上了战场如何,只从今夜看,她的眼神是内敛的,不见喜怒,甚至可以说是平和的。

张宝推测,她平日应当是位沉默寡言之人。

自己的相人术灵不灵,日后再论,反正,女将军固然会教人不敢在她面前过于放松,但,也绝不至于令人感到害怕。

让他如此小心的原因,除了女将军本身,也包括摄政王对她的态度。

今晚,前一刻才经历过刺杀的摄政王若无其事地亲手扶她下厌翟车;现在陛下要见她,摄政王竟也打算带着陛下穿过半个王府,来此和她见面。

摄政王一向谨守礼节,照平常的作风,难道不该是请王妃到少帝所在的昭格堂去见面吗?今晚如此行事,自是为她方便考虑。可见在殿下心目当中,这位女将军如何重要,地位如何特殊。

张宝传了话,竖着耳朵等待应答。

她沉默了片刻,道:"还是我去那边吧。"

昭格堂那头,束戬站在门口不停地张望:"三皇叔,新房为何不用你从前一直住的涧月轩?距这里近,你又住了这么多年了。搬去那处,岂不是很不方便?"

"既迎新妇,自是要用最好的屋院。那里建筑周正,最合适不过。"束慎徽似不想谈论此事,淡淡地应了一句。

束戬也只随口一问,"哦"了两声:"可以走了吧?"

束慎徽估计张宝已通知到了,姜家女儿应也做好了准备,便起身,领着侄儿出去,道:"戬儿,她从雁门长途入京,一路劳顿,尚未休整便成婚。婚仪之繁缛,你也知道。方才你来,三皇叔出来时,她实是已歇下了。你执意要见她,三皇叔便叫她出来,等在繁祉堂。并非她对你不敬,而是……"

"知道知道,是她太累!不用她来!咱们快去!"束戬简直迫不及待地想见女将军,催道。

束慎徽领着侄儿正要跨出昭格堂,却突然脚步一停,只见姜含元竟自己来了这里，现身在门外阶下。

很快，他反应过来，迈步迎了出去，低声解释："姜氏，陛下性急，今夜定要见你一面再走，扰你休息了。不过你本可以不必来此，我领他去那边也可。"

"殿下言重。陛下亲至，岂能失礼？"她简短地回他。

"臣姜含元，未能及时拜见陛下，望陛下恕罪。"姜含元向对面的少年行礼。

少帝两只眼睛盯着她，脸上挂着不加掩饰的惊讶表情，看着实在不大像样。若是太傅知晓此事，怕是又要痛心疾首，自责教导不力。

束慎徽轻轻咳了一下，束戬回过神，急忙道了声"免礼"，又扭头冲着束慎徽道："三皇叔！你叫女将军……不！是三皇婶！叫她往后在人后，也不必和我行君臣之礼！"

束慎徽只看了一眼姜含元，却没照束戬的意思发话。

姜含元也没停下来，继续行自己的礼，礼毕，方直起身道："多谢陛下。"

少帝没话了，就这样又站了一会儿，忽然一拍额头，如梦初醒："不早了，我真该回宫了！要不母后知道了，要担心。"

束慎徽便送他，姜含元自然同送。

出了昭格堂，下台阶，少帝道："三皇婶，你不用送了，我自己走。"

束慎徽转向姜含元："你止步吧，我送陛下出去便可。"

姜含元停在阶下，束慎徽和方才等候在外的刘向等人继续前行。

少帝起先一声不吭，埋头只顾走路，等走到通往大门前堂甬道的拐角处，才偷偷回头飞快扫了一眼身后，扯了扯束慎徽的衣袖。

"三皇叔，有没有搞错？姜祖望是不是另外有一个女儿？她真的是长宁将军？我怎看着不像？就她，能上阵打仗，降得住手下的一群兵将？"

束慎徽的眼前便浮现出她方才来时的样子：她仍着婚服，但已卸去头冠，只随意将乌发在头顶绾成一个饱满利落的髻，以一支简单的凤头钗固定。即便是今夜如此场合，她亦未施脂粉，但一张脸竟也能压得住身上的婚服。

也难怪少帝如此大惊小怪，想是这女将军和他想象的相差有些大了。其实莫说是少帝了，便是束慎徽自己，乍见她时，又何尝不是有几分意外。

"三皇叔,你倒是说句话啊!"

束慎徽下意识地回过头看了一眼,见她还远远地立在昭格堂外的台阶下,被灯火雪色笼罩,身影沉静。这般看去,那身影便如头顶的夜色,朦朦胧胧的,似不十分真切。

"莫非是姜祖望为博取名望,以其女冒领他人功劳,这才有了长宁将军之名?"

他的耳边又传来少帝狐疑的嘀咕之声。

束慎徽便想起今夜自己和她初初照面时,厌翟车车门开启,看到的那一双倏然抬起的眼。那双眼生得很好,但令他印象深刻的,是那眼中的光。

那是一双唯看惯生死之人方能有的无波深眸。还有她的手,他短暂地牵过——那只手不大,他一掌便足以满握,但他的手指清晰地触到了其掌心里生的片片刀茧。

"休得胡说八道。"

他将视线从那女子身上收回,转头,阻止了侄儿不着边际的胡言乱语。

姜含元等在原地,片刻后,便见束慎徽独自回来,停在自己面前,对着自己微笑道:"陛下回宫了。今晚有劳你了,回房吧。"

两人便往新房去,并肩同行,只是中间隔了些距离,经过一座院,经过一扇门,又经过一座院,再是一扇门,一路竟始终无话。

最后穿过那有水的池园时,他微微侧过脸,悄悄看了她一眼,见她双目望着前方,竟忽然开口,指着一池水为她介绍了起来:"此处池园,如今是无甚可看的,待天暖了,到六七月,芙蕖当季,荷香阵阵,还是有几分江南秀色在里头的。你若是喜欢,也可泛舟其上……"

姜含元扭头,看了一眼他所指的那一大片黑乎乎的什么也瞧不清的水,"嗯"了一声。他本想继续说下去的,见她似无多大兴趣,便闭了口。

便如此,两人继续默默地过了池园,又经一道长廊,回到新房,合门,过外间,再入内室,终于回到了起初的地方。

不过,许是因方才有过那样的一番来回,两人之间最初的陌生之感似也淡了些,他的神色已恢复自如。他用带了几分歉意的口吻,对她微笑道:"今夜你我新婚，却这一通折腾，也是没想到的，难为你了。不早了，歇了吧。"

他再次来到先前那座衣帽架前，今夜第三次解起了衣带。这一次却颇顺利，他很快除去衣带，又脱了一袭外衣，只剩中衣在身时，他略略转头望了她一眼，却见她依然那样立着，仿佛在看自己，再瞧，她的注意力又好似并非在自己的身上，像走了神。

他想了想，回身向她走去，停在了她的身前，和她相对而立，中间不过隔着一肘之距。这应是今夜见面后，两人离得最近的时刻了。

随着他停步，脚步声消失，内室也再次悄然无声，仿佛连呼吸声和烛芯被火焰灼烧时发出的"吱吱"挣扎之声都能听到。而红帐深处那两道相对的影子，看起来竟也似乎多了几分亲密之态。

"姜氏。"他试探着，轻声唤她。

那一双本垂着的睫毛动了动，她应声抬目。

"方才若不是陛下来了，我有句话是想教你知道的……"他注视着她的眼睛，继续说道。

她依然没有开口的意思，只望着他。

他仿佛摸到了她能不开口便不开口的脾气，也不等她回话，接着说："无论起因如何，你我今日既成夫妇，便是一生之事。往后我必会敬你。你想要如何，只要我能做到，也必会遂你心愿。"

他向她连道了两个"必"，语气很是郑重。

满室烛辉照耀。他说完，注视着她，面上噙着一贯的微笑。见她依然沉默立着，他迟疑了一下，手微微动了动，接着，便缓缓抬起，试探一般，最后手指落在了那支固定着她发髻的金簪上。

他欲为她解发。随着簪子被一寸寸地抽离，她那一团丰盈的发髻也慢慢变得蓬松。他没有停，继续一点点、缓缓地替新妇抽簪。

红帐深处，烛影里的一双人看上去已渐显亲密。

就在他快要将金簪抽出，她的发髻也即将因失去支撑而崩散之时，她忽然有了反应，摆头躲开了他的手，并微微往后退了一步。

"殿下，方才你之所言，可是当真？"她开口问道。

束慎徽看了她一眼，慢慢收回那只被遗留在了半空的手，颔首。

"如此正好。我有一事相求。"

"你讲。"

"我想尽快回雁门。"

她直率的态度一下子便冲淡了方才因她避开他的手而生的些许尴尬。

对于她提出的这个要求,他似乎并不感到意外,面上依然含笑,略一思索,随即爽快地点头:"一年后,明年再论如何?你也知道,你我成婚,朝廷上下皆是注目。"

"一个月!"姜含元接道。

他唇畔的笑意消失。他盯着她,而她神色自若。

"半年吧!半年后,再安排此事。"他迟疑了一下,退让一步。

"两个月!"

这下,他仿佛被她逗乐,轻轻地摇了摇头,也不再说话了,就那样瞧着她。

她也看着他,眼中丝毫没有退让或是犹疑:"殿下,婚既已成,殿下若也信我父女,我以为这并非不可。我一副皮囊,人在何处有何干系?何况我本就是边将,离京还须顾忌人言?"

也不知是被她说服,还是因她语气中的坚决,他沉默片刻,终于抬目道:"我的母妃如今在故地休养身体。这样吧,你暂且安心留下,过些时日,待我京中之事能腾出些空了,我便和你同去拜见她。此事结束后,以军情为由,你直接回雁门。这样如何?"他又添了一句话,"你放心,我会尽快安排。最迟三个月,能多早便多早,不会耽搁你太久。"

这样的结果,实话说,是超出姜含元预期的。今夜还没进这屋,尚在厌翟车里时,她就在想这个最重要的问题。

她本做好了至少被困在这里半年的打算,现在时间缩短一半,心情忽然就变得愉悦了,再看眼前的这个人,也好似变得顺眼了些。

她只要能回,还能尽快回,别的事与之相比,都无所谓。

她点头:"可。"

随着她的话音落下,两人又归于无话。方才抽簪一事不好再做,两人相对再立片刻,夜色愈深,不可避免地,接下来便又是新婚之夜无论如何也绕不过去的就寝之事。

他的视线从她鬓边那支发簪上扫过,他微微一动,尚在迟疑时,却见姜含元忽然抬手,一下拔了发簪。本就松了的发髻彻底崩散,乌发尽数凌乱地落于她的肩上。

她看也不看,随手一投,"叮"的一声,手里那东西便飞到了一张十来步开外的条案之上。接着,她弯腰撩起裙摆,从一圈扎在长腿上的护膝似的绷带里拔出了一柄侧插的匕首,如法炮制投到了案上。

她解释了一句:"殿下放心,我绝无对你不利之意,只是习惯了。若是入宫,我自晓得该如何做。"

说罢,她又利落地除下腰间的衣带,脱去外袍,最后如他一般只着一件轻薄纯丝中衣立于他的对面。她徐徐张臂,露出了布着狰狞伤痕的臂,彻底地张开了满是糙茧的双手,将自己整个人完全地展露在了他的视线之中。

起初他默默地看着她拔簪解发,待见她从身上抽出了匕首,仿佛也只略微惊讶而已,但接下来随着她宽衣解带,又向他张臂展体,举动恣意,他的神色逐渐不自然起来。

"貌陋如我,殿下请看清了。我自小便长于边地军营,除了这副女身,别的早已和男子无二。殿下若当真愿意同寝,我是无妨。"

她说完,等着他的回答。他沉默。

她点了点头:"不早了,那就歇了吧!"

最后,她替他将他的话也给说了,转身走到榻前,躺下便闭了眼。等了片刻,却无动静,她睁眼,见他还那样立在原地看着自己,一动不动,好似发怔。

没想到此人私下竟是如此拖泥带水的性子,她颇感意外。就这样的人,若是在青木营里,派去做个伙夫都会被嫌不利索。

"殿下若无此意,我无妨。我睡外间去。"

他如此,姜含元求之不得,一个翻身便坐了起来。

外间靠窗的地方有张美人榻,长而狭,本是用来日间小憩的,但容一个人睡觉也是绰绰有余。

"不,不,你误会了!你我既成夫妇,此为人伦之道。况且也是我求娶你,我何以不愿？这就歇了！"

他如梦初醒，立刻出声阻止，说着便到了榻前。待要上榻，他见身后那排红烛明晃晃地正对床榻，照得人肤发纤毫毕现，一顿，又掉头走了回去，将悬于榻前的最后两道帷帐也放了下去。

帷帐厚重，垂落闭合，一下子便将光线悉数挡在了外头，剩下这片狭仄空间，变得昏暗。

"姜氏，你且往里靠些，容我上榻……"他停在了床榻之前，低声地道。

倒不是床不够大，不容二人同卧，而是她卧在了外侧。这是她多年军营生活养成的习惯，军营中夜间遇紧急警哨出帐是家常便饭，人睡外侧，便于下榻。

她看了他一眼，往里挪了挪。他慢腾腾地除了靴，上了榻，坐好，展被，先将她盖好，严严实实地遮到脖颈，接着将被子往自己身上披了披，慢慢地躺了下去。

起初两人都似睡了过去。姜含元闭目，是真想就这么睡，片刻后却感到被下有只手朝着自己缓缓伸来，摸索着替她解起了中衣的系带。她一动不动地等着，却发现那只手在她腰腹处停留了有些工夫，半晌竟连解个衣带也不利索。她等得实在是不耐烦了，推开了他的手，自己三两下便解开了。

身边的男子静默片刻，覆上了她。

姜含元极其不适，忍着将人一脚给踹下去的冲动，闭目神游。

她先是想起了出发前夜，云落城里来的老嬷嬷向她叮嘱的话。她也没细听，只抓到了一句重点："忍一忍，过去了，往后就知道夫妇人伦之乐。"

接着，她忽又想起十几岁时在军营附近一座马场里无意间看到的配马情景。当时她惊骇莫名，万万不曾想过，发情的公马与平常时竟相差如此之巨，狰狞丑陋至极。不过后来，她也就波澜不惊了——边地没有冲突和战事的时候，到了夜晚，那些还没被白天练兵耗尽精力的男人们凑在一起，什么样的荤话都讲得出。天道共生，万物相类，人和马，本质上有何区别？

罢了，无趣，不想此事了，她转而去想明后几日自己先要抓紧办的一件事。

便如此，也不知过了多久，好似有些长，又好似只是片刻，她发觉他没有下一步行动了。他覆在她身上，起先还动了几下，慢慢地，到最后好似昏过去一样。莫说什么人伦之乐了，她预想中的"忍一忍，过去了"也始终没有到来。她不禁狐疑地睁开眼，推了推他的肩。

"你快些。"她催了一声。

他一动，缓了回来："我……我有些……实是对不住你……"

他的嗓音听着有些发虚，好似军营里的人没吃饱饭就出操，说话声也越来越低。或是实在难以启齿，他顿了一顿，道："不如……下回……"他的声音里又充满了浓重的愧意，"实是今夜，我也不知为何……或是真的乏了……"

说完这句话，他又为自己的无能做起了解释："明后几日，朝廷为我的大婚休沐，故前些时日事更多了，还须准备婚事，我已连着几夜未曾睡好。"

姜含元明白了：这就好比军中之人临阵用枪，枪却举不起来了。

她坦坦荡荡主动至此，他还不济——她信他绝非故意，那么归根结底，果然是自己没能让他产生兴趣。

她的脑海里便现出那日在护国寺里的所见所闻，以及那温家女郎的动人美貌。她悟到了什么，更是如释重负，甚至有些可怜起他了。

人活于世，各有苦痛。贩夫走卒有贩夫走卒的不幸，王公贵族有王公贵族的不幸。这人的牺牲，委实令她同情，娶了自己不算，还要这般勉力奉承。

眼前光线昏暗，却也足以看清人了，她见他低头望着自己，满面惭色，神色颓丧，额前好似还布了一层薄汗。

"无妨。我正也乏了，歇下吧。"她应道，不忘安慰一句。

见她如此说，他却好似又悔了，迟疑了一下，道："你且稍等可好？我或再来……"

"殿下！"姜含元再也忍耐不了，直接阻止，"殿下当真不必如此勉强！我知殿下对我无半分不敬之意！您只要容我尽快回去，我便感激万分了。"

她的语气诚恳。确实，这是她的心里话。

男子默默地从她身上下去了。姜含元整了整身上凌乱的衣裳，朝里翻了个身。

这夜再无别话。她也不知和她共枕之人睡得如何，于她而言，这一趟来时最大的心事去了，竟难得一夜好眠，最后是被身旁发出的动静给惊醒的。

她睡觉不认地方，在哪里都能睡，但向来眠浅，倘能不入梦魇，便是睡好了。她霍然睁眼，看见枕畔那人正缓缓地离枕坐起身，掀被似想悄悄下榻。

他忽见她醒了，一顿，随即道："辰时前到太庙便可。时辰还早，你可再睡些时候。我另有事，先起了。"

因光线昏暗，姜含元看不大清楚他的脸色如何，但声音听着是干巴巴的，还带几分哑。他说完便下了榻，背对着她，很快穿好衣裳，多一刻也未停留，掀开垂帐走了出去。

其时方过五更。

摄政王从前若是睡在王府里，这个时辰通常已是起了身的。今早新婚夫妇也要早早去太庙拜庙，所以此刻门外两侧的长廊上，李祥春、张宝和一位侍奉束慎徽母妃的女官庄氏带着侍女等，已在候着了。见摄政王开了门，众人入内服侍洗漱，外间却不见新婚王妃。

"她昨夜乏，还在睡。嬷嬷你可晚些来。"

束慎徽见庄氏将目光投向内室，略略迟疑，道了一句，可话音未落，就听身后传来脚步声。他扭头，见她竟已出来了。

老实说，这个早上，他还没有完全从昨夜的那个巨大意外里走出，下意识地不愿和她面对面，更遑论对视了。见她望向自己，他勉强略略点头，随即转了脸，默默地自去洗漱。

庄太皇太妃不在京城，对皇宫中的事也早不过问了——长安城里唯一让她挂心的便是摄政王，几个月前，她获悉摄政王欲迎女将军为妃，特意把身边跟了多年的庄氏派回来，服侍将来的那位王妃。

女将军非一般女子，昨夜初见后的印象更是如此，并且感觉也不容易接近，所以庄氏有些挂心，也不知昨夜摄政王与女将军处得如何。方才听他如此说了一嘴，又暗观他眼圈泛着淡淡青晕，似是没有睡足，庄氏便想歪了，以为这是他和女将军如鱼得水，年轻人不知节制所致，心里才一松，不料转个头，见王妃也出来了。

这时庄氏再看二人，女将军神态自若，摄政王却有些不对劲，竟是神色木然，两人似连目光都没完整地对上过，怎么看也不像是昨夜如鱼得水、刚睡了一个被窝出来的。庄氏心里不禁又疑惑起来，只是面上丝毫也没表露，带着侍女侍奉女将军静静洗漱。

那边，束慎徽更衣毕，李祥春说："兰将军已来了，在庆云堂候着。"

束慎徽正是要去见兰荣，正待走，一顿，扭头向着姜含元说："我去一下。你不用等我，先用早膳。"

他在说话的时候，眼睛是看着她的嘴的，说罢就往外去。

张宝端了只盏追上去："殿下，天冷腹空，先喝口水，暖暖身子。"

束慎徽摆了摆手，头都没回，匆匆迈步跨出门槛，下台阶，身影消失在了黑蒙蒙的寒冬天色里。

姜含元早就饿了，自然不会等他，自去用膳，庄氏领着侍女侍奉。

姜含元不识庄氏，见这中年妇人身材合中，面皮白净，头发梳得整整齐齐，模样干练而亲切，对自己十分敬重的样子，又看其年纪和旁人对这妇人的态度，估摸她是有地位的，所以见她要亲手给自己奉食，便说"不敢"。

妇人笑道："我随殿下母妃之姓，王妃唤我庄氏便可。能侍奉王妃，乃我之荣幸，王妃尽管差遣。"她又道，"我早年学过几日厨膳，能做一两个小菜，这回过来就是服侍王妃。也不知王妃口味如何，我便自己胡乱做了几样。王妃且尝尝，不喜哪样，下回我便换掉。"

食案从左到右被摆得满满当当，上面的饭菜足能喂饱十来人。其中除了常见的长安各色朝食，另有十来样菜，碗盏无不玲珑，食物无不精细，雕花刻牙，赏心悦目，应就是这妇人自己另外做的。

被摆在姜含元面前的，是一碟看着像肉片的东西，摆盘精致自不必说，在灯火之下，那肉泛着一层莹润的红光，叫人食指大动。姜含元夹了一片，入口却是甜的。

多年来，她在军营一向和士兵同食，饮食的主要目的是饱腹和御寒，食物多粗陋，即便是肉，也为炖煮出来的大块之肉，口味咸重居多，似这甜肉，实是生平头回吃到。她本以为会腻，但咀嚼下去，味道清甜，外皮酥脆，肉却软嫩至极，几乎入口即化，咽下后唇齿余甘，仿佛带着淡淡的桂花清香。

她颇是喜欢这道菜。那碟子本就玲珑，除了盘饰，肉在中央统共不过摆了七八片，便如鸟食，不过三两口的事，她就全吃了。

妇人看得双目发亮,暗暗记下,等姜含元吃完,欣然道:"原来王妃和殿下的口味竟是相同!这酥蜜鸭脯原本是太皇太妃南方故地的一道菜,殿下幼时跟着太皇太妃,也最喜食这道酥蜜脯。这菜是取嫩鸭胸肉切片,以花蜜腌渍,春以兰,夏以荷,冬以梅,故余味各有花香,却又不尽相同。如今有桂花,我便做成了桂蜜酥脯,王妃也喜欢,再好不过。这回备料不多,下回我再做给王妃吃。"

姜含元本是饿的,听罢此话,却忽地好似被刚吃下去的肉片给撑得饱腹,暗自懊悔不该吃这东西,顿时没了胃口,草草再吃几样便停了箸,起身回房。

摄政王哪知自己喜食的一碟蜜肉竟生生倒了女将军的好胃口,径直到了王府里用作会见外客的庆云堂,兰荣带着太医令来复命,已在等着。

兰荣其人貌端体健,仪表堂堂。从前他只做了个散骑常侍的闲官,因兰妃而得封县伯,邑五百户,不算无势,却也不显,加上为人低调,鲜少出头,在长安的一众公卿贵族当中,一向并不如何引人注目。这几年,时来运转,他方渐渐出人头地,究其原因,一则是当今天子母舅的身份,二则也是他原本就颇有能力,有了机会,便干略渐显,办事从无差错。更难能可贵的是,即便是少帝登基之后,他也未因地位变化而滋生半分骄狂之气,言行反比从前更加谨慎,所以颇受赞誉。几个月前,随着那场高王暴毙引发的京城官场震荡,他和驸马都尉陈伦分别执掌了长安的新两司,真正手握实权,成了摄政王的左膀右臂。

他昨夜得过吩咐,不必连夜回报情况,且日一早也可。他自是明白,是摄政王和女将军洞房夜之故,所以今日一早前来,来了后,让王府管事不要惊动摄政王,自己在此等着。他已等了些时候,忽见堂外灯影一阵晃动,接着,一道身影出现在了庭阶下。

摄政王到了,正往这里行来。兰荣急忙几步迎出堂外,俯身便拜:"摄政王恕罪!微臣扰了摄政王休息。"

束慎徽看起来精神奕奕,跨入堂中入座后,示意兰荣也就座。兰荣固辞不坐,束慎徽便也不再勉强。

兰荣立定,先是禀告刺客之事的后续,道昨夜地门司协同天门司彻夜紧急排查完了全城各处重要之所,暂无新的可疑情况。接下来的一段时日,他所掌的地门司将继续和陈伦的人一道严查治安,除了明检,已安排暗线全面铺查,以消除隐患。

束慎徽颔首,随即问他昨夜去高王府的详细情况。

兰荣一五一十复述。当时,他带着太医院的三名太医到高王府探病,整个王府愁云惨雾。

"微臣到后,见灵寿郡王两眼发直,双目无光,口里填着口塞,乃不许他发话之意。我命人取了口塞,他便胡言乱语……"他停了下来,小心地看了一眼座上之人,"摄政王恕罪,微臣不敢讲。"

"如实说来便是。"

兰荣应"是",继续道:"郡王起先咬牙切齿,道摄政王你……"他又顿住,抬眼见座上摄政王望来,一咬牙,道,"他道摄政王你假仁假义,要杀便痛快杀,好叫他落个干净,好过这般日夜煎熬,生不如死。那世孙恐惧,极力辩白,一家人跪了满地,哭求他住口。他忽然又号啕大哭,扑跪在地磕头,撞得头破血流也不管,说事情和他无关,是有人要陷害他,求摄政王饶了他……"

当时那情景,委实难看。兰荣说完,屏气敛息不敢出声,却见摄政王神色平淡:"太医如何讲?"

兰荣松了口气,忙禀:"太医反复检查,道是痰迷心窍,不像是假。微臣怕误事,当时带去三人——太医令胡铭,还有太医左右丞。今早微臣将太医令也带来了,人就在外头候着,摄政王可亲自查问。"

李祥春将太医令传入。胡铭拜见摄政王后,将昨夜自己和左右二丞的所见与诊断结论详细禀了一遍,便如兰荣所言,郡王发疯,不似是假。

胡铭的恩师是一位多年前因病告老归乡的杏林国手,胡铭尽得其真传,医术极是高超。他敢下如此肯定的论断,自然不会有误。

束慎徽让太医令先下去,将目光落到了兰荣的脸上:"昨晚之事,你如何看?"

兰荣犹豫了一下,恭敬地道:"摄政王既问,微臣斗胆从命。以微臣之浅见,郡王父子本就无甚大能,不过是狐假虎威,如今皆被吓破了胆。高王暴病而亡时日不长,即便他们对摄政王心怀恨意,料也不敢这么快就有所异动。至于成王一党,固然尚有漏网之鱼,但微臣以为,那些人如今于暗处自保求生尚且不及,应也无人敢冒天下之大不韪做下如此逆举。"

"郡王没胆,成王余党也不像,那么可能是谁?"

兰荣顿了一顿:"微臣倒觉着,是乱晋皇甫氏的余孽所为也不无可能。狄国六王子炽舒于幽州燕郡设南王府,亲自坐镇,效我汉制御当地之民,多有汉人投效。当年乱晋末帝及其子孙皆死于倒戈乱军之手无疑,但当时晋室中还有一颇具声望的王叔下落不明,传言其与心腹北逃而去。倘若传言是真,幽燕乃皇甫氏故国旧地,其自会和炽舒勾结。皇甫氏对我大魏必然恨之入骨,日夜所思,皆为颠覆,摄政王自然成其眼中钉。他们派细作伺机潜入刺杀,也是有可能的。"最后他又恭声说道,"以上皆为微臣之浅见,以摄政王之大智,对此事必早已明若观火。请摄政王指正。"

束慎徽沉默了片刻,对兰荣点了点头:"你之所言,颇有道理。昨晚也辛苦你了。"他望了一眼堂外渐渐泛白的天空,又含笑道,"你出来得早,是否用过早膳?若无,可与我共进。"

兰荣岂会连这等眼力见儿也无?他忙躬身辞谢:"微臣多谢摄政王美意。摄政王大婚,竟遇如此险情,惊扰到了摄政王和王妃,本就是微臣的极大失职,如何敢再打扰摄政王和王妃?微臣告退。"

束慎徽一笑,唤来管事,命其送兰荣出府。待要返回繁祉堂,他忽然迟疑了一下,又吩咐太医令暂且留下。

胡铭被李祥春再次带入,束慎徽看了一眼李祥春。老太监会意,知摄政王接下来的话连自己也不能听,便躬身领着几名小侍远远退避。

胡铭被单独召见,心中略微忐忑,也不知道摄政王要问自己何事,行礼后便屏气敛息。好在座上的摄政王面含温和笑意,叫自己不必多礼,看着似乎并非什么重要之事,他这才稍稍松了口气。

"太医令且坐下说话,不必拘束。"摄政王又笑道,态度亲和。

胡铭岂敢真放松,谢座后只站着:"敢问摄政王,何事需微臣效劳?"

他问完,却见摄政王又不言语了,出神似的许久没有发声,面沉若水,也不知在想何事。他也不敢催,就只等着。

终于,摄政王仿佛思量完毕,抬目望了过来:"本王要问之事,倒也并非大事,只是今早见你也在,想起来顺便问一声。"

"是，是，摄政王请讲。"

"事也并非本王之事，乃本王一位好友，素来与本王无话不谈。前些日，他私下寻我讲，他……"

胡铭明白了，这应当是摄政王替密友问疾，彻底松了口气，凝神细听，不料摄政王讲到这里，方才起了个头，又打住了。

"殿下，可是您那好友有何疑难症况？若是，殿下只管讲来，微臣必尽力解答。"太医令等了片刻，问道。

摄政王又顿了一顿，忽然摆手，面上再次展露笑意："罢了，小事而已，还是叫他亲自问疾为好。本王这里无事了，你去吧。"

胡铭莫名其妙，但见摄政王如此发话，自也不会多问，应"是"，躬身退了出去。

摄政王在庆云堂外又独立了片刻，抬头，见天光比方才又亮了几分。时辰催人，容不得他再驻足于此。他只得压下心中杂念，先匆匆回繁祉院。

庄氏终于等到摄政王回，服侍他用朝食。

她是庄太皇太妃身边的亲近人，这些年都跟随庄太皇太妃居于钱塘西子湖畔，刚回长安不久，束慎徽便叫她不用随侍。

庄氏这趟回京从张宝口里获知，祁王摄政之后，竟没几天在王府里好好用过早膳，几乎都是随意吃几口便走。她听得心疼不已，如今能有侍奉束慎徽用早膳的机会，怎肯离开？

她笑着说道："还是我来。殿下你坐。"

束慎徽就着侍女奉上的水盂净手，似是随口问："王妃用了吗？"

"方才已用过。"

他徐徐地呼出一口气，擦了手进去，看着面前满案的食物，想了一下，对庄氏微笑道："朝廷倡俭，我当为百官之先。今日王妃初到，嬷嬷你考虑周到，理当如此，不过，往后无须如此，她应也不是虚讲排场之人。"他又看了一眼寝堂方向，"我若在府里，不必管我，嬷嬷你叫人做合她口味的，我随她。"

庄氏笑着应"是"，忽然想起一事，迟疑了一下，又低声道："殿下，今早我准备了那道酥蜜鸭脯，见还颇合王妃口味……"

她停了下来。

庄氏之所以将这道菜单独提出来,是因为当时给女将军介绍时虽说得简单,最多也就是比寻常菜看多几分风雅罢了,实际上却大不简单。这道菜用的肉只取三个月大的白鸭的一块胸脯嫩肉,鸭也不是普通的鸭子,须自破壳后便只喂香米和嫩莼,喝甜泉之水。香米和甜泉也就罢了,并非不可得,嫩莼却只南方才产。所以这道来自庄太皇太妃吴越故地的菜到了长安,身价竟翻了十倍还不止。

早年宫中,因庄太皇太妃之故,为做这道菜,武帝还命专人从南方进贡。后来庄太皇太妃说太过奢费,不再用这道菜了,可这道菜已被传出宫外,长安豪门富户争相模仿,宴客更以有此肴为荣,甚至为得纯正之名,不惜一掷千金。有需便有市,长安专侍豪门贵人的行当里,自然便有人做起这门生意,专饲这种白鸭。

如今南方也未入春,嫩莼绝迹,长安便有以另一种暖房嫩菜代替嫩莼饲成的鸭,力求肉质最接近正宗的口感。但即便是本地嫩菜所饲之鸭,价也依然极高,又因供不应求,一只便需五十两银子,能抵长安普通小户之家一两年的嚼用了。

今早做的这道菜,庄氏感觉很合女将军的口味,偏摄政王又这么一说……所以,她就提了一句。

她说完,摄政王便扫了一眼食案,果然不见鸭脯。他微微一顿,应是明白了过来,再次看了一眼寝堂方向,回过头,道:"她既喜欢,你叫人做便是。"

"是。"庄氏笑着应道。

束慎徽又看了一眼外面的天色,用了些膳食,起身匆匆回到寝堂。

姜含元已穿好今日前去拜太庙的礼服,见他进来朝自己点了点头便转开了视线,知他不想看到自己,便识趣地先出去了,站在寝堂门外的阶前,望庭院里的残雪。片刻后,她的身后响起了脚步声。

他也出来了,纁裳纯衣,缁带韎韐,从头到脚,一身庄重,丰神俊朗自不必讲了,面上神色也极是矜肃。

经过她身旁时,他略略停步,道了句"随我来",就继续朝前走去,目视前方,和昨夜刚开始面对她时那面上含笑的样子状若二人。

其实他这样，反而令姜含元觉得舒坦多了。她岂不知，从这男子朝自己伸手迎她下厌翟车时露出的第一个笑容开始，便全是面皮之笑。

她很确定——她曾见过十七岁的那位安乐王的笑。那少年笑的时候，眼里若有璀璨的光。犹记当时，他坐于马背之上，微微俯首，笑着看向立在马侧的她，她竟仿佛在他的双瞳之中，望见了自己的影。

十三岁的、心灵生在贫瘠荒野地里的姜含元，或是被那双眼中的光芒所动，竟将他的笑记了很久，至今仍未忘记。

如今这个男子，纵然面上带笑，笑容温和，然而他的眼底，波澜不动。

这样最好不过了。他在外如何，和她无关；对着她时，若是不想笑，大可不必笑。

她默默跟了上去，与他同出王府，一道登上了停在大门外的礼车，前后仪仗整肃，护卫紧随，出发往皇宫而去。

车中，两人并肩而坐。他依然严肃，正襟危坐，她更不会主动搭讪，一路无话，礼车到了位于皇宫东南方的太庙。

礼官及随众皆已就位，在庄严肃穆的气氛里，姜含元随身旁男子行庙见礼，一番折腾。

今早两人刚出来的时候，天光才亮，等到此刻终于结束，已是红日高照。然则事仍没完，他们还要再入一趟内宫。

以束慎徽之地位，姜含元便是在兰太后面前也只需行半礼，且又与兰太后平辈，故而入宫并非特意觐见少帝或兰太后，也无这样的规制。

两人要谒见的，是武帝朝的李妃，如今封号敦懿太皇太妃。

明帝几岁大时，生母便病故了，他是由这位姨母李妃抚育长大的。李妃品格敦厚，又是故去的皇后的亲妹，所以武帝后宫中，除安乐王的母妃之外，便以李妃为重。明帝登基之后，除了册封之外，对李妃实是以太后之礼奉之，加上庄妃早早归隐养病去了，宫中自然以李妃为尊。如今李妃已是太皇太妃，其位如同太皇太后。

摄政王和李太皇太妃的关系也很亲厚。这两年他虽日理万机，却也常去探望她。今逢大婚，他带着新婚王妃入宫前去拜见，理所当然。

李太皇太妃日常居住在以她的封号命名的敦懿宫里。

此刻的殿内，敦懿太皇太妃坐于主位，其侧陪着兰太后、南康大长公主以及十来位品级皆为亲王王妃或等同王妃的皇族女眷。

　　李太皇太妃之下本是兰太后，但贤王老王妃今日也入了宫，兰太后便定要让老王妃上座。老王妃再三辞谢不坐，两人你推我让，这座次竟是迟迟定不下来。最后还是李太皇太妃开口，叫宫人同设二座，一左一右，老王妃才告罪，勉强坐下。

　　众人终于排好了座次，外头太监也送进消息，道摄政王和王妃方才拜庙已毕，正往敦懿宫行来，很快就要到了。这时，众人才发现了一件事——

　　那为少帝而设的座上，此刻竟还空荡荡的。

　　少帝还没到！

　　众人面面相觑。

　　少帝心性，早年就不讲了，毕竟只是一个普通皇子，无太子那般的严格教养非要遵行不可，做些出格的事也就罢了。如今他是皇帝了，去年秋在兰太后寿辰做下的那件事实在不成体统，被一帮御史批得体无完肤不说，丁太傅更是痛心疾首，三次上书摄政王，称罪皆在己，为了大魏社稷，不敢再虚占太傅之位，请摄政王为皇帝另寻贤师。连太后出面安抚也是无用。

　　摄政王当时正忙着治高王之丧，还要分心处理此事，焦头烂额，最后三次亲自登门延请，丁太傅才回心转意，平息风波。

　　这才过去多久？

　　大长公主便转向李太皇太妃，笑问："太皇太妃可知陛下去了何处？摄政王和王妃应当很快便到，陛下若是不在，恐怕有些不妥。"

　　大长公主因是高祖晚年所得，所以年纪不大，如今也不过四旬，又因平日养尊处优，看起来更显年轻，但辈分极高，和李太皇太妃同等。两人算是姑嫂，加上李太皇太妃也不是正位，大长公主的态度自然便没旁人那么恭敬，言谈随意。

　　李太皇太妃也没应，只望向兰太后。

　　兰太后方才只顾和贤王老王妃让座，将儿子丢在了脑后，这才发现人竟还没到场！

　　在场的其余王妃也就罢了，唯独这个辈分上的姑母——南康大长公主，正笑吟吟地望向自己,唇角上翘,心情显然不错。兰太后知她一向瞧不起自己,背地里曾和人拿自己逗乐,说自己是个捡了漏的便宜太后,偏自己还拿她没办法。

大长公主自己的身份地位不必说,武帝替这个皇妹选的继任丈夫陈衡也非常人。陈衡的祖父是仕魏立国的勋员,官至太师。陈衡自己不但容貌瑰玮,也非那种靠着荫恩而得功名的闲散勋贵子弟,年轻之时做过武帝的御前亲卫长,后因功被封广平侯,奉旨娶了南康,再后来却不知何故失了宠,被武帝调出了京,如同赋闲。那些年他虽沉寂了下去,但如今又得摄政王提拔,官居天下重郡并州刺史,是实打实的手里有权的地方大员。其人富有才干,擅抚民、筹饷馈、计粮草,人称"萧何之才",日后朝廷若是发起北伐,很显然,必是姜祖望在前带兵,陈衡坐镇后方,二人缺一不可。所以,连带着南康大长公主也是脸上增光。

今日这样的场合,儿子却又出了岔子,兰太后只觉丢脸至极,面上却立刻若无其事地替儿子圆场:"陛下今早说是体感略有不适,我便叫他再歇歇,或是因此耽误了也未可知。"

李太皇太妃抚育明帝成人,自然也将少帝视若珍宝,遂问详情,十分担忧。众王妃也面露关切之色。

兰太后笑着宽慰:"太皇太妃也莫过于忧心。陛下想必已是好了,我这就叫人去瞧瞧。"

她说着话,余光又瞥了一眼近旁的南康,只觉她的表情就是在讥笑自己,心里恨恶不已。

去年寿辰礼佛回宫的路上,一是因车在前,二是当时她在想着心事,竟分毫没察觉后头的情状。少帝捅出大娄子后,兰太后便往儿子宫里派去自己的人,命其盯紧少帝,有事立刻回报。此刻她也顾不得冤家对头了,说完转头将视线投向候在殿门附近的一个老宫人。那老宫人是她的人,接到她的眼神示意便明白了,正要出去寻少帝,忽然,殿外"呼啦啦"地来了一队人——后头全是宫人和小侍,最前头那个少年,头戴十二旒冕,身穿十二章纹袍服,脚蹬云纹赤舄,不是少帝是谁?

只见他飞步登上台阶,晃得冠冕前的十二串旒珠飞舞扭结。彩珠"噼里啪啦"地打在脸上，想必是有些疼的，他龇了龇牙，一口气冲到殿外，正要抬脚入内，大约是忽然记起了自己当有的君王仪容，又硬生生地收回了在半空中的脚。他立定，扯开眼前那一排已经扭结在一起的旒珠，又整了整腰间的组佩，等一切都恢复了原貌，才双手负后，昂首挺胸，做出一脸正色，迈着方步跨入殿内。

兰太后此刻最不想见到的人大约就是她的儿子了，偏偏他突然就这样冒了出来。还没和他对过话，兰太后怕他露了馅，赶忙站起来，背对众人冲着儿子投去一个眼神，示意他不要开口，自己替他说话。

束戬哪里能收到来自母亲的暗示，看都没看，一开口便道："太皇太妃在上！母后在上！朕见还早，方才就去书房温习功课了，竟误了时辰来迟了，请太皇太妃和母后责罚！"

说完，他又笑眯眯地转向贤王老王妃，喊她"皇伯祖母"，再向大长公主喊"皇姑祖母"。

李太皇太妃只不过略略看了一眼兰太后，便含笑朝少帝点头，招呼他坐到自己近旁来。老王妃则笑赞陛下读书用功，其余众人也跟着连声夸赞，仿佛都忘记了兰太后方才说的话。

唯独南康大长公主瞥了一眼神色发紧的兰太后，笑道："陛下果然用功！体感不适仍手不释卷，若丁太傅知道，定会倍感欣慰。"

束戬哪知个中缘由，茫然道："体感不适？"

大长公主笑着摆手："皇姑祖母随口一说罢了。陛下没事最好，皇姑祖母也就放心了。"

兰太后忍着心头愤恨，面上勉强挂着笑意，出声插话："想是陛下后来又好了，便去了书房，连时辰也忘了！"

说着，她又瞪了一眼儿子。

大长公主"咻"地笑了起来，虽声音已压得极低，但在这空阔的殿内，依然清晰可闻。

兰太后再八面玲珑，也有些禁不住这阵仗了，脸色变得极是难看。

少帝方才称自己是去了御书房才来得迟了，众人表面不显，心里却无不认定他是在撒谎，就连他的母亲兰太后也是如此，以为儿子又是去了哪里胡混，忘了时辰。然而，这回众人其实都想错了，束戬确实是去书房赶功课了。至于他何以如此勤勉，则是因为心里打的一个小算盘。

少帝本就机敏，方才只是浑然不觉，此刻见大长公主和自己的母亲各自这般模样，也知道这两个女人平日不和，背地里就跟斗鸡场里的两只斗鸡似的，再联想到方才众人说的那些话，心里就大约有数了。

想必是他来迟，太后为保颜面，信口胡诌替他找理由开脱，偏巧他就到了，两头的话对不上，惹来了大长公主的讥笑。

说实话，他既不喜尖酸刻薄、飞扬跋扈的皇姑祖母南康大长公主，也厌烦太后抓住一切机会，日日夜夜对自己各种耳提面命，人前一套背后一套的。对这两个女人，他都不想搭理，加上生性又带几分傲气，被误会便被误会，也懒得替自己辩白，索性扮傻到底，一言不发。

李太皇太妃望向身畔的贤王老王妃。

老王妃知大长公主一向是连李太皇太妃也不放在眼里的，李太皇太妃也不大待见大长公主。好好的，无端闹了这么一个尴尬场面，兰太后也就罢了，事关少帝颜面，李太皇太妃既看自己，那便是要自己打圆场的意思了，自己只能出来。

老王妃笑道："陛下回来就好，快些就座，你三皇叔与叔母应当快要到了。"

大长公主对贤王老王妃倒还是给几分颜面的，见她开了口，也就作罢。

束戬扭头看了一眼殿外，坐到了座上。兰太后稳了稳心神，压下羞怒之情，也慢慢归位。其余王妃命妇自然更是若无其事，总算将一场闹剧度过去了。

这时，外头有宫人来传话，摄政王与王妃到了。

顿时，殿内除了李太皇太妃、兰太后与少帝三人，其余人悉数从座上起身立迎，连大长公主也不能例外。

兰太后这才感到胸中郁闷之气稍减，随即听到殿外已传来脚步声，抬眼望去，便见一双人影在宫中礼官的引导下，出现在了殿门之外。

昨日从摄政王迎女将军开始，到王府大门外的惊魂一幕，再到少帝连夜出宫，甚至后来高王府里的事，兰太后虽在深宫，却也都有所耳闻。

自然了，她也从身边人的口里获悉，那位来自姜家的女将军并非传言中的罗刹模样。即便如此，当这一刻亲眼见到姜含元的时候，兰太后还是感到了意外。

有相同感受的，应当不止兰太后一个。

姜含元的衣着和她身畔男子的相似，内纯色丝衣，外玄纁两色，衣襟、肩下和袖口等处各绣精美纹章。只不过他的衣裳以黑为主，绛红为次，她的则相反，通身绛红，只在领缘、袖口、腰身装饰处为黑。

在周围投来的目光之中，她步入殿内，随后便稳稳地立着，神色潇然，面上也无分毫新嫁娘当有的羞涩或拘谨，身影纹丝不动。那是一种若狂沙巨浪迎面袭来，亦难以撼动她半分的感觉。她和满身庄重而高贵的深红化作一体，仿若天遇海，山遇川，相得益彰，合该如此。

平日无论是在朝堂或是别地，但凡摄政王在，必然会是焦点。但是今日此刻，无人再去看他，齐刷刷地，在那一瞬之间，全部目光落到了他身畔的女将军身上。

一时之间，殿内竟无人发声，直到摄政王的声音响起，打破了寂静。

他携新婚王妃，向座上的李太皇太妃行礼。

李太皇太妃人如其号，敦厚懿德，面带慈爱笑容，让二人免礼，随即便关切地询问昨夜遇刺之事。

摄政王说："只是不知天高地厚的蟊贼罢了，我无事。太皇太妃不必担忧。"

李太皇太妃斥了一声"逆贼"，又叮嘱他日后多加小心，摄政王一一答应。

李太皇太妃端详姜含元片刻，对贤王老王妃笑道："旧年摄政王来探望老身，老身想他至今尚未成家，怕他终日忙于国事，耽误终身大事，便劝了两句。那时老身方知，摄政王原竟仰慕姜家的女将军。如今他总算是心想事成，和女将军可谓天作之合，我们这些亲长往后也就再无记挂，可以放心了。"

老王妃也笑应："太皇太妃所言极是。贤王这趟归京，私下在我面前对祁王妃赞不绝口，道王妃声名远扬，边城军民提及王妃无不敬重。我听了，便盼着与王妃快些见面。"

老王妃的视线落到了姜含元的脸上，她点头道："今日见到王妃，我更是信了。谁家巾帼不让须眉？长宁将军是也！我大魏有姜大将军父女这般的忠臣良将，实是社稷之福！"

李太皇太妃赞老王妃话说得好。余下众人望着女将军，也纷纷笑着颔首，一时赞誉声不绝，一团和气。

姜含元施礼："承太皇太妃与贤王妃谬赞，不敢当。"

说完，她转向兰太后。

兰太后态度亦很是亲热，叙了句场面话："皇帝尚未亲政，登基以来，一切庶务全赖摄政王佐理。今日起，皇帝除多一亲长，更添一良师。王妃乃我朝将军，日后皇帝弓马武事，若也能得王妃指教，岂非美事？"

兰太后说完，众人也笑着称"是"，唯独少帝面无表情。

少帝虽未成年，离亲政也还早，但依然是皇帝。姜含元也朝他行礼。只见他和昨夜判若两人，坐得笔直，目不斜视，受了礼。

礼毕，以姜含元之位，接下来便是众人向她见礼。第一个见礼的便是南康大长公主。礼官声音落下，只见摄政王妃的两道目光定在大长公主的脸上。礼官出声，又重复了一遍，她却始终不予以回应。这下，礼官似也觉察到了点儿什么，不敢再贸然开口。

殿内气氛忽然便冷了下来，再次悄然无声。

大长公主本是笑吟吟的，慢慢地，笑意变得有些勉强。片刻后，她避开了来自女将军的视线，转而望向伴在女将军身侧的摄政王，意思自然便是要他说句话了。不料摄政王神色平淡，恍若置身事外，竟不开口解围。

当年，新寡的长公主去往封地，半途改道召姜祖望护驾，致姜祖望断弦之事，后来虽被迅速地压了下去，又过去了这许多年，外面自是无人知晓，但今日能入敦懿宫的人，岂会不知？

女将军见到大长公主后这般反应，众人虽觉意外，不过也在情理之中。只是这些王妃命妇无论如何也没想到，摄政王竟会对这一幕视若无睹，连一句圆场的话都不肯说，纵容女将军至此，令亲姑母当众下不了台阶。

此刻，大长公主的脸色已和方才兰太后的不分伯仲了。

兰太后原本还憋在心里的一口郁气终于彻底地吐了出来，心情大快。

摄政王笼络姜家心切，不但求女为妻，为博她欢心，连亲姑母的颜面也可置之不顾了。

"不敢受大长公主之礼。"

终于,众人听到女将军说出了一句话,这一节总算是过去了。她说完便转头,视线扫过一众还没从方才一幕里回过神的王妃和命妇,叫都不必见礼。

"我长于边地,粗鲁惯了,不知礼节,若有唐突之处,望海涵。"她神色自若,说罢,转头望向摄政王。

方才在旁宛若隐身了的束慎徽这时站出来了,再次拜谢敦懿太皇太妃。

这也非寻常人家的新妇拜翁姑,履礼毕,略略叙过两句话,仪式自然便结束了。摄政王携王妃出宫回王府,而少帝又伴在李太皇太妃和贤王老王妃身边卖乖了片刻,称要再温功课以应对丁太傅考问,便出了李太皇太妃的居所,拔腿而去。

少帝的身后照例跟了一串人,他沿宫道低头匆匆行路,正盘算着心事,忽然听到身后传来一道声音:"陛下,太后请陛下!"

他停步扭头,见太后也跟上来了,只好停步,等太后摆驾到了近前,上去行礼。

兰太后瞪了一眼儿子:"随我来!"

少帝无奈,跟到太后所居的体颐宫。

入殿后,太后命人退出去,等跟前只剩下少帝一人,脸色登时沉了下来,厉声斥道:"你怎么回事?跟你说了多少次,今早你竟又叫我丢了大脸!上回的教训,你竟还没吃够?到底要如何你才肯长记性?扯谎不会,连看我眼色也不会吗?"

束戬回了一嘴:"今早我去了哪里,你问你盯我的人不就知道了?晚就晚了些,我又不是没赶上,何妨?我心里有数!谁叫你自己胡说!"

兰太后越发生气了:"好啊!皇帝你翅膀硬了!今日竟全是我的不是了?我为何替你遮掩,还不是你行事荒唐,招致了非议!知不知道那些人在背后是如何讥嘲我的?你要气死我是不是?"

兰太后早年不得明帝的宠,等儿子渐大,发现儿子颇为聪明,便千方百计地想借儿子邀宠,偏偏儿子自小不服她的管教。似这种场面,束戬自然早有应对之道,便闭了口,一言不发。

兰太后训了儿子片刻，也觉得没意思了，却见他一副浑不在意的样子，又想到他登基也一两年了，自己至今竟还未立起太后当有之威，又发了狠，指着儿子道："皇帝！你莫忘了，你是这大魏的皇帝！你若这般下去，到底何日才能亲政？"

太后心里一酸，眼圈便红了，哽咽起来："你怎就分毫也不体谅我的一番苦心？我还不是为了你？"

束戬嘟囔着接了一句："是为你自己压人一头吧……"

"你说什么？"兰太后顿时又怒了。

"没什么……"束戬又开始神游太虚。

兰太后含怒盯了儿子片刻，也明白儿子如今和从前不一样，又渐大了，终于极力压下心中的火，脸色缓和过来，改口哄道："罢了，你若真是去了书房用功，自是好事，母后不该责备你的。只是下回若再有这等场合，你千万勿再晚到！"

她一顿，将声音压得极低："戬儿，你记住，现如今你还只挂了个皇帝的名头，稍有错处，若被那些人给揪住了，便是场风波。你须时刻警醒，行事说话不能被人寻出不好才是。等你将来亲政，手握大权——那时便全由你了！莫说今早这种小事了，生杀予夺，也皆在你手！戬儿，你难道不想那一日早些到来吗？"

束戬"嗯嗯"地应道："晓得了。母后若是教训完了，儿先行告退。"

他说罢便走。

"站住！"

束戬回头。

兰太后用恨铁不成钢的表情走到儿子身边，再次放低声音道："朝廷现如今是要重用姜祖望的。今早你也看到了，你三皇叔对姜家女儿是诸般忍让。她那般无礼，目中无人，他也当作没事。往后你机灵点儿，除了你三皇叔，也多亲近些姜家的女将军，总归是没有坏处的。"

少帝含含混混地应了声"是"。

太后盯着儿子离去的背影，眉头紧皱。她身边自母家跟来的乳母进来，服侍她更衣，劝道："太后且放宽心，陛下聪慧过人，日后必会体谅到太后的一番苦心。"

兰太后叹气，坐下后以手撑额："方才在那边，我被气得连太阳穴都'突突'地跳。"

老宫人忙替她轻揉穴位："太后万金玉体，后福绵延，切莫气坏身子。陛下乃命定真龙，自是不必说的，就是心性尚未定下而已。老奴倒是有个拙见。待开春，陛下也十四岁了，虽说大婚尚早，但物色一合适之人，先将婚事定下，也未尝不可。如此，陛下或能感知年岁之长，早日领悟太后对他的满怀眷眷慈爱。"

兰太后闭目道："你之所言，倒也不是全无道理。先前是各种事都冲着我来，乱无头绪，如今朝廷也安稳了，待我考量一番再论。"

老宫人应"是"，继续替她揉着头，忽然想起一个消息，又低声道："太后，老奴听说，温曹郎近来也在替妹妹择选郎君，求婚者如云哪！"

兰太后依然闭目，信口问："都是哪些人家？"

"有来头的就有三四家了，据说有定国公府、曹侯府、平高郡公府……"老宫人报出一串名字。

这些人家大多有个特征，那便是地位固然高贵，却以旧勋贵居多，早年是有权势的，如今出于各种原因，子弟不显，在新贵辈出的长安城里，也就只剩个虚名了。

兰太后动了动唇角："都是些破落户。"

老宫人附和："可不是吗？算盘打得精。"

温家女儿一年前就出了孝期，温曹郎却拖到现在才欲嫁妹。据说，一切出自摄政王的授意。大约是他如今意欲与温家女撇清干系，好迎女将军为妃。至于温家或是将来娶了温女的那户人家，日后摄政王即便不为温女，为着去世的温太傅，出于旧日之情，必也会有所看顾。是以兰太后口里的那些"破落户"，争相想要娶到温女。

"知道温家中意哪家吗？"老宫人揉得好，兰太后觉得舒服了许多，闭着目又问了一句。

"应当是相中了内史上士周家的儿子。这些天，两家女眷频繁走动。"

周家靠着祖上有个县伯的爵位，官也不显，和温家兄长如今的品阶相当。

还有一点两家也是相像——周家亦是书香门第。

兰太后"嗯"了一声："总算温家人脑子还算清楚。与其和那些徒有其表的高门结亲，还不如寻个清净人家，往后老老实实的，靠着旧情，将来说不定就能得着些好处。"

"可不是吗？不过老奴又听说，除了那几家，竟还有大长公主。她也掺和在了里头。"

"她？"兰太后忽然睁眼，霍地扭头，带得鬓边一支步摇上凤口衔的珠串扑簌簌地乱抖。

"是！"老宫人点头，"老奴听闻，大长公主似乎也想为她的儿子定下这门亲。"

兰太后难掩惊讶："她怎也会掺和进来？做什么？"

她方才舒展的眉头再次紧紧皱起。

兰太后之所以如此惊讶，是因有个前情在。

去年秋的寿辰，那日事毕，兰太后故意将温婳留下，是存了给摄政王与温婳制造亲近机会的念头。而她之所以如此行事，又另外有个原因——祁王摄政后，祁王妃之位花落谁家，一直是朝中百官暗中盯着的议题，想出手的人不少，其中最为活跃者，便是南康大长公主。

大长公主的丈夫广平侯陈衡有个侄女，大长公主一直想将这侄女嫁与摄政王。兰太后又岂肯令大长公主得逞，便将视线落到了和摄政王有着青梅竹马情谊的温家女儿身上。

这两年，兰太后对温婳处处关心，极力示好，就差认她做干女儿了，还频频将她召入宫中，存心想给两人制造机会。兰太后打着主意，即便温婳没做成王妃，日后做个侧妃，自己便也如在摄政王身边有了自己人，大有用处。

结果，两方的谋算都落了空，不过，只要没让大长公主得逞，于兰太后而言，便是胜了。

本以为这桩官司算是过去了，却没想到，大长公主竟在这事上也要横插一脚，想干什么？

老宫人见她眉头紧皱，宽慰道："就大长公主那个儿子，温家岂会答应婚事？"

大长公主与现在的丈夫陈衡不曾生育。她只有一个儿子，便是早年和第一任丈夫生的，背后人称"戆王"。他之所以得此诨号，是因天生智力略逊常人，说白了，就是不大聪明。但因母亲身份，他早早便得郡王封号，身后还跟了一大堆逢迎拍马之徒，整日走马游街、不务正业，就差被人捧成"长安第一贵公子"了。

兰太后皱眉："她若以势压人，摄政王为不开罪姜女而避嫌，听之任之，事也难讲。"

老宫人便想起今日在敦懿宫里，摄政王在女将军身边一副护花使者的模样，忽然觉着太后这话不无道理，出声附和。

兰太后沉默了一下，吩咐道："皇帝那里可以先放放，你给我把这事盯紧了。"

宫外，摄政王与王妃的车驾仪仗从道上经过，返回王府。

此刻正是车水马龙的时候，不像车队一早出门时，街道空阔任驰，又过闹市，前头需仪卫清道，行进速度慢了许多。路人见队伍从皇宫方向而来，难免要多看几眼，闲话很快就传开了，道这一队车马似乎便是昨日新婚的摄政王和本朝那位著名女将军的。百姓都是好奇不已，挑担的撂下担子，牵骡的停在路边，更有行人驻足观望，一时交通阻塞，秩序大乱。一个爱生闲气的行人还因被人踩了脚，和人吵了起来，惹得一干负责出行保卫工作的王府护卫暗暗紧张，唯恐再出昨晚那般的意外。王府护卫统领王仁暗暗指挥护卫收拢队列，加快速度通过此地。

束慎徽听到外头吵吵嚷嚷，揭开自己那一侧的窗帷一角，朝外看了一眼，随即放落，将嘈杂的声音再次挡在外，又回头看了一眼和自己并肩同坐的女子。

她刚出皇宫时，神色紧绷，走出一段路后，此刻看着是好了，但依然一句话也无。车外如此喧嚣，于她却仿佛毫无干系。她只目视着前方，恍若出神，沉浸在自己的世界之中。

他迟疑了一下，待马车经过闹市，外头安静了些，方转过脸，望着她仿若凝固的侧颜，打破了沉默："姜氏，关于你母亲之事，我也略有耳闻。一切皆是我皇家之过，我甚感歉疚。"

她不为所动，就连眼睛也未曾眨一下，应道："君要臣死，臣不得不死，何况只是如此。殿下言重了。"

束慎徽一顿："我知如今说再多亦是无用，也无法做出任何弥补，唯一能做的，便是将来若有机会，前去祭拜岳母，向她谢罪。此为我肺腑之言。"

"此事与殿下何干？殿下去谢何罪？"

束慎徽再次一顿："你我既为夫妇，将来，便是以你夫君的身份，我也理当走一趟的。"

她听了这话，慢慢地转过头，将视线落到他的脸上，宛若端详。

束慎徽被她这么看着，感觉她似乎是在探究自己，忽然就想到了昨夜。难道自己一句"夫君"，惹她此刻内心鄙薄？

一阵羞惭沮丧之感袭来，束慎徽顿感后背燥热，勉强若无其事地道："你这般瞧我做什么？"

"我代亡母谢过殿下。"她启唇，慢慢地说道，"至于将来之事，将来再说。"

姜含元淡淡地收回视线，转回头。

余途，男默女静。

两人入了繁祉院，束慎徽除下礼服，换了衣裳，又寻到姜含元跟前。

"今日我休沐，也是你入我王府的第一日，可要我作陪？我可伴你走走，将各处方位指点于你，认个路。"他面上带着笑，提出邀约。

"多谢，不必了。"她拒绝了。

这一点他应当早有预料，或者说，方才其实不过是个引子而已。他点头："也好，那你自便，我不扰你了。白天我在昭格堂，你若有事，随时可叫人来唤。"

姜含元道："我在府里无事，不如出去，有点儿私事要办。你借个人，替我指路便可。"

束慎徽也未多问，转头便召来张宝，吩咐："王妃要出府，你替王妃领路，叫王仁同行。"

张宝立刻躬身应"是"。

束慎徽朝姜含元点了点头，道了句"早去早回"，转身便走，但走了几步又想起件事，停步道："对了，明后几日，你应会收到不少宴饮拜见的帖子。你若无意结交，我叫府里管事处置，替你回了。"

束慎徽说完，便自顾自地去了。

姜含元换了便装，戴了斗笠，携上物件。张宝随她，扮成普通人家小厮的模样。王府护卫统领王仁带了两个利索的手下，轻装牵马，远远跟在姜含元后头，从王府侧门出，入了长安街市。

"王妃，奴婢打小就长在长安，不是奴婢夸口，无论大街市、小巷弄，只要王妃您说出个名儿，奴婢就保管能给您带上路。城北内外，丞相祠、火神庙；城东内外，龙首河、灯花市；城南内外，关帝庙、金鱼池；城西则有城隍庙和百花山，全都是好玩的去处。要是不知道地名，也是无妨，王妃就说周遭都有哪些所在，奴婢一样能给您找出来！"

一出王府，张宝就"叽里呱啦"地说了一通，看着颇是快活的样子。

他确实很快活。

其实说起来，上头顶着个像老太监李祥春那样皱个眉都能夹死只秋蚊子的上司，他能走遍皇城四处，完全是托了当今少帝的福。早年少帝常出宫来王府，到了王府就往外跑，张宝同行，便如此，跟着几乎跑遍了整个长安城的犄角旮旯。这几年少帝被拘得紧了，张宝也就没了从前那么多的出门机会。没想到女将军一来，新婚第二天不在王府里陪摄政王，而是直接出门，连带着自己也能出来透透风了，他自是美得很。

姜含元对这个小太监的印象倒是还好，递出一张纸。那纸上列了十来条地址，都是青木营里来自长安以及长安附近的军士的住址。这回入京，她顺带替那些士兵捎回了家书或在军营里攒下的钱。

张宝自小跟在束慎徽的身旁——还是安乐王时的束慎徽日日读书，随侍时日久了，他也能认上些字。他瞄了一眼地址，说"没问题"。

姜含元先去的是杨虎家。

杨虎祖上乃郡公，他的父亲早年却因犯事，病死在了狱中，后虽被证实是受下属蒙蔽所致，但因失察之罪，降爵三等，家道就此败落。杨虎在宗族兄弟当中行七，可见当日宗族之盛。杨虎父亲出事后，宗亲往来便也日渐稀落，如今家中剩一母亲与兄嫂，兄长做了一个小京官，勉力支撑着门户罢了。

姜含元登门时未报身份，只说自己是雁门西陉关附近的人，因平日和军营里的人有往来，所以认识杨虎，这回正好有事来长安，便替杨虎捎带家书。她又道，他们若有要带回去的东西，也可一并交给她。

杨虎自投军后，多年未曾归家，兄长闻讯惊喜，收下信后再三感谢，见她是女子，便将母亲、妻子和膝下的独女都唤了出来。一家人对姜含元很是感谢。杨母询问杨虎在军中如何，姜含元不厌其烦，一一道来，讲他作战英勇，屡立功劳。杨母听得又是心酸又是欣喜，一边笑，一边低头擦着眼角。

姜含元说话的时候，留意到杨虎那年幼的小侄女一直站在其母身后，偷偷在看自己。坐了片刻，叙完话，她说另外有事要走了。杨家人极力留饭，她辞谢，起身前，冲那小女娃微微一笑，招了招手。

女娃见状，眼睛一亮，却还是有些羞涩，双手背后不敢上前。姜含元便走到她的跟前："我猜一下，你的乳名是不是叫阿果？"

女娃惊讶，连羞涩也忘了："阿姐你怎的知道我叫阿果？"

姜含元道："是你虎叔告诉我的。他对我提过，家中有个叫阿果的小侄女。他离开长安的时候，阿果才三四岁，如今一晃好几年，怕都成大姑娘，要忘记他这个叔父了。"

阿果急忙摇头："不会的！阿姐你转告我叔父，阿爹阿娘常提叔父，我一直记着他的！"

姜含元将自己方才过来时在街上老商号里买的一包糖馃子递了过去："这是你虎叔交给我钱，特意叮嘱我买了转交你的。"

女娃惊喜，却又不敢接，转头看父母。阿果的母亲比阿果更惊讶，没想到一向粗枝大叶的小叔离家那么多年了，竟还不忘托人给阿果买零嘴吃，便信以为真，笑着让女儿接下，又谢过姜含元，说麻烦她了。

姜含元便告辞出去，阿果随大人一道送她。快到大门之时，姜含元见阿果欲言又止的样子，便笑问她想说什么。

阿果鼓起勇气道："阿姐，你从那边来，那……你见过长宁女将军吗？她是不是天上的女神仙下凡？昨日我听人都在讲，女将军嫁了摄政王，城里很多人去看。我也想去看她到底怎生模样，可是人太多了，阿母怕挤到我，不许我去。"

说话间，一行人已到门口。

姜含元停下："女将军极是普通，怎会是女神仙下凡？"

"可是她做了女将军！"阿果的胆子渐渐大了，她不信姜含元的话，摇头又道。

"那是因她自小立志从军，后来的每一日，都在为她的志向努力罢了。"

"这样就可以像女将军一样厉害了吗？"小女孩依然半信半疑。

"想要成为什么样的人，那就朝着目标去做，无论最后能不能达成，总是会离目标越来越近。"姜含元想了想，又答。

小女孩仰面看着姜含元，似懂非懂。她的母亲便将女儿拉到了门后，笑说女儿失礼，令客人见笑了。

姜含元笑道"无妨"，正要离去，却见杨母忽地在一老仆的搀扶下赶了出来。杨母递出一只包袱，道里头是去年就做好的两件冬夏衣裳和两双鞋，因一直寻不到顺路人，如今还在手里压着，又问姜含元回去是否方便，可否帮忙再将衣物捎去给儿子。

"女公子你帮忙带信回来，陪老身唠叨这许久，连饭也不吃就走，老身本实是开不了这口。只是七郎从小就费衣鞋，老身怕他在那边衣鞋穿坏了没的换洗，只好厚着面皮，再问一声女公子……"

姜含元不待杨母说完，一口应下，正要走过去接，在门外阶下拴马桩旁正翘首张望的张宝瞧见了，飞快奔来，一把将包袱抢了过去，口里道："奴婢来拿便可！王妃您不用！"

话音落下，杨家门里门外一家主仆，抬目望了过来。

旁人或还没回过神，杨虎兄长却是官场之人，况且从前杨家还未败落之时，多少也是见过些世面的。他方才便一直觉着这位做男子简装打扮的年轻女子谈吐自若，看着就和常人不大相同，对军营之事也极熟悉，再联想到昨日摄政王大婚，心里便存了疑虑。只是他再一想，若真是女将军本人，今又贵为摄政王妃，怎可能亲自来自家这种门第送信探问，不厌其烦地陪自家母亲叙话许久，还是在新婚次日，故当时那念头只一闪而过。

他万万没想到自己先前猜想竟然是真，急忙几步到她的近前，俯身行礼："微臣拜见摄政王妃！方才不知王妃亲至，多有怠慢，请王妃恕罪！"

惊呆了的杨家上下跟着反应过来,纷纷随杨虎长兄从门里出来见礼。杨虎母亲更是惶恐,连声告罪,请王妃将东西留下,不敢劳她费心。

姜含元一个眼神扫向了抱着包袱的张宝。张宝知自己失言惹事,缩了缩脖,打了一下自己的嘴。

姜含元走上台阶,将杨母从地上扶起,再叫杨家兄嫂也都起身,说道:"杨虎是我麾下的得力小将,为国效力,我不过是顺道帮他捎些东西,何况这不过是举手之劳,有何不敢当的?你们也是经年未曾有他的音讯了,对他应当很是记挂,今日我无事,便出来看望你们了。老夫人您安心在家颐养,待到他日,边地安宁,杨虎立功归家,就差老夫人您给他定一门好亲事了。"

杨家上下终于都松了一口气。杨母和杨家兄嫂更是喜笑颜开,不停地躬身道谢,又恭请姜含元入内再坐。左邻右舍见杨家大门外有动静,也纷纷出来张望。

姜含元婉辞,又见杨虎那个羞涩的小侄女躲在门后,只露出头,睁大眼睛在看自己,颇是可爱,便又朝她笑了一笑,随即上了马。

待她要催马离去,阿果仿佛受了她这一笑的鼓励,忽然从门后奔了出来,经过还在施礼送行的大人身畔,径直奔到了她的马下,仰头望着马背上的她,双目闪闪发亮:"女将军!原来阿姐你就是女将军!"

姜含元"哦"了一声,坐在马上低头看着她,玩笑似的问:"你不怕我吗?"

"不!"阿果用力摇头,"我不怕!女将军你会笑!你笑起来真好看!"

姜含元生平第一次听到有人如此形容自己,不由得一愣。她失笑,摇了摇头,俯下身去,伸手揉了揉阿果覆着柔软头发的脑袋,然后将小女孩交还给慌忙追上来赔罪的母亲,催马去了。

这边杨家送走王妃,邻舍上来问话,得知详情,惊诧艳羡、议论纷纷不提,张宝再不敢大意,又领着姜含元顺利地走了几户。姜含元将带回来的士卒的家书和钱一一交付,并告知士卒的亲眷其在军中的情况。遇到家境贫寒窘迫的人家,姜含元便自己另添些银钱;对方若有要捎带的物件,她也一并接来。

长安城之大超乎姜含元的想象,她东奔西走忙了半日,到傍晚也不过走了五六家而已,剩下几户和城外路远的人家,今日是来不及去了,留在明后几日。等她回到王府，天已黑透了，束慎徽却比她还迟，竟还在昭格堂。

庄氏说，黄昏时摄政王曾差人来问了一句，得知她没回，便也没来这边用饭。

"殿下还说，王妃若回了，便告诉他去。外头冷，王妃先进去暖暖身子，用些饭食，我这就叫人去请殿下。"

庄氏命侍女服侍姜含元，自己要去找束慎徽，却被姜含元叫住，让她不必特意去请。

庄氏笑道："王妃回了，岂能不让殿下知道？"

姜含元是真的不想让他知道。他若被叫了回来，便要费神想如何应付自己，内心想必乏累，她也不愿如此，既为难别人，也叫自己不痛快。

她知庄氏定不肯听自己的，便改口道："那么劳烦嬷嬷，去了再和殿下说一声，就说我今日走了许多路，也乏了，殿下那边若还有事，不必特意为我而回，我自己早些歇了。"

庄氏一顿，却也很快应"是"，退了出去。

束慎徽果然就没回了。

姜含元用完饭，庄氏也叫侍女准备好了热气腾腾的沐汤。侍女本要在旁服侍，被她拒了。她自己洗完从浴房里出来，头发仍是湿的。

此时床上多了一只熏笼，状若腰鼓，中空，里面燃着熏香和炭，外覆一层薄薄的麂皮，摸上去很暖，冬日里可靠上取暖，也可用来熏衣或熏发。

庄氏帮她烘发，让她躺靠着，又往她身后塞了一个软垫，自己则跪坐在她身后，将她的头发尽数展开，均匀铺于熏笼之上。

等头发烘得快干了，庄氏将其发握于手心，用一把犀角梳替她细细地梳着，边梳理边赞道："王妃真是生了一把好头发，又黑又浓又滑溜，还有些凉，摸着便似太皇太妃江南老家出的绸缎子，不知要羡杀多少女子。早年我随太皇太妃还在宫中时，有几年长安女子时兴牡丹髻，发浓的梳起来才叫好看，譬如王妃这样的，偏不少宫妃发软稀薄，便只能取义发填补。我还记得，有回两名年纪小的妃子为争一卷上好义发，互不相让，最后竟闹到太皇太妃面前，要她评理，如今想起，还是可笑又可叹……"

姜含元洗了澡，身下垫着软乎乎的垫子，香喷喷，暖洋洋，本就容易发困，庄氏还在她耳边轻声细语地说着旧年宫中老掌故。她对宫妃钩心斗角之事也无兴趣，听着便如催眠，更加想睡觉了。

庄氏絮叨了半晌，始终不闻应答声，看一眼，见女将军已合眼，不禁暗笑，又见她的长发也干了，便唤侍女上来，轻轻撤走熏笼。见姜含元惊觉后睁了眼，庄氏笑着让她休息，并熄了烛，只剩一盏灯照明，随即放落重帷，退出，带上了门。

灯光暗了下去，姜含元伸了个懒腰，散着发扑到软和的枕上，闭了目，很快便睡了过去。

束慎徽回到繁祉院时已过戌时，值夜下人都在屋中，偌大的院落静悄无人，只走廊上一排为昨夜大婚而悬的红灯笼依旧亮着，照着对面屋檐上的薄薄残雪。

他是在昭格堂后的旧寝堂里沐浴过后才回的，便没叫人，自己直接往新房去。他一人行在走廊上，快到新房之时，看到前方透出一片烛色的门窗，本就不快的脚步越发缓了。到了门前，他先是停了一停，要推门时又略一迟疑，先抬手轻叩了两下房门，叩完，也没听到回应，便缓缓地推开了门，穿过外间来到内室。暖气骤然扑面而来，他绕过一道放落的帷帐，脚步一顿。

内室里只燃了一座烛台，放出一团静静的橘色暖光。借着光，束慎徽看见她闭目卧于床头暗影里的枕上，果然是睡着了。

束慎徽停在了原地。

他出身于皇室，乃武帝钟爱之子，少年时意气风发，阅遍人间富贵锦绣，如今又贵为摄政王，一人之下，万人之上。在这二十多年的人生里，只要他想，便可随心所欲。即便是朝堂谋断，他也可称智珠在握，从未遇过挫折，可谓独得上天厚爱的得意儿。

然而现在，在这桩自己处心积虑、另有所图谋来的婚事里，他生平第一次，竟有了一种不确定的感觉。

一切的不确定感都来自姜家的女将军——他的新妇。

其实昨夜对她说的那两个"必"字倒也不是虚言，他确实如是想，亦会如此做。即便女将军当真如传言那般貌若无盐，于他也是无二。从决定求娶她的第一天起，他就做好了和将来的王妃举案齐眉、相敬如宾的打算。新婚当天两人见面，姜女美貌，于他可谓意外馈赠，自然是好的，然而，这馈赠之好，很快就被接下来的巨大挫败感给冲得一干二净。

一个昼夜过去，摄政王表面平静如水，内心依然没法回忆昨夜洞房时的情景。只要一想起来，他便如芒刺在背。

虽然极不愿意承认，但他还是不得不承认今夜自己磨到这个时辰才回，其实并非因事多。或许在潜意识里，他是希望当他回新房时，她已沉睡过去的。

寝堂不像别处，周围有人可以抵消尴尬。有过那样一个洞房夜，今夜又和她独处，该当如何，他实在是有心无力，极感棘手。

此刻终于如愿，他吸了一口气，又看了她的身影片刻，方放轻脚步，无声无息地除带解衣。最后到了床榻近前，待要上榻，他又停了下来。

昨夜是他让她睡进去些的，今夜她大约记住了，睡得靠里，给他留了他要的外侧位置。但是……她的一头长发散落在枕上，铺开一片，占了他的位置。他若就这样躺下去，必会压住她的发。

束慎徽站在床前，盯着她的发看了好一会儿，终于下定决心，俯身靠过去些，抬臂朝着散在自己枕上的乌发伸过去，慢慢地，用尽量不惊动她的动作，将那些长发收拢，握于掌心。他正要将乌发朝她那侧放过去些，但大约是靠得近了，她竟惊觉，本是垂下来的眼睫微微一动，人醒了！

他最不想遇到的尴尬一幕，竟这样到来了。

更尴尬的是，他的手里还握着她的发。

见她睁开眼，目光从自己的脸上改落到握着她长发的那只手上，他很快定神，若无其事地放下了她的发，旋即直起身，微笑着道："今日虽无大事，杂事却是不少，忙起来便忘了时辰，我回来晚了，扰到你了。"顿了一顿，他又继续解释，"方才，你的发都落在这头，你睡着了，不知道。我是怕我睡下去压住你的头发，万一扯到你的头皮，疼。"

姜含元扭头，瞥了一眼自己占了他枕的头发，拢了拢。

"有劳。"她应了一句。

束慎徽含笑："你我夫妇，何必如此见外？不早了，且熄灯吧。"

他便熄了灯，房里陷入黑暗。最后他上榻，躺了下去。

姜含元晚上回来时对庄氏说自己乏，不必叫摄政王特意回来，倒也并非完全是借口。她在长安的大街小巷中穿行，听着张宝在耳边聒噪不停，说了这个说那个，这半日下来，竟好似比在军营里还要累。加上这卧榻暖屋，说实话，远胜她在军营睡了十几年的营帐，她这瞌睡便来得很快。

但地方再好，或终究还是陌生的缘故，她睡得依然不深。方才束慎徽稍一靠近，她便习惯性地猝然惊醒。等熄了灯，枕边人躺下之后，耳边虽也寂然，连他的呼吸声都似消隐了，但她刚睡过一觉，一时难以再次入眠，躺了片刻，翻了个身。

如同响应她的翻身，黑暗之中，她的耳边忽然传来了男子搭讪似的说话声："张宝说你白天走了几户将士的家。若只送信捎物，也不必一定要你亲力亲为，费力奔走。剩下的，明日你交给我，我叫人代你一一送到。你可放心，必定稳妥，不会有失。"

姜含元闭目应道："多谢殿下好意，还是我自己走吧。"

"为何？"

她本不欲作答，但觉他似乎不想让这闲聊停下来，在等自己回答，略一迟疑，终于还是应道："军营之士动辄数以万计，当中大多注定会是无名之辈，只是名册上的一个小卒。但对于家中父母妻子而言，他们是亲儿、亲夫、亲父，不可替代。双方多年未见，想必挂念，我去，或还能解答一二疑问，稍慰众战士家人之心。"

士卒一旦从军，便难能有归家机会，许多人可能埋骨战场，再无归家的可能了。这一点，他应当也再明白不过，只不过，似他这种脚踏高位之人，眼里怎会看见这些？在他们的眼中，底层士兵犹如符号，身价或还不如一匹战马，他们更无法与她这种与士卒朝夕相处的边将感同身受。

"我知姜大将军素来爱兵如子，但'以屠止屠，以战止战'这个道理，他当比这世上的任何人都要明白。"

沉默了片刻后，她听到他如此沉声应道。

"无金刚手段，何以怀菩萨心肠，殿下是这个意思，对吗？放心，父亲与我，皆是明白。"

姜含元依然闭目应话，却感觉到枕边的男子朝着自己转过脸来，发出了一声表示赞许的轻哼。

"不错，我正是此意。当日若无父皇以霹雳手段一统九州，今我中原之地，必定依然彼此征伐，战乱不歇，寻常百姓便想求一安稳之地，恐怕也是难如登天。今九州既定，收复失地便如箭在弦上，成引弓待发之势。好在我边地战士有如你父女这般的主将，大魏有如你父女这般的战将，何愁大事不成？"

"不敢当。大事要成，绝非战将能知兵事便可。"

"话虽如此，但若将战争比作巨轮，则主将如同大帆，若无张力足够之帆，巨轮如何乘风破浪？所以，自古才有'千金易得，良将难求'之说！"

姜含元本是不想和他多说的，但被迫跟着，竟也回了几句话。一来一回之间，或是聊得渐开，姜含元感到他比刚上榻时自如了许多。

"姜氏，你的父亲便是我大魏的这张巨帆，若秦之白起王翦、赵之廉颇李牧、汉之霍卫。望你父女勉力，将来倘若功成，必定载入史册，功勋丝毫不逊当年父皇统一中原之战里的那些将臣。"他又说道。

她没有回应他这一段犹如将军在阵前以功劳激励麾下战士卖命奋战的话。说得难听点儿，这就如在驮重骡的眼前悬上一袋麦，她简直再熟悉不过了。

但她的沉默丝毫影响不到他此刻的心情。他似乎来了兴致，再次开口："我多年前曾去过雁门西陉，在那一带停留了一段时日。当日青木塞尚在狄人之手，我曾登高，观察对面的地势和军防。"

他仿佛闭了目，回忆着当日所见。

"姜氏！"

她又感到他突然转头向着自己，叫了自己一声，应是想到了什么。

"你在边地多年，想必熟悉那一带的山河地理。我这里有一幅舆图，图上所绘固然详细，山川河流、险地关塞逐一标明，但毕竟是几十年前的旧图了，山河变迁，人力更改，图上所标地理应与今日实地有所不同。不如你随我去看看图上是否有与你认知不符的错处，若有，给我指出。"

姜含元再也没法闭目了。她睁开眼眸，借着朦胧月光，望向枕畔那被夜色勾勒出轮廓的男子。他已以肘撑起上半身，正俯视着她，身影朝她当头压了下来。

"现在？"姜含元愣了一下。

"对！马上！"话音落下，他竟一个翻身便下了地，疾步到了案前，点了灯。

内室重新亮了起来。他头也没回，径自去穿衣，三两下穿完，系着腰带之时，转头看了她一眼，见她还躺着不动，挑了挑眉："你还不走？"

说着话，他已将她的衣裳卷了，一股脑儿地投到了床上。

"我出去等你！"他的口气不容反驳，说罢，他走了出去。

白天之时，姜含元从张宝口里听来了些摄政王日常起居的习惯。

据张宝说，朝廷五日一大议，三日一小议，朝会之日，官员五更前就要候在议政殿外，摄政王和皇帝自然也要在五更前起身准备完毕。剩下的常议则看情况而定，通常是摄政王召部分相关官员议政，故不似大小议那么正式，可以晚些，但最晚也不会晚于辰时，并且几乎是每天都有的。

所以，总结起来就是摄政后，因为大小议，此人一个月里有十来天是歇在皇宫文林阁里的，且每每做事到深夜才睡下；剩下的一半日子，即便能回王府，似这冬日里，也是天还漆黑时就要出门。

小太监很是为摄政王抱不平。

王公大臣，一个月最多也就赶那么十来天的大小议。据说高王在的那会儿，还有些大臣在私底下抱怨赶朝会辛苦，他却几乎日日如此，抱怨给谁听？这几天总算因他新婚，朝廷暂停了大小议，但估计有些事还是会寻来，只不过议事之地从文林阁改成王府罢了。

简而言之，就是小太监觉得摄政王被压榨得太过，极是辛苦。

但就在此刻，姜含元忽然觉得，小太监是替他抱错了屈，或许他自己根本就是乐在其中。

他这何止是勤勉，简直是勤勉得令人发指。

他都在外等着了，无可奈何，她也只好爬了起来，穿好衣裳走出去。

他已开门等在外间，还惊动了值夜的两个嬷嬷。她们不知道出了何事，问要不要去请庄嬷嬷。他让嬷嬷取来一只灯笼，亲自提了，随即摆了摆手，叫人都去睡觉，扭头看见她也出来了，说："走了。我替你照路！"

说完，他便当先而去。

姜含元默默地跟着前面的人穿过大半个王府，最后终于到了昭格堂。他领着她来到一间挂锁的屋前，开启门扉入内。

屋极阔大，帷帐四闭，三面墙边皆为书架，藏书汗牛充栋，看起来像是他私人所用的书房。他亲手将屋内四角的鲛炬全部点亮，待光明大放，卷起了东南一道垂地的帷幕，其后竟现出一幅悬于墙上的舆图，长七尺，宽五尺，上面密密麻麻地标注了许多地点和方位。

如此大的舆图极是少见。这就罢了，舆图前的地上竟还摆放了一个巨大的矩形沙盘，长约二丈，宽一丈五，占了半间屋的地方。沙盘之上，举凡山地、河流、森林、沙漠、城池，乃至村庄、道路等细节，无不一一体现。沙盘制作精良，犹如微缩之景观，一些重要的地点之上，则插满各色小旗。

如此一个沙盘，面积之庞大，制作之精细，实是姜含元平生头回遇到。

她也一眼就认了出来，舆图所示地域，是河北诸多州郡以及更北的朔、恒、燕、幽等地。那些地方，从前属于晋国，但如今，尽数在北狄掌控之下。地上这张沙盘则更加具体，着重体现以雁门为中心的恒州、肆州等地。

舆图非一般人可以接触，即便是领军作战的将军，也只能在战时暂时拥有，战事结束后便必须及时归还朝廷，严禁私留或是复制。普通的舆图尚且如此，更不用说眼前如此大的舆图和根据舆图而制的如此精良的巨大沙盘。姜含元也是头回见到这样精良的舆图，猜测其应是前头某个皇朝留下来的珍图。

她被眼前这巨大的沙盘给震撼到了，心情忽然也激动了起来。

"过来！"他站在沙盘旁看了一眼，转头冲她勾了勾指。

不知为何，他此刻的动作和神态，竟令姜含元生出了几分似曾相识之感。她微微一晃神，随即收了杂念，快步走上前去。

她先看的是舆图。这幅舆图包含的地域不但广阔，上面描绘的地点也比她曾见过的所有舆图都更加丰富和精细。

"原图来自晋廷，皇甫氏覆亡之际，有人为投效大魏而献此图。原图破旧不堪用，此为复制品。至于沙盘，乃我当年北巡归来之后，因一念而起，据舆图和我自己的回忆所制。盘中一沙一石，一城一木，你之所见，未曾假手于人，全部是我亲手打造，前后费了半年时间。"他向她介绍完沙盘，最后看着她发问，"你看此物如何？"

"极好。"姜含元如实说道。

"我就知道你会喜欢。方才叫你,你还磨磨蹭蹭不愿来!"摄政王眉间隐隐露出几分少年得意似的怡然之色。

"那会儿我还是安乐王,空闲多。"他补了一句,说完,神色很快便转为严肃,再次望向了她,"姜氏,你对边地应当很是熟悉。你看一下,有无疏漏之处。"

姜含元对以雁门为中心的、现正处于魏狄对峙状态的北方边陲,确实非常熟悉。甚至可以这么说,沿线哪怕是小到一个村庄、一座桥梁,她都能做到心里有数。这条东西绵延千里的线路,她从前跟随着父亲巡防,十七岁后她便代替了父亲,每年都要亲自走一次。

她聚精会神,对照着舆图和沙盘,一个一个地查看标识,包括最小单位的村庄,若发现有和自己认知不符的,便一一指出。束慎徽坐到近旁的一张案后,取了纸笔,凝神听她说话,运笔如飞,一一记录,有时遇到感兴趣的,便插话询问,她也予以详细解答。

漏箭一刻一刻下沉,时间无声飞快流逝,不知不觉,等姜含元将这条熟悉的边线全部审看完毕,已是下半夜,逼近寅时了。

束慎徽看起来毫无倦意,精神抖擞,放了手中的笔,起身走来,停在舆图之前,仰头望了片刻,最后将视线落到边线之北的大片区域,指着说:"朔、恒、燕、幽!等着,终有一日,我会叫这些地方一一染上我大魏的颜色!"

他又望向站在身旁的姜含元,目光炯炯:"到了那时,姜氏,我可陪你纵马驰骋!你想去哪里,就去哪里!"

姜含元知他只是一时有感而发、直抒胸臆罢了。他口里的"姜氏"未必是她,只不过现在站在他身旁的人恰是她罢了。至于将来,若真有那样的一天,他身边的人换成谁尚未可知,但有一点可以肯定,那个人必然不会是她。

她并不是很想延续这个话题,笑了笑,便看了一眼屋内的漏壶。

他循她的视线望去,一顿:"太晚了,该回了!今晚有劳你了。"

他去收起今夜做的一叠口述记录,放落帷幕,将舆图和沙盘遮好后,熄掉烛炬。她随他一道出来,回繁祉院。

长安长夜,庭宇幽阒。庭间背阴甬道的两侧,因白日难照日头,依然积着雪。青色板岩铺就的路面之上,晃着一团朦朦胧胧的光,那是他手里提着的灯笼的光。

出来后，他虽没再开口，情绪却仿佛还停在片刻前。走了段路，他忽然转头，打量她一眼，又是一眼。

姜含元起先装作不知，奈何他反复看了自己好几眼，她便是定力再好，也忍不住了。她偏头望了回去："殿下看我做什么？"

他笑了起来，眼眸在灯笼照来的光晕里隐映雪色。

"也没什么，"他解释道，"只是方才忽然想起来的。你既从小长于军营，那么那年我去你父亲的大营巡边，不知你是否见过我？那年我十七岁，你应当只有十二三岁吧？"

他说完，上下打量她，似要从现在的她身上看出她当年的模样。

姜含元的心跳骤然加快，她顿了一顿，用平静的语气应道："未曾有幸得见殿下。我那时恰在另一个营地。"

他收回视线，点了点头："我想也是如此。那时你若也在大将军的近旁，我必留有印象。"

姜含元不言，只朝前走去。

忽然，一阵挟着残雪冷气的夜风穿墙而来，掀得他手中的灯笼晃动。光晕里，两人的身影随之交织摇摆。他提起灯笼避了避风，又将其举到她面前照着她脚下，忽然留意到什么，停了步，放下灯笼，示意她也停步。她莫名其妙，抬眼见他解了身上那件黑底织锦夹里外袍，往她肩上披了过来。

"你冷吧？出来时衣服穿得太少了。怪我，有时太过性急，方才催你催得急了。"他一边替她披衣一边道，语气温和，带了几分自责之意。

姜含元一顿，立刻拒绝，要将衣物还他："我不冷，殿下你自己穿……"

"不必和我争这个了！快些走吧，屋里暖。"他用不容拒绝的口吻说完，又提起灯笼，继续朝前而去。

姜含元还停在原地。他走了几步，发觉她没有跟上，便转头。或是此刻的心情仍颇愉悦，他瞥了她一眼，口气也带着几分调侃："堂堂长宁将军，怎的呆头呆脑，要在这里吹风不成？还不来？"

姜含元骤然回神，手里暗暗握着那外袍，一言不发，闷声低头跟了上去。

126

第三章　少年皇帝

　　这个夜晚，从束慎徽回来和姜含元搭讪，两人渐渐说开，直到这一刻，他的情绪都很不错，甚至侃侃而谈。直到过了池园，前方繁祉院前的红灯灯影遥遥映入眼帘，屋影也依稀可见，他仿佛突然想到了什么，脚步一缓。接着，剩下的最后一段路，他虽看着还是若无其事的，但明显已没了片刻前的那种放松的状态。

　　姜含元明了一切，却装作不知，和他一道回了房。她脱了他加给自己的外袍，放到衣架上，接着褪去外衣和裙裳，先上床躺了下去，冷眼看着他。

　　只见他慢吞吞地除去外衣，一只一只地去了靴，最后坐上了床沿，转过头，状若平常地笑道："今晚与你相谈甚欢，不知不觉，大半夜就这般过去了。离天亮也没多久了，你想必乏了吧？"

　　"乏了，睡了。"她闭目，翻身朝里，卧了过去。

　　他体贴地替她掖了掖被角："那你好好睡。张宝说你明日还要再去走访几户人家，要养好精神。"

　　姜含元没回话。至此，他终于也躺了下去。

　　离天亮确实没多少时候了，两人各自都仿佛沉睡了过去。

　　姜含元不知枕畔人睡得到底如何——她是再也没有进入深眠，人虽然卧着，一动也没动过，却睡睡醒醒。当耳中飘入外面不知何处传来的五更的锣声之时，她确定，这个时间，他也是醒着的。

五更过去没多少时候，他在她的身旁轻轻地翻了个身，应是想起身，但又有点儿犹豫，或者是在看她。片刻后，他又慢慢地躺了回来，继续睡。

她始终没动，一直睡到天将要亮了，才坐了起来。他也睁眼。

"你这么早醒，不睡了？"他问道，好似也刚刚醒来一般。

"嗯。"姜含元看都没看他一眼，下了床去穿衣，"我要早些出门，早点儿将信送完。"

"我也起了！"

他跟着她，翻身下了榻，开门唤人伺候洗漱。两人吃早饭时，他对她照顾甚是周到，竟不顾庄氏和侍女们的目光，亲自给她递碗送汤。吃完饭，回到房里，姜含元预备换衣出门。

他也收拾妥当，微笑道："需不需要我陪你去送信？"

姜含元取了帽："不用。"

"那也好。你和昨天一样，带上人，我就去昭格堂了。外面还是冷的，你记得早些回。事情也不急，慢慢来，不要紧的。"他关心地道。

姜含元"嗯"了一声，往头上扣了帽，转身便走了出去。

和昨天一样，仍是张宝领路，王仁带人跟随在后，他们又是东奔西走了一天。路远，她拜访完一个位于城外几十里的偏僻地方的人家，将家书和钱送到后，回城时已是黄昏。

天虽晚了，但这时，这座繁华城池反而热闹起来。华灯初上，临街家家户户门里飘出饭香。有人急着回家，有人则开始呼朋引伴，出门游乐。

姜含元行经一条窄街，路上人多，因怕冲撞到行人，便牵马步行。只见近旁有条街，一直延伸，长不见尽头，街两边屋楼相对，鳞次栉比，香风阵阵，丝竹声和悦耳的女子欢笑声随风飘出，直惹人骨酥肉绵，引得路过的少年人频频回首。

此处便是长安城中最有名的销金窟。

张宝看见路口一个迎客奴似是盯上了王妃，应是误会她为男子，慌忙上去挡住了王妃，低声催促："切莫看那边！王妃快随我走！"

姜含元瞥了他一眼。

这时，自对面打马来了几名富贵公子模样的人，瞧着年岁都不大，锦衣华服，骑着骏马，两旁十来名奴仆紧随。当中的是个二十岁上下的青年，肥头大耳，坐于马上，歪着头和身旁的人说话。周围几人一脸奉承，不知说了什么，他便发出一阵肆无忌惮的狂笑之声，听着有些猥琐的意思在里头。

街面本就不宽，被这几人如此并排骑马，几乎占满，顿时没了旁人走的地儿。路上的人却不敢出声，见这一行人来，反而纷纷避让。

姜含元知这几人应当就是所谓的长安纨绔子弟了。她无意多事，便也停了下来，等那些人先过。

原来这一拨人就是去往那条香风街的，见众人前呼后拥，簇拥着那马上的肥胖青年打马进去了，路人才纷纷继续上路。

张宝等人走了，低声道："王妃，瞧见方才那位了吧？那便是大长公主和前驸马所育的郡王，有个绰号，叫戆王。"

他指了指自己的脑袋，张嘴似乎想说什么，大约是想到了摄政王和大长公主的关系，怕有不敬之嫌，又硬生生地收了回去，改口道："是此处的常客。"

姜含元方才一眼便看了出来，那人脑袋不甚灵光。

张宝和女将军王妃虽只处了一天半，却早就看出来了，女将军貌似冷冰冰的，不爱理睬人，一整天话也没两句，实际上外冷内热，对人好得很，也极好说话，没有架子，不像那些长安城的贵人，穷讲规矩。如此，他便也没那么多的顾忌，在旁又继续说："最近，温曹郎家的妹妹不是在说亲吗？奴婢听来一个传言，说大长公主想替她儿子定下这门亲。这若是真成了，门第上固然是温家高攀，但就这位……说句僭越的话，岂非牛嚼牡丹，大煞风景？温家女郎，就不说她父亲从前如何了，她自己可是长安城里最美的人了，才貌双绝。"

张宝甩开了腮帮子说得兴起，正在感叹，突然间想到一件事，整个人打了个激灵，立刻改了口："不过呢，再怎么好，和王妃您是万万也比不了的。天下女子万万千，再好也是地上的，谁能像王妃，您就是天上下来的！貌美过人自不必说了，竟还是威风凛凛的女将军！摄政王和王妃郎才女貌——不对！是郎才女貌且更有才，天作之合啊！"

张宝勉强把话给圆了回来，再偷瞄一眼女将军，见她依然双目望着前方，脸上的神色看起来和刚才并没有什么不一样,这才松了口气,暗暗擦了一把汗。这下他再不敢乱说话了,跟着女将军老老实实地回了王府。

束慎徽今天已经从昭格堂那边回来了,正在繁祉院里,手里握着本书等着她。两人吃完晚饭,刚过戌时,还算早,他跟她进了房,开口说他还有点儿事,白天没完成对她昨夜那些口述记录的整理和草图的修改,打算趁着晚上再去做。

"本想今晚早些陪你,但今日是休沐的最后一日,明日我又要朝议,不抓紧的话,怕就要拖下去了。"他向她解释。

姜含元点头:"你去,我也有事。张宝说王府后头有个小校场,我有些天没碰弓箭,怕手生,去那边转一下。"

"好,你尽管去。若需陪练,就让王仁把府里的侍卫们都带过去让你挑。练完了,早点儿回来休息,不必等我,我完事就回。"

他交代完,走了。王仁奉了摄政王之命,欲集合人马浩浩荡荡夜赴小校场服侍王妃,被拒。姜含元叫人全都不必跟来,一人去了。

这里是侍卫们平日用来习武的地方,不是很大,只一排平房,但各种兵器齐备,还有一个百步靶场,足够用了。

她射箭,周围并未点燃火炬,只在百步外的靶后点了一支。凭远处的微光,她靠着感觉,聚精会神,一支接一支地发箭。这是为夜间作战而练习的夜射。发出百来支箭后,身体渐热,她便收了弓箭,回到寝堂,沐浴歇下。

夜已深,昭格堂里,束慎徽手头的事也完毕了。他慢慢地放下笔,却没起身,独自对着案前烛火,迟疑不决。

他知自己应当回了,但想到回去又是那避不开的同床之事,心中便如坠了一块沉石,呼吸都有些不畅快。

昨夜也是如此,他在这边留到了不能再留的时刻,估计她睡熟了才回去,谁知运气不好,为挪长发弄醒了她。

有过那样一个不堪回首的新婚夜后,他不敢轻易再碰新妇,唯恐再次败北。若再出丑,在她面前,往后他也就抬不起头了。但他若不碰她,正是新婚宴尔,除非向她承认自己无能,否则,这个坎是无论如何也过不去的。

想来想去,他只能寄希望于说话暂时转移注意力,却没想到和她颇谈得来，不但如此，他一时兴起，竟还带她去了自己那间从不示人的私室——要知道，他之所以将婚房设在繁祉院，多少有些私心，不愿自己原本的私人地界过多地受到婚姻打扰。

对于姜家女儿，他娶她、敬她，尽己所能对她好，但这并不代表愿将自己的一切都拿出来和她共享。然而就在昨夜，新婚第二日的晚上，他就推翻了自己最初的打算。

从父皇去世、他的皇兄继位之后，直到昨夜之前，这些年来，他似乎就再没有如此放松过了。昨夜有那么几个时刻，他甚至觉得自己又回到了作为少年安乐王的时光，现在再想，简直不可思议。

只是，昨夜归昨夜，昨夜再好，今夜也不可再得。现在他又该回去了，回去后如何才好？若她还是醒着的，难道自己要再和她谈一次舆图度过一夜？

束慎徽又坐了良久。夜越发深沉，他已不能再避。

罢了，车到山前必有路。他压下心中的烦闷，终于起身，回了繁祉院。

新房门窗内漆黑，不见光影，她应当已熄灯睡下去了。

束慎徽缓缓推开虚掩的门，入内，又站了片刻，等双目适应屋内昏暗的环境，不必借助灯烛照明了，才迈步穿过外间，入了内室。床的方向不闻半点儿声息，她应已睡得极熟了。

束慎徽继续摸进去，解了外衣，轻轻上榻，躺了下去。他慢慢地呼出了胸中的一口气，闭目仰卧片刻，忽然感觉有些不对，睁目，转过头，朝床榻内侧望去，抬手一摸——空的。

她竟不在！这么晚了，她还没回房！她去了哪里？难道她还在小校场？

束慎徽立刻翻身下榻，燃了烛台，取了外衣套上，转身走出内室，穿过外间，快步走到门后，正要开门传人来问话，手突然停在了门上。

他回过头，望向外间靠着南窗的地方。那里置着一张小憩用的美人榻，榻前悬有一道帷帐。若是榻上无人时，帷帐自是收起，此刻，那帷帐却被打开了，静静地垂落。

他迟疑了一下，回身走去，抬起手，慢慢地拨开帷帐，然后看见了姜含元。她安坐于美人榻上，长发垂落，身着中衣。

"殿下回了？"她朝他点了点头，道了一句。

"你……这是何意？"他惊讶地问。

显然，今夜她是睡在了这里。

迎着他投来的视线，她神色自若："殿下当还记得你的诺言，称必会遂我心愿。既如此，我便再提一不情之请。请殿下容我独寝。"

她的话说得平静，入了束慎徽的耳，却令他觉得自己的五脏六腑似突然被一根圆头撞钟木给击了一下，胸间闷胀不已。

他没问原因，她也仅仅说了如此简单的一句话而已，听起来有些没头没尾。然而大家都是明白人，有些话无须明说，只要起个头，彼此便有数。

他怯于和她同房。他在躲避夜晚。束慎徽以为自己隐藏得甚深，原来她一清二楚，冷眼观着他的拙劣把戏。

今夜，她用这样的方式替他维持住了体面，或者说，也是给了她自己一个体面。

他如此举动，于新婚之妻而言，难道不是一种羞辱？

这种被人窥破隐秘心思所带来的狼狈感，与新婚夜无能的羞惭感相比，到底哪种更加令他不堪，束慎徽自己也有些说不清了。

他只能沉默。向来以才思敏捷著称的摄政王，在这一刻，只能以沉默来掩饰他的心绪。

"不早了，我要睡了，殿下也去歇了吧！"片刻后，她朝他微微一笑。

这也好似是见面以来，她对他露出的第一个笑容，却是在逐他。

束慎徽终于开口，低声道："全是我的不好。此绝非我本意，你勿见怪……"

"明白。"她应道。

他又僵立片刻，忽然回了神。

"无论如何，我不能让你睡这里。若要独寝，也是我睡此外间，你进去睡。"他的语气变得坚决。

"不必。我也睡不惯内室寝铺。我睡久了营房硬铺，睡过于松软的床榻反而难以安眠。"姜含元转头望了一眼内室的方向，淡淡地道，"殿下你用。"

"我也——"他还要争。

"就这样吧！"姜含元忽地耐性全失，不想再和他多说什么话了，一下子打断他。

他如被她这一句话给噎住，停了下来。

"殿下还不入内室？"片刻后，姜含元再次开口，语气已是重归和缓。

枉他摄政王平日运筹帷幄，从无有失，此刻竟毫无对策。愣了片刻，他无可奈何，慢吞吞地转身去了，走到那道帷帐前，实在是不甘，又停了步，再次转身。

"姜氏……"他叫了她一声。

姜含元已躺了下去，应声转头，见他搓了搓手，双目望着自己。

他用恳切的语气说："你是女子，无论如何，我也不能让你睡在外间的。还是我睡更为妥当……"

"殿下！你若以为我在与你谦让，那便错了。我绝非客套。倘若我想睡在内室，自是不会将内室让给殿下的！"

束慎徽再也说不出话了，照她的安排，回了属于他的内室。

他在那张锦绣床榻之前又定定地立了片刻，抬手揉了揉有些发僵的脸，慢慢地坐了下去。

万籁俱寂，他便一个人如此在内室深处被锦绣包围，也不知过了多久，更锣之声隐约从哪条长安街巷的深处飘入耳中。

他的肩膀动了一动。他转头，看着身后的锦被，迟疑了一下，最后还是抱了一床，起身再次走了出去，打开帷帐。

借着内室透出的朦胧光影，他看见他娶的新妇安静地卧于那张狭仄的美人榻上，看着应是睡过去了。

他默立片刻，蹑足靠近，展了手中的被，轻轻地加盖在她身上，然后转身回了内室。

次日是大婚后的第一个早朝，四更多，束慎徽起了身。

姜含元在军营里时，早上也往往比普通士兵起得早，这个时间点起来预备出早操是家常便饭，便一道起了。

他对入夜同床的回避，姜含元岂会看不出来，索性自己睡在外间了，如此，既是给他解脱，也是为了自己得个清净。天冷，美人榻上本就铺有暖衾，她将他昨夜给自己添的那床被子收了，免得落入人眼，徒增猜疑。

昨夜她睡得倒是还可以，他却是印堂晦暗，闷闷的，不大说话——不过这和她无关。总算不用藏掖，这个早上再次彼此面对，她自己觉得，反正是比前两日舒坦了不少，极好。

束慎徽用了早膳，顶着还漆黑的夜色乘车去了皇宫。姜含元再去小校场，至天亮回来，简单沐浴，穿好衣服，继续出门去做还没做完的事。

晚上是她先回的。她收拾完，打发走了跟前的人，和昨夜一样，直接睡在了外间的美人榻上。他是亥时后回的，知她睡下了，没扰她，径直入了内室。

就这样，两人相安无事地又过去了几日，除夜间内外分睡之外，白天处起来，竟真有了几分相敬如宾的味道。

这天，姜含元终于走完了最后一户人家，因路极远，回来时已不早了，束慎徽还没回。庄氏陪她吃饭，说摄政王方才叫人传回了一句话：明早是大朝会，今天宫中事也多，他晚上恐怕回不来了，宿于文林阁，叫她自便。

如此情况，从前是稀松平常，但现在，他才新婚还没几天，就留王妃独自过夜，庄氏颇感歉疚，安慰王妃："殿下也是无奈，实在是分身乏术。若能脱身，殿下定会回府过夜。"

姜含元道"国事为重"，自去歇了。

这个傍晚，束慎徽带着少帝结束了和几名中书省、门下省官员的议事。大臣退出去后，束慎徽叮嘱少帝做完晚间功课，回寝宫早些安歇。听少帝一一应了"是"，束慎徽便起身告退，要回文林阁。少帝送他出去，忽然问起过些天贤王老王妃做寿的事。

"三皇叔，我也想去给老王妃贺寿。这些天我的功课都提早完成了，丁太傅要我背的我通通背了，没要我背的我也背了，他还夸了我。三皇叔，我真的想去！你答应我好不好？"

少帝这些天表现得确实很好，让做什么就做什么，和大臣的议政问答也是有模有样，稳重得简直像是换了个人。现在他所求不过是这样一件事，束慎徽也不忍拒绝，略一沉默，颔首："也好。到时陛下若能亲至贺寿，于贤王老王妃也是荣耀。"

束戬面露喜色："多谢三皇叔！"

束慎徽含笑道："好了，你……"

"知道知道，做完功课早些睡觉！我这就去做！三皇叔你走好，记得莫累到自己！我不送了！"少帝转身，一溜烟奔了进去。

束慎徽目送少帝消失在御书房门里，出殿，入了文林阁。用过饭食，便是掌灯时分，燃起明烛，他开始伏案理事。

他正忙碌着，李祥春蹑足入内，躬身道："殿下，宫外传话进来，说温曹郎来了，求见殿下。"

束慎徽慢慢停笔，沉默了片刻，抬眼问道："可知是何事？"

李祥春摇头："温曹郎未曾讲。"

"领进来吧。"

李祥春应"是"，退了出去。

温曹郎已过而立，这几年为人越发谨小慎微。他在宫外等了许久，终于看见宫门开启，一名小侍出来传唤自己入内，原本忐忑的心情稍稍得了些安抚。他紧紧跟着小侍，过了几道宫门，最后来到位于二道宫墙内的摄政王办事之所——文林阁。

李祥春亲自出来接他，带他进去，送他到殿门之外，停了步，道："摄政王在里头等着曹郎了。"

温曹郎冲着老太监连连躬身道谢。摄政王让李祥春出来迎他，这是给了他极大的脸面。

他做的是尚书之下的曹郎，虽也有资格位列朝班直接奏事，但主管的是文书一类的公务，并非要职，所以之前从未受召来过这里参与议事。他小步进入文林阁，看见前方有一间四方殿室，室内书架罗列，高高低低放满大小卷宗和文册，旁有一座漏壶，对面有只香炉，里面燃着提神醒脑的龙涎香。他知此处便应是文林阁内摄政王的书房了，抬起眼，果然见摄政王已端坐在案后，像是在等自己，忙疾步上去，行拜见礼。

摄政王等他礼毕，面上含笑，问道："温曹郎来此，不知所为何事？"

早年，这位摄政王还是安乐王时，因父亲温太傅的关系，温曹郎的差事是太子陪侍，而太子和安乐王关系亲厚，故他得以时常和安乐王碰面。太子若和三皇弟外出游猎，他也跟从，所以对安乐王很是熟悉，安乐王对他也是礼遇颇多。

时光荏苒,从前那一道游猎的少年如今已成摄政王,威重令行,百官俯首,而他自己,随着几年前父亲去世,一切已是物是人非。从前有过的不切实际的幻想,现在想来,全是作茧自缚,何等愚昧,早就该清醒了,他现在只盼座上之人能顾念几分自己父亲曾为他师的旧情,施以援手。

这次,在开口前,他直接跪了下去,叩首行礼。

束慎徽叫他起来,他不动:"微臣也知,此事万万不该求到摄政王这里,只是放眼四顾,竟无人可以求助,再三思量,唯有不自量力,厚颜求到摄政王这里。微臣恳请殿下,救救臣的妹妹!"

束慎徽依然坐于位上不动,只道:"令妹出了何事?"

都到这份儿上了,温曹郎如何还顾得上脸皮,便将来意说了出来。

他欲嫁妹,相中了内史上士周家,对方也十分乐意。两家本要结亲了,谁知南康大长公主横插一杠,着了人来说亲,说她儿子想娶他妹妹,被他婉拒。他本以为事情过去了,不料过了两日,竟又来了人,不但旧话重提,还放了话,大意便是倘若他胆敢忤逆大长公主之意,往后须得当心。不但如此,周家可能也是收到了话,十分恐惧,竟连夜派人来推婚事。

"舍妹资质愚钝,怎堪配大长公主爱子?如今我全家上下日夜惶恐,微臣更是彷徨无计,实是万般无奈,这才斗胆求到了摄政王殿下这里。微臣恳请殿下,看在家父的旧日情分上,救舍妹一命!我全家今生无以为报,来世定结草衔环以报殿下大恩!"他说完,再次重重叩首,俯伏于地。

座上摄政王听罢,未置一词。温曹郎屏声敛息等待,竟没有听到他发任何的话,心中渐渐绝望。

温曹郎懊悔万分。

他的妹妹温婠才貌双全,和摄政王从小认识。庄太皇太妃在宫中时,也喜欢他妹妹,常召她入宫。人言他二人青梅竹马,妹妹更是倾慕摄政王,这在温家,早就不是什么秘密。

他的父亲温太傅早年也曾对此事寄予希望,但在武帝驾崩、明帝继位,朝廷事事开始倚重祁王之后,就断了这个念头。后来太傅病重,祁王过府探过病。待祁王离去之后,父亲就告诫他,莫再对祁王的婚事抱希望,趁父亲还在,及早给温婠择选合适的郎君,免得耽误终身。

但那时，温曹郎还是不死心。一则，他知妹妹一心向着祁王；二则，即便不能成为王妃，将来便是成为侧妃，于妹妹而言，也非折辱。如此，她既能嫁中意之人，就温曹郎的私心而言，对自家也是大有裨益。所以当时，他并没有遵从父亲的话。

后来父亲病故，妹妹守孝，一守就是三年。而那三年间，朝廷风云激荡，大事不断，明帝去世，少帝继位，祁王受封摄政王，和高王相持，日理万机，和自己的妹妹几乎已经成了陌路人。那时，温曹郎终于渐渐清醒过来，明白摄政王应该是对妹妹无意了，否则，这么长的时间，他若有意，不可能一句话也无。所以就在去年年初，妹妹出孝，他便打算给妹妹说亲。

偏偏那个时候，兰太后又插了一脚，频频召妹妹入宫，还曾明里暗里地表示她会帮忙撮合妹妹和摄政王。温曹郎半信半疑，原本死了的心又有些活络起来，加上不敢忤逆兰太后的话，就这样又拖一年。直到去年秋，兰太后的寿辰过后，高王暴毙，朝廷再次风云激荡，他的妹妹温婳在那日之后也告诉他，她和摄政王是不可能了，让他这个做哥哥的不要再抱幻想，替她另外寻个亲事，她要尽快嫁人。此便为温家女婚事的前因和后果。

温曹郎深悔自己不该心存侥幸，出于一念之私，当年没有早早听父亲的话，害得妹妹如今不上不下。妹妹如今终于能结亲了，竟又遇到了如此巨大的麻烦。

摄政王如此长久也不发声，显然是不愿插手此事。莫非他也在暗怨温家这几年连累了他的名声？

温曹郎虽有些私心，但对自己唯一的妹妹，也是有感情的。现在，摄政王就是他最后的一线希望了。

他不停叩首："殿下，微臣该死。全是微臣的罪，因为微臣一念之差，连累殿下清誉。只是舍妹当真无辜，被我所误——"

"罢了！"正当温曹郎泣血叩首之时，忽被头上传来的一个声音打断了——摄政王开口了。

"此事本王有数了，你回吧。"摄政王淡淡地道。

虽没明说，但他既如此发话，那应该就是应下的意思了。只要他肯出手，大长公主那里，必然没有问题。

温曹郎片刻前还犹如身在地狱,此刻却一下子回到了人间,庆幸之余,感激万分。他怕烦扰太过,再次叩首道谢过后,忙退了出去。

温曹郎去后,束慎徽一个人在文林阁里坐了许久,案前那支明烛灼灼燃烧,蜡泪不时滚落。殿角,漏箭一刻一刻地下沉,烛身也一寸一寸地缩短,光渐渐地暗了下去。

候在外头的李祥春蹑足进入,取来一支新烛,正要替换旧烛,忽然听到摄政王道:"你叫人预备车马,我今晚回府。"

李祥春一怔,看了他一眼,见他吩咐完便又低头提笔蘸墨,继续落笔于案上的文书,应了声"是",退了出去。

王府的门房知摄政王今夜将会宿在宫中,故而天黑后,等到王妃归来,府里的知事和侍卫等人也全部归了位,便闭了大门。不料晚些,却听有人叩门,他本以为是什么不上道的访客,毕竟这几日,光大门前就拒了不知多少想拜谒王妃的帖子。他出去一看,竟是摄政王的马车停在门外。

见是摄政王从宫中回府了,门房赶忙开门迎人。

"王妃回了吗?"束慎徽一进门便开口问道。

"禀殿下,王妃回了有一会儿了。"

束慎徽便径直去往繁祉堂。

这个时间还不算很晚,戌时二刻的样子,姜含元还没睡。

晚间她回了房后,先是整理了这些日子收来的要替士兵们捎回去的行李——多为冬衣和鞋。整理完毕,她还不想睡觉,又去这院中的书房取了笔墨纸砚,再挑字帖,想在睡前临上几页。

虽然她从小在军营中生活,但早年,姜祖望其实还抱着女儿长大后能回归正常女子生活的念头,所以并没有因她身在军营而放任不管。除了安排最好的弓马师父教她渴望学的武功,经书也没丢下,姜祖望便让身边一个做过五经博士的长史去教。她天资聪慧,继承了姜祖望的军事天分,学武学兵法极有灵气,能举一反三,但她的字,说实话,从小到大,一直写得不怎么样。

这是须花费时间去换取的,而她没有足够的时间和兴趣可以分给书法。所以多年来,她也就是在军中的闲暇空当里想起来,才去划拉几下而已。早年也无所谓，但最近几年，随着在军中职位的不断提升，经手的文书越来越多，她那永不服输的好胜之心也开始促使她重视起自己的字。奈何职位提升便意味着军务越加繁忙，更没有什么时间留给她练字了。正好现在，她百无聊赖，做这个最好不过。

她字写得不怎样，但鉴赏能力还是有几分的。那曾教她读书的长史便是个书法好手，把她教出来后，她就成了眼高手低的那一类人。

这个用作新房的繁祉院，处处都透着一股子新布置的味道，书房也是如此，一看就是新置出来的，书也都很新，但种类倒算齐全，也有她想要的字帖。

她看中了一本碑帖，内容看着像是为一位德高望重的已逝官员作的墓志铭，没有署名，不知所出，但字铁画银钩，笔势飘逸。她越看越是喜欢这本碑帖，于是取了，带回到寝堂，将案上的蜡烛燃得亮亮的，专心致志临帖。她许久没握笔了，手感艰涩，握这三寸笔杆竟比握刀不知要艰难了多少。她慢慢地写了两页，好容易有点儿进入状态，自觉写出来的字也仿得不错了，颇为满意，正欣赏着，忽然听到有人在外叩门。

她以为是侍女来问她是否要用夜宵，说道："不饿，不必替我准备夜宵。"

叩门声停了，但很快又响了起来。

"是我。"一个男子的声音传入耳中，姜含元停住，扭头望向门的方向，颇觉扫兴，片刻前的好心情全都没了。

是他？他怎么突然回来了？不是说明早大朝议，今夜要在皇宫留宿吗？

她只好起身，看了一眼桌案，先飞快地收了字帖等物，拿册别的书给挡了，这才过去开门。

束慎徽入了房，关门，慢慢地转过了身。

姜含元也没问他怎突然回了，只点了点头，说了句"我去睡了"，便要朝那美人榻走去，却听他叫住了自己："姜氏！"

姜含元停了下来，望过去。他朝她走了几步，却又仿佛犹豫了一下，停住了。

"适才我进来，听张宝说，今日你的信全都送完了？"他问道，是搭讪的语气。

姜含元"嗯"了一声。

"实在是辛苦你了。青木营里的兵卒，想必对你十分拥戴。"

"殿下若是有话，直说便是。"

他用不着顾左右而言他，给她戴高帽。

他微微咳了一声："是这样的……再过些天，便是贤王老王妃的寿辰，到时候，贤王府会替老王妃办个寿宴，以表庆贺。我知你不喜应酬，别的关系不去也罢，但贤王是皇伯父，老王妃也一向亲和，所以到时候你若能去，最好去一趟。"

"明白了，"姜含元答，"到时候我会去。"

他朝她露出笑容："多谢体谅。"

姜含元颔首，转身要走。

"姜氏！"他又叫住了她。

他好似终于下了决心，问她："你知温节温家吗？"

姜含元看着他，没有应答，既不点头，也不摇头。

他继续说道："温节是从前的太傅。他有一女，名温婠。今日她的兄长寻到了我这儿，说温家遇到些麻烦，望我相帮。"

"温家女儿最近议婚，婚事受阻，是不是？"姜含元直接说了出来。

他一怔："你都知道了？"

"张宝所言。"

他点了点头："是。我因太傅之故，和温家确实有些渊源，少年时也和温婠有过颇多往来。如今太傅虽已去了，但此事既求到了我这儿，于情于理，我都不能坐视不理。今晚回来，我便想先将此事告知于你。"

他顿了一顿，放缓语气，似在斟酌言辞："我知外头至今仍有关于我和温家女儿的传言，你或也有所耳闻。我也无意推诿，一切全是我的过失。不过，如今我既娶了你，你便为我妻，我前次言道会敬你，绝非虚言。此次我欲相帮，虽是出于私心，但绝非出于异心，更非对你不敬，望你莫要误会——"

姜含元打断了他："我有何误会？温家人既求到了你那儿，便是走投无路了，你相帮是理所当然！你若连这都不管，算什么人？你在我这里解释什么，还不快去！温家女儿已够不容易了，难道你还要等再出大事，让那样的一个女子被彻底毁掉一生？"

束慎徽大约没想到她会是如此反应，起先略略讶异，很快便看出她这话绝非矫饰之词。她对温家女儿非但毫无芥蒂，似还颇多回护好感。

束慎徽虽不明所以，但这一刻如释重负，点头道："多谢你的理解，如此，我便去了。"

他匆匆转身要走。姜含元目送着他的背影，忽然叫住了他："等一下。"

束慎徽转头。

"殿下打算如何帮？"

"温家与我非亲，涉及婚姻之事——说实话，我也不便直接插手。不过，我知大长公主那儿子过去犯了不少事。去年国丧期间，他就私闯禁苑行猎，当时便有御史欲参奏，此事可大可小，我不欲多事，便压了下去。我这就去叫人把旧事翻出来追究治罪，大长公主自然也就有数了。"

姜含元道："这个法子是不错。不过，我也有个想法，可供殿下参考。"

"你说。"

"殿下可想过以她为侧妃？如此，往后再无麻烦。你放心，我此言绝非试探，而是真心实意。温家女儿若来，我绝不计较。"

束慎徽一怔，看了她一眼，断然摇头："我无此意。此处也非她最好归宿！"

当放便放，何况早就时过境迁，如今他又岂会为了弥补，便无事生非做出这等蠢事？便是当真如她所言，她不计较，可此事落入外人眼中，这和羞辱新妇有何区别？

他说完，见她瞧着自己，神色间似有同情，忍不住皱眉："姜氏，你如此看我做什么？莫非你是不信？"

姜含元收回视线，继续道："那我还有另外一策。贤王妃应当不惧大长公主，何不请王妃认温家女儿做螟蛉义女？如此，王妃为温家女儿主婚，理所当然，大长公主自然也就知难而退了。不但如此，温家女儿有了这层身份，往后便也如有了护身符，在京中再不至于受人轻视，忍气吞声。"

束慎徽听完她这话，一时定住了。

说实话，少年之时，他确曾对温家女儿怀有好感。那样一个宛如娇花的温柔女子，谁会不喜？然而，人一旦将国认作是家，肩担江山，便别无选择，必然要抛弃一切与目标相悖的私欲。他知温家或是一直寄希望将女儿托付给他的，怕误了对方，便借那年探病之机，委婉告知太傅，将来婳娘若是大喜，他必以兄长之礼嫁之。自那之后，于他，温家人是彻底淡出了他的世界。他没有想到，婳娘依然被耽误至今。

时隔多年之后，那日在护国寺中，他和少时玩伴的那一番坦诚对话，固然是出于内疚而安慰，为她蹉跎了的年华，然而，又何尝不是他对自己少年时的一切自由和率性的彻底埋葬？

以婚姻为筹码来换取军队的绝对支持固然可鄙，但他不会后悔。像他这样的人，在必要之时，便是自己的性命，也可拿出来作为砝码，何况区区婚姻或是感情之事。

但是此刻，当他听到他因这利益交换而得来的妻——姜家的女将军，竟说出了这样的话，他的心中还是慢慢地生出了些惊诧和感动，甚至，还有些微的感激。

巧得很，其实他原本想到的第一个法子恰如她所言，便是让老王妃认温婳为义女。不管曾经是否有过提醒，但温婳确实是因他而误的，对这一点，他无可辩驳，如此安排，也算是对温家的一些弥补。

不过，这个法子很快就被他否决了。他实是有些顾忌，担心若是过于抬举温婳，会惹姜女不快，所以退而求其次，另想了一个方法。

他实是没有想到，她会和自己想到一处去，如此肯为温家女儿着想。

他注视了她片刻，一言不发。

姜含元见他看着自己不说话，神色略显古怪，道："你看我做什么？这法子你若觉妥当，便去办。"

束慎徽陡然回了神，转头，匆匆开门而去。

姜含元望着他离去的背影，立在原地渐渐愣怔，忽然，深深地吐出了一口气，又摇了摇头，仿佛为摇落一切扰她的杂念。她捡回了刚才被打断的心情，回到案后再次坐下，取出藏起来的纸和笔，继续刻苦临起她的帖。

刚写了两个字，突然，一阵急促的脚步声迫近，她还没来得及反应，就见门被推开。束慎徽一脚跨了进来，左右一看，瞧见了她，转身快步向她走来。

姜含元被吓了一跳，可不愿让他看见自己的字，一把将纸给压住，站了起来。

"你怎又回来了？做什么？"她不大高兴的样子。

他的视线扫过案上的东西，随即投向她。

"无事。就是想起来，方才我还未曾向你言谢。姜氏，多谢你了！"他郑重地道了一句，余光又瞄了一眼桌上的纸笔，丢下她去了。

姜含元的心还在"扑通扑通"地跳，她盯着他出去，却见他走到门口，仿佛又想起什么，回头看了自己一眼，再次回来。

"殿下，你还有事？"姜含元担心自己的字，真的有点儿不耐烦了。

"姜氏，"他望了一眼美人榻，用商量的语气道，"要不，还是你睡里头去？我堂堂一男子，岂能让你睡在外间？传出去了，别人如何看我？或者，我若是不在，你一个人睡里间，岂不也是一样……"

他说着说着，见她始终不予反应，只用似隐含了不屑的眼神盯着自己，便打住了："罢了罢了，我也就一说，随你意吧！我走了。"

他拂了拂袖，带着几分悻悻，转身去了。

姜含元跟到门外，看着他的身影消失在了院门外，确定这回他是真的去了，关门，顺便上了门闩。

几天之后，一个消息传开了。

贤王妃向来关爱已故太傅温节之女温婠，打算趁着自己本月初八寿辰之喜，好事成双，认温婠为义女。

不但如此，另外还有一喜，那便是温婠的婚事。

据说几年前，她还在守孝之时，温家和内史上士周家就已相互属意，现在各种准备就绪，正式议婚，老王妃顺带做主婚人，两家就此正式结亲。婚期也定了下来，趁热打铁，就在三个月后。

这下，再也无人敢在背后说温家一句闲话，原本车马零星的温家门庭前也再次热闹起来。

至于贤王老王妃的寿宴，更是成了最近长安贵妇们关注的大事。

贤王府的寿宴之所以如此引人注目，一是贤王老王妃的地位摆着，据说当今少帝到时也会亲自出宫过府贺寿，如此荣耀，乃长安城里头一份；另外一个原因，则是众人听说，那拒了一切应酬的摄政王妃，当天也会去为老王妃贺寿。

如今除了听风就是雨的坊间小民，长安城再没人拿女将军从前的传言来说话了，那些都是老皇历，该翻过去了。现在关于女将军的最热的传言，便是新婚次日，她入宫谒见敦懿太皇太妃，竟当众给了南康大长公主一个下马威。此事被传得沸沸扬扬，尽人皆知。大长公主固然地位尊贵，脸面极大，但长安城里看不惯她的对头也多的是。这么多年来，对头们总算看到她被人落了脸面，还不跟太阳从西边出来一样？

不但如此，还有一个说法，称她不但性格悍猛，生得也颇貌美，把摄政王牢牢捏在手心里，连摄政王也对她唯唯诺诺、服服帖帖。

传言满天飞，众人对女将军王妃的好奇心越发旺盛，都想到时候近距离看一看人。

无数人期待的初八终于到来。

早上，摄政王束慎徽还在皇宫里。上午他将如常理事，午后再回府，和王妃一道去贤王府贺寿。

他忙了一个早上，手头剩下最后一件事。

大理寺将最近审结的一批死刑案申报刑部，刑部复核，再报中书门下。因牵涉人命死刑，事关重大，照常例，最后一步是提交皇帝批准。现在摄政王辅政，申请自然是提交给摄政王。

中书令方清将卷宗呈上后，退到一旁等着，以备询问。束慎徽将卷宗分给少帝，教他仔细复核。

束戬却一心想着今日要出宫的事。外面鸟语花香，阳光明媚，他的屁股却在椅上贴了半天，他早坐不住了，哪儿还有心思在政务上头，只是不敢表露太过。他接了卷宗，草草地瞄了几眼，正想混过去，忽然"咦"了一声，来了兴趣，仔细看了一会儿，"扑哧"笑了起来。

见束慎徽投来视线，他将手里的卷宗推过去："三皇叔你快看，护国寺和尚通奸！上次母后寿辰去了寺里，我看里头的和尚个个老实，怎也六根不净，做出如此之事？"

束慎徽接过卷宗，扫了几眼。

案情是说护国寺的一个和尚和良家妇女通奸。据供词看，和尚天赋异禀，女方死心塌地，为做长久夫妻，毒杀亲夫。两个人都被判了死刑，但和尚叫屈，称自己只是通奸，从未指使杀人。案情一度停滞，后来大理寺又查出，原来不止这一名妇女，和尚几年间竟和多达几十位女子有过混乱关系，其中不少还是有头有脸的长安贵妇，多为寺院供养人。因这和尚精通奇技，众多妇人竟对他崇拜不已，以"活佛"称之，私下还贡献大量财物供这和尚挥霍。

"中书令，这和尚此刻在何处？朕去看看，到底怎生个厉害法？"少帝盯了卷宗上那段对和尚的描述片刻，抬起头，兴致勃勃地问方清。

方清面露难色，含含混混地道了一句"收监待斩"，便望向摄政王，补充道："三司经过审核，认为其败坏风俗，影响尤其恶劣，为正视听，最后也判死刑，且罪加一等，是为腰斩。此案判决是否妥当，还请陛下和摄政王定夺。"

方清说完，却见摄政王握着那卷宗，目光微微迷离，仿若出神，便咳了一声提醒。

束慎徽也不知怎的，方才看到这案子，立刻就从这个和尚想到了另外一个和尚。虽然两个和尚隔了十万八千里，风马牛不相及，但他心中还是忍不住极是厌恶。

他被中书令的一声咳嗽给唤回了神，转头，见少帝一副好奇不已的样子，便掷下手里的卷宗，冷冷道："此等妖僧，入了佛门，不好好念经，玷污净地，祸害良家，影响殊劣。以其身份而论，更是可恨！照律例处置就是了，三司判决无误。"

少帝偷偷吐了吐舌头，顿时打消了去开眼的念头。

其实卷宗上的死刑因，皆犯下了人命大罪，其中不乏穷凶极恶之徒。不说影响的话，相比起来，这个和尚的罪行算是轻的了，至少看供述，妇人都是心甘情愿的。少帝也不知三皇叔怎的唯独对这和尚特别厌恶，措辞之严厉，颇为罕见。

"是，摄政王所言极是。"方清应道。

"陛下，卷宗所剩不多，抓紧看完，陛下便可准备出宫，去为贤王妃贺寿了。"束慎徽提醒少帝。

· 145 ·

束戡应"是",又打起精神阅卷,待全部看完,盖了印鉴,发回给中书令。这个上午的事,他终于全部完成。

"三皇叔,我去准备了!"

方清一走,束戡就"噌"地站了起来,见束慎徽点头,拔腿出了御书房,飞快地走了。

束慎徽先回文林阁收拾东西,意外见到陈伦在那里等着自己。

陈伦娶的是贤王的女儿永泰公主。今天贤王老王妃寿辰,他这个亲女婿自然要多出力,束慎徽便放了他的假,让他早些回去,没想到此刻人竟还在这里,便问他何事。

陈伦向束慎徽见礼后,面露为难之色,似有难以启齿的话。

束慎徽和他相交多年,少年时关系亲近到同床寝、同池浴、互称表字的程度,这几年虽因地位的差距,陈伦谨守礼节,二人之间不复少年时的随意,但情分还在。束慎徽岂会看不出来他有不便在人前说的话,便叫人都下去。

"子静,你有何事,尽管说,跟前无人了。"束慎徽笑道。

陈伦这才道出来意。原是前段时间,他因公事过于繁忙,时常夜不归宿,直接睡在了衙门里,结果公主误会他在外头有了外室,在房里和他大闹了一场。

他面上露出羞惭之色:"怪我实在无能。永泰比母大虫还要霸道,说东不让我西的,平日就处处压我一头,如今又这么闹,我只好赔罪。好不容易总算把她哄好,我是想趁这个机会,带她去温泉驿那里住几天。衙门的事,我也都安排好了,想来你这里再求几天假……"

束慎徽大为诧异。永泰公主比他大些,因是贤王夫妇中年所得的老来女,所以有些受娇惯,但平日看着也就是比寻常女子活泼了几分,万万没有想到,关起门来竟凶悍如斯。他看着在外也是威风八面、人人敬重的好友,忽然发现陈伦的额角似还有一道未曾消去的指甲抓痕,想必便是永泰公主所留。

束慎徽本以为只有自己最为无用,没想到,陈伦竟也不比自己好多少。

同情好友之余,束慎徽忽然心情大好,忍住笑,点头道:"好,家事为大。母大虫得罪不起,准你三日假!"

陈伦大喜,连声道谢。

"既然永泰如此刁蛮，你是如何哄好她的？可是送了她什么女子喜欢的好东西？"束慎徽忽然心念一动，顺口问了一句。

陈伦却不说了。

束慎徽笑道："怎么？到底送了什么宝贝，不能说吗？"

陈伦咳了一声："也没什么，就是在家关了门，多陪了她些时候……"

束慎徽起先还没领悟他的未竟之语，忽见对方眼中隐有得意之色，凭借多年交情，顿时就悟了，指着他"哈哈"两声："怪我，平日让你做太多事。永泰见着我，怕是要骂了。"

陈伦忙道："她敢？倒是我夫妇的这些鸡毛蒜皮之事教摄政王见笑了。"

束慎徽收了玩笑，又问他预备去哪个温泉，得知他是要去陈家的一座别院，便道："你带公主去仙泉宫好了。"

仙泉宫是当年武帝赐给束慎徽母妃的一座行宫，内有一口温泉，乃长安周围汤池之最佳。行宫围着温泉而起，亭台楼阁，宛若仙境。

永泰公主本就是想去那里的，说自己去找摄政王讲，陈伦却怕有僭越邀宠之嫌，压着她死活不让来。他听到摄政王如此发话，自然欣喜，但又迟疑，有些不敢应："这恐怕不妥……"

束慎徽道："有何不妥？空着也是空着，你们去住便是。"

陈伦也不客气了，作揖道谢。

束慎徽收拾了一下，看看时间也差不多了，便与陈伦一道出宫。他们经过太医院的附近时，太医令和几个医官正从对面走来，看见两人，忙上前行礼，目送两人走远后，方才继续行路。

陈伦耽误了点儿时间，急着出宫，越走越快，却见束慎徽越走越慢，渐渐被自己落在身后。他等着束慎徽赶上来，结果见束慎徽忽然停了下来。

"子静，要么你先去。我忽然想起来，另有件事还没办。我回去办了，再回府去接王妃。"

陈伦自然不会问是何事，立刻点头："好，那晚些见。臣先去了，殿下慢慢来。"

束慎徽立在原地，目送陈伦匆匆离去，回头望了一眼太医院，走了进去。

太医令带着众医官正在各自忙事，见他来了，都来拜见。

"我无事，只是打算将来有了闲暇，编纂一部医书集成，正好此刻有空，来查医书。"

摄政王从前爱好颇多，擅书法，工金石篆刻，现在突发奇想要编纂医书，对医家自然是件好事。太医令亲自将他带入藏书室，说全部的医书都分门别类地放置于此，大方脉科、小方脉科、妇人科、风科，等等，无所不包，他要找什么，照类查询便可。

摄政王叫太医令自己做事去，不必跟随，一个人在藏书室里待了约莫半个时辰。他出来之时，脚步轻健，直接出了宫门，回摄政王府。

束慎徽回了王府，李祥春和张宝服侍他更衣。他脱去平日穿的沉色公服，换了身宝蓝色的衣裳，系一条玉饰镔头的墨青色腰带。墨青压宝蓝，在这样的场合，既不张扬，显得稳重，也不至于过于板正。他本就生得出众，穿上这身平日不大穿的行头，被衬得越发英俊挺拔。

姜含元也收拾得差不多了。

她本穿不惯裙装，从小到大穿的几乎都是军中制衣，前几天在王府里的日常着装也是利于行动的袍衫。但今天是登门做客，去的地方不是朝堂、战场，她更无意在军营之外处处向人强调自己与众不同的将军身份，便也如大婚那天一样，换了盛装。

她穿的衣裳，自然是庄氏比照时下长安贵妇出席隆重场合的盛装而备的，上是霜色的对襟大袖，下是颜色极正的朱砂红暗锦长裙，肩覆披帛。披帛上的绣纹不是时下常见的以艳丽取胜的花朵，织的是很别致的云外秋雁行。庄氏说替她备衣时，一眼就相中了它。

姜含元的头发被梳成了牡丹髻。庄氏说，虽然牡丹髻如今不时兴了，但她觉得极是适合王妃。她说什么就是什么，姜含元闭着眼睛，耐着性子任她折腾。等庄氏给姜含元梳好了头，侍女们都围过来看，赞叹不已。

姜含元为了配合庄氏，光梳头就坐了半个多时辰，见终于梳好了，站了起来。

"王妃等等，还没上胭脂。若再轻轻上一层胭脂，您这气色想必更好。"庄氏叫她。

姜含元说："可以了，就这样吧。"

庄氏知她大婚那夜也没上妆，虽有些遗憾，但见她不喜，也就作罢，笑道："也好，王妃天生翠眉明目，也无须过多修饰。我去瞧瞧殿下那边好了没。"

话音才落，外头一个侍女说："殿下来接王妃了。"

束慎徽走了进来，将视线落到姜含元身上，细细打量。姜含元被他看得浑身宛若针刺，拿过侍女递上的一件御寒披风，迈步就要出去。

"等等。"束慎徽忽然说道。他快步走到妆台前，拈了支毛笔，往胭脂匣里蘸了一下，回到她跟前轻声道，"别动。"

姜含元一怔。他已举笔，往她眉心处轻轻点了数下，随即收笔，略略端详。

"极好。"他展眉，轻轻赞了一句。

他眼风扫过，姜含元感到自己的心仿佛重重一跳，眉心那片被柔软笔锋猝然点过的肌肤微凉，似有群看不见的细小爬虫慢慢地从肤下钻了出来，向着周围扩散。

她从短暂的异样感里回神，一名侍女已笑着捧镜到她面前。她看见镜中的女子，她的眉心处已添上了几点嫣红，宛若梅花，正比裙色，煞是娇艳。

庄氏捂了捂嘴，正色道："画龙点睛，锦上添花！殿下和王妃实是璧人天成。"

屋里那些侍女，胆大的已在"哧哧"地偷笑，纷纷夸好。

他一笑，放下了笔。

姜含元下意识地抬手要擦，下一刻，抬起的手腕却被那男子给握住了，慢慢地拿开。

"留着吧。"他注视着她的眼，低声说道。

见她不动了，他转头，吩咐在门外候着的李祥春："可以走了。"

两人乘着马车去往贤王府。

路上，姜含元总觉身边人和前几日不大相同。像此刻二人独处，他虽也没说话，却显得格外精神抖擞。这样的变化非常明显，也不知他是遇到了什么好事，自然了，她也不会去问。

早有人提早去报消息，两人到了贤王府，下了马车，贤王夫妇领着王府上下以及众多男女宾客已候在门外，黑压压的一片。礼毕，两人进去，姜含元要往老王妃所在的宴堂锦晖堂，似他这样的男宾，则是去往贤王那边。

"我往那边去了。王妃若是有事，只管来叫。"

当着几百双眼，摄政王微笑着微微俯首，将唇凑到王妃耳畔低语，状若亲昵，貌似不舍。

周围鸦雀无声，姜含元暗暗握手为拳。

人群里忽然有轻笑声传了出来。此刻敢笑的，也就只有永泰公主了。只见自老王妃身侧走出来一名身着鹅黄锦衣的年轻美貌女子，到了摄政王夫妇面前，轻盈见礼后，笑道："摄政王放心去好了，阿姐会帮你照顾好王妃的。"

摄政王一笑，道了声谢，退了开去。

姜含元向贤王妃祝了寿。老王妃笑着连声道"好"："摄政王妃亲临，蓬荜生辉。阿蒙，你不可无礼，惹王妃笑话。"

永泰公主道："母亲，看你说的。上回摄政王和王妃入宫，我就极想去了，偏又没那个位分，去不了。我恨不能早点儿认识我的女将军弟妹，只能等着今日，好不容易盼到了，欢喜还来不及，怎敢造次？"

周围起了一阵附和的笑声。

今日除了宫中的敦懿太皇太妃和兰太后外，长安城里包括大长公主在内的所有贵妇全都来了。贤王妃寒暄了两句，便将站在身后的温婠也叫了过来，对姜含元说是自己新认的义女，又笑着让温婠也来拜见摄政王妃。

温婠盈盈下拜。

姜含元没受完礼便亲手将温婠扶了起来，语气十分温和："不必多礼。"

温婠慢慢站直，双眸凝视着姜含元，轻声道谢："多谢摄政王妃。"

温婠向姜含元下拜的时候，周围人都在看，见状，一阵短暂静默过后，某些抱着看热闹之心的人不免失望。贤王妃看了一眼周围众人，笑说叫了幻戏班子入府，继续领人进去，这一幕便过去了。足足百来个有资格入宴的女人跟随在后，花团锦簇般地来到了宴堂。

此刻少帝还没到，寿宴尚未开席，众女便围着老王妃和摄政王妃，一边说说笑笑，一边观看幻戏。片刻后有人来传话，称陛下的辇车将至，于是众人又都出去接驾。

少帝从头到脚一派庄严，拿着腔调让众人平身之时，瞟了一下姜含元，随即敛目，向老王妃贺寿。过后，男女宾客再次分开，寿宴也即将开始。

姜含元与众人返回宴堂，快到时，见大长公主上来，对永泰公主笑道："公主的话可说完了？我见摄政王妃到了后，你就巴着她不放，好歹留一会儿出来，让我们这些人也和摄政王妃说说话。"

永泰公主皮笑肉不笑地应道："看姑母说的，你要说话，说就是了。我封了你的口不成？"

"罢了，你这丫头一向牙尖嘴利，也就驸马容你，姑母是怕了你。"

大长公主自恃身份，岂会和永泰公主纠缠？她丢下永泰公主，自顾自地转向姜含元："摄政王妃可否借一步说话？"

姜含元双足未动。

大长公主面不改色，看了一眼周围。其余人识相，全都退开，只剩永泰公主不走。大长公主视若无睹，当她如空气一般。

大长公主的神色已转为诚挚，她向着姜含元道："王妃，我知你因早年之事，心中对我应当恨极。我也不敢指望什么，毕竟一切皆是因我而起。其实这么多年以来，每每想到旧事，我也椎心泣血，懊悔万分。全怪我！倘若知道会铸成那般后果，当年我是无论如何也不会出京的。不管你信不信，当日那道命令并非由我所发。路遇野兽袭击，我受惊昏厥，身边下人唯恐我出事担责，听那武城里的人说，你父亲前些时日刚路过，便擅自做主召他护驾——我岂知竟会因此而酿大祸？虽是无心，但我仍旧难辞其咎。今日终于得到机会，我愿亲口向王妃赔罪。且受我一礼。"

往日不可一世、唯我独尊的大长公主，竟在来自远处的诸多暗暗注视之中，朝着姜含元下拜行礼。

别说别人，就是永泰公主也被她这破天荒地放低身段的举动给惊得愣住了。

姜含元避开她的礼，眼神平静无波："大长公主既与此事无关，又何须内疚？赔罪更是无从谈起。今日你我都是因为贤王妃贺寿而来，大长公主如此，未免有喧宾夺主之嫌。这礼我不敢受，还是都去入席吧。"

"是，是，王妃所言有理，是我唐突了。"大长公主一愣，随即反应过来，也笑着应道。

姜含元去了。永泰公主暗笑，故意又道："姑母，我母妃在等着和你饮酒呢，还不快来。"

永泰公主说完，提裙急急忙忙地追了上去。

束慎徽自娶了王妃到现在，虽然才小半个月，但也知姜女性情直来直去，和长安城里的贵妇大不相同。他倒不是担心她会失礼惹人笑话，即便是当真失礼了，也无人胆敢笑话她，恐怕还会替她寻借口开脱。

他是对自己的姑母南康大长公主不大放心。先有新婚次日姜女当众拂她颜面，现在又是搅了温婠和她儿子的姻缘，以她的性情，她必然怨恨。尽管他谅她不敢公然如何，但保不齐会有言语不和或是小动作。放姜女一人在那边，虽说有老王妃和永泰在，束慎徽还是略略挂心。

和王妃分开后，他便吩咐张宝看着点儿王妃那边，有事来叫自己，这才随少帝入了席。

张宝勤快，两头来回跑，过来告诉他，刚入席时，王妃周围空荡荡的，谁都不敢靠近。随后永泰公主坐到她身旁，朝众人笑了一笑，主动先扶贤王妃入席，再扶另一位年高的王妃老姐妹入席，同席的妇人们这才争相入座。王妃也不大说话，自顾自地吃席，但只要说一句，无论说的是什么，周围必定附和声一片。

总之，王妃那边气氛不要太好！

束慎徽听得哭笑不得，又问大长公主如何。

"奴婢一直盯着。开席之前，她竟当着众人的面去找王妃说话，好似是在赔罪。"

"王妃怎么样？"

"王妃也没为难她，和和气气的。后来大家都去吃酒了。"

大长公主接连被挫面子，将身段放得更低。束慎徽对此是有些意外，但再一想，也不难明白其中道理——她不过是见风使舵，忍气吞声，做给自己看罢了。

倒是姜家女儿今天遇到大长公主，居然不再冷目相对了。

坦白说，他自然也希望如此，但本是没指望的，也根本不打算在她面前提，免得连带自己也遭她冷眼。大婚次日从皇宫出来的路上和她说话收获的尴尬，他是不想再体会第二遍了。现在别管内里如何，她表面上能和大长公主一团和气，他自然求之不得。

他又想到少帝方才说喝了两杯，头晕想睡，便想先安顿好少帝，就让张宝再去那边听用。

女宾宴堂之中，气氛渐入高潮。

今日贤王妃为了款待客人，在寿宴的菜肴上也是费了一番心思的。

席上其中一道主菜是烤鸽。将腌渍后的全鸽用荷叶包裹，以梅枝为柴慢慢烤熟后，连荷叶裹着热气盛于宝莲盘中，再分别送到每位贵客面前以供享用。

贤王府后有个梅园，秋天为促梅花冬日盛开，王府下人会锯掉多余的梅枝，所以这道梅枝烤乳鸽，也是贤王府一向用来待客的名菜。

几十名侍人捧盘，往来穿插，忙而不乱，一一为座上的贵妇人上菜。

一个侍人捧盘上来，轻轻地将烤乳鸽放到姜含元的眼前。

永泰公主介绍道："王妃，你尝尝看，这是我家独有的一道菜。你这道烤鸽所用的梅枝，是从我家梅园一株自别地移来的生了五百年的'骨里红'上锯下的，全长安也没有第二份。"

宝莲盘的边缘应景地缀了几朵早春梅。永泰公主看了一眼姜含元眉心的那点朱红，赞道："真巧，你的眉间也似落了红梅，方才我一看到就想说了，画得真好看！明日我和驸马去仙泉宫，也要仿上一仿。"

这时，同席的妇人也看出来了——虽然女将军不主动说话，但若有人和她讲话，她也不会不理。加上各自都饮了些酒，渐渐放开，众人便都跟着奉承起来。说说笑笑间，每人面前的乳鸽都已奉上。侍人为贵妇人们掀开宝莲盖，顿时香气弥漫。

一名少帝身边的宫中侍人入内，走到姜含元身边，躬身轻声道："王妃，陛下和摄政王殿下在一起。殿下打发奴婢来请王妃过去，说有和青木营有关的事要问王妃。"

贤王妃听到了他的话，摇头笑道："这是什么要紧事，连饭都不叫人好好吃？"

姜含元见过这侍人，想着他既来叫了，便站了起来，向贤王妃和座上几名妇人告了声罪，先离了席。

走了段路，姜含元见这侍人引着自己到了贤王府的后园，甬道两旁遍植梅树，路上遇见的王府下人也越来越少了，便起了疑心，停在了一道洞门之前："陛下他们在哪里？"

侍人躬身："王妃再随奴婢走几步，前面就到了！事关军情机密，陛下和殿下在梅园议事，在前方亭子里等着王妃呢。"

这侍人垂着眼皮，说话都不敢看她。

姜含元又道："早上摄政王才和陛下在宫中见过面，怎又议事？"

"是……是紧急的事……"侍人结结巴巴，腰弯得头都快要落地了。

姜含元转身便回，才走两步，却听身后传来一阵杂乱的脚步之声。

那洞门里赫然拥出了七八个人，直奔她而来，将她团团围在了中间。

姜含元被围在中间，扫了一眼四周，皱了皱眉："你们是何人？"

这伙人总共八人，全部脸生，是她之前没见过面的，看装束好像是贤王府的侍卫，但这显然不可能——好端端的，贤王府侍卫怎敢如此？

这些人摆出的是攻击的姿态。果然，她的话音落下，无人应答，八人一合围，二话不说，立刻便朝她扑了上来。

冲在最前的两名武士，一个方脸，一个环目，眨眼便到她面前，突然齐齐矮身，一左一右，各自使出一记扫堂腿朝她旋踢而来，看着是要将她一脚撂倒的架势。

姜含元避开，再问："谁派你们来的？"

剩下几人如何不清楚，但这二人一出手，她就看出来他们下盘稳固，出腿又快。有这种身手的人，若是同时具备经验，便是在最看重近身肉搏操练的步卒营里，担任百长也是没有问题的。

二武士依然一言不发，见出腿扫了个空，迅速起身，再次扑上，左右联手攻击。

姜含元不再说话了。这八人没有携带武器，目的不是伤人，那么极有可能就是要和自己缠斗。

虽然她还没想明白这是为什么，但十有八九，这些人是受少帝驱使的。

不是少帝，又有谁能使得动宫中内侍，敢在今天这样的日子公然将自己骗来这里？他把她骗来之后又只让人徒手围攻，目的不是取命，这不是多此一举是什么？这样的事，也就只有那个看起来极不靠谱的少帝才能干得出来。

她不想被缠在这里，倏然抽下肩上的披帛，将一头卷在手上，用另一头猛地朝着左侧攻在最前头的那方脸武士劈头盖脸地抽了过去。那武士猝不及防，"啪"的一下被正中面门，伴着一阵刺痛，就被那披帛卷住了头脸，视野被挡，身形随之一顿，停了攻击。

姜含元却没停，迎面直上，猛地屈膝顶在了对方的下腹部。那人骤然吃了一击，剧痛，惨叫一声，弯了腰，佝偻着跪了下去。姜含元乘势一脚蹬上他的背，借高如灵猱般攀跃上了近旁的一株梅树，踩着老枝，再纵身跃起，便从那跪地武士身后的两名同伴头上越过，待双足落地，已是出了包围圈。

一出包围圈，她立刻掉头要往回去，却见来时的那扇月洞门已被锁住了。姜含元停步，回头望去，只见除了那个刚遭了重击的方脸武士还没缓过来，仍跪在地，剩下七人紧紧追着她不放，又上来了。

前有人虎视眈眈挡道，后头来的院门也被闭锁住，这是非要让她留下的意思了。

姜含元一把卷起累赘的红裙，将裙角束于腰间，露出本为女子亵衣的裤衣，随即朝着对面七人勾了勾手指，示意他们一起上。

七武士见这贵妇装扮的美貌年轻女子卷裙露出内里裤衣，本有些不敢看，纷纷闪避了目光，随即又见她竟做出这般手势，分明是不将自己这些人看在眼里。七人如何服气，便相互对望一眼，使了个眼色，再次朝她拥了上来。

这回在前的是一个身形壮硕的武士，拳大如钵，力道骇人，向姜含元直冲而来，但拳快到之时又仿佛有些不忍，迟疑了一下。姜含元早有准备，没等他拳到便先纵身扑上，出拳如电，既准又狠。

伴着犹如捣肉的沉闷之声，那武士只觉一侧太阳穴如遭铁锤重击，"嗡"的一下眼前发黑，一道鼻血流了下来。他后退几步，待眩晕感过去，低头抹了一下鼻血，再抬头看面前这女子，目中露出难以置信之色。

对姜含元来说，从前在军中操练之时，这种阵仗如同家常便饭。军营就是个好勇斗狠的地方，周围都是男人，个个雄健彪悍，如狼似虎，她若没有以一敌十杀出重围的凶狠和能力，凭什么让他们对她唯命是从？她靠姜祖望女儿的身份吗？

姜含元眼观六路，前击后挡，将这七人悉数打倒在地，其中两人口鼻挂彩，其余无碍。

她如此轻松，固然是因擅长近身肉搏之战。不过她也看了出来，这些人虽体格强壮，底子很是不错，但应该都是出身于朝廷护军的武士。不是说护军的功夫不如人，而是和在边境与敌人进行生死鏖战的军人相比，护军士卒没有经历过战场上你死我活的厮杀，不知尸山血海是如何填堆出来的，故而经验和反应必然是和边卒存在差距的。

她见人都已倒地，便要迈步离开，不料这些人竟不知进退，又从地上爬起，追了上来，再次将她围住。不但如此，连最先被击中下腹的那个方脸武士也加入了。八人紧紧盯着她，神色戒备而紧张。

姜含元本不欲伤人，但被这样纠缠不放，也禁不住恼了，看了一眼周围，一脚重重踹开又一个扑了上来的武士。那人直接被踹飞了出去，"砰"的一声，后背重重地撞在了一株梅树上。这一脚的余力加上武士的体重，竟使碗口粗的树干"咔嚓"断裂，缓缓倾倒，枝头梅花乱坠，宛如雨下。

姜含元踢取了一根粗细宛若手腕的梅枝。枝干在她的手中化为长枪，她猛地回头，将枪头捣向又一个扑来的武士，正中其心窝。顶开了人，她又以迅雷不及掩耳之势，挑向侧旁的另一个武士，扫向他的腿。"啪"的一声，腿骨应声而裂，那人痛呼，跌坐在了地上。

她素日的兵器，便是一杆狼头红缨枪。

像杨虎用的长戟，在战场上劈杀破甲，威力巨大，但很重，只适合体格硕大的猛将。

刀剑也是杀器，却只适合近身对战。在混乱的战场上，刀剑砍斫出来的长浅伤口杀伤力有限，而且刀剑容易钝锋。

只有长枪，不但具备戟的破甲之能，又比戟轻便灵活，而且枪枪夺命，枪头直捅肉体，穿透内脏，足使人当场毙命，杀伤力远胜刀剑，乃当之无愧的战场兵器之王。

姜家世代传有枪法，她练了十几年，炉火纯青，此刻手中握的虽是梅枝，但用来对付这八人,绰绰有余。梅枝劈挑刺扫,如疾风扫落叶般,她很快再次将这八人打倒。

这回她下手没刚才那么轻了。八人当中,两人腿骨折裂,一人被击中头部昏死了过去,剩下几人也是各自挂彩,鼻青脸肿,呻吟不停。只有那个方脸武士,应当是这些人中身手最好的,撑到了最后,竟还不放弃,企图效仿她,取枝为棍。

姜含元岂会再给他机会,一抽梅枝,扫开他的手,又一挑,用木枝尖锐的一头刺向他的咽喉,快如闪电。方脸武士骇然失色,眼睛虽看得清楚,身体却根本来不及做任何反应。就在他手脚冰凉,以为自己必死无疑之时,尖枝倏然停在了他的咽喉之前。

"这里若是战场,你已是个死人。"她冷冷地道。

他一动不动,定定地看着她,神色沮丧无比。

姜含元收手,正要掷下梅枝。这时,梅林之中忽然又有人出来,直扑到她身后,竟宛如熊抱般贴了上来,双臂紧紧箍住她的腰,接着猛地发力,似要将她扭摔在地。

这下姜含元彻底怒了,头也没回,矮身一个过肩摔,便将身后那偷袭自己的人给甩开了。那人瞬间双脚离地,如风筝般飞了起来,仰面朝天重重摔在地上,一条胳膊也被反扭,生生地脱了臼。

"你们到底要干什么?!"

她怒喝之时,听到方才那人发出"哎哟"一声惨叫,顿觉声音有些耳熟。她扭头看去,却见这从后偷袭被她摔出去的人不是别人,竟是当今那位少年皇帝束戬。只不过,此刻他和那些武士一样,身上穿的也是侍卫服。

姜含元一顿,慢慢地松了手。

"陛下!陛下!"那方脸武士回过神来,见状,慌忙想要救驾。

"都给朕走开!朕没事!"束戬喝道,明明脸色惨白,豆大的汗自额头往外冒了,却还要逞强。

姜含元便也不管他,只站着,没行礼,冷眼看他抱着那条脱了臼的胳膊,咬着牙,慢慢地从地上坐了起来,抬目望向自己。

她起先的猜测竟然是真的,这一切是他安排的。

姜含元还是不知道他想干什么，也不知他为何如此针对自己，却对眼前这个少年皇帝，实在感到失望。

边地将士浴血奋战，江山之主却是如此一个荒唐行径不断的顽劣少年，未免令人寒心。

或是她的眼神和表情透出了她此刻的念头，少帝忽然道："你看我做什么？"

他说着，大约是扯到了受伤的胳膊，又龇牙面露痛苦之色。

姜含元面无表情，先是向他行了礼，赔了个罪，接着蹲在了他的身前。

"哎，哎，你想干什么？我可是皇帝！"少帝口里嚷着。

忽然，鼻间闻到了一缕好似头发里散发出的香味，他一顿，急忙闭嘴，屏住了呼吸。

她已拿开他那只捂住伤肩的手，淡淡地道："会有些疼，陛下且忍忍。"

说着，她一手护住他的肩窝，一手托起他垂落的胳膊，缓缓摇晃了几下，摸准位置后，发力往上一抬。

少帝忍不住又是"哎哟"一声，而她已放开手，起身后退了。他试着抬起胳膊，眼睛一亮："哎！好了！不疼了……"

话音未落，通往宴堂的那扇月洞门外传来了一阵拍门声："陛下！陛下！摄政王来了！"

警报是少帝那小侍所发，听声音哆哆嗦嗦的，他怕是又被吓尿了裤子。

今天这个结果，实在是少帝没有想到的。

他真的无法相信，那夜在摄政王府里见到的女子就是长宁将军。如果姜家之女不可能被假冒的话，她便绝对是冒领功劳，欺世盗名，所以回宫后，他就总想找个机会试一试她。

这八个武士都是他从自己的亲卫里挑出来的好手，今天带了过来，如此安排——自然了，他不会告诉他们那女子就是摄政王妃，只命他们全力攻击，将她打倒。

照他原本的设想，这个姜家之女必定不堪一击，等她倒地屈服了，自己就可以出来当面揭穿其画皮，再去告诉三皇叔，让三皇叔心里有数，免得被蒙蔽，更可以以此要挟姜祖望，令其再不敢有任何的二心。

这可是大功一件。

可他做梦也没想到，她身手竟如此了得，可以以一敌八，这下不但计划破灭，还把三皇叔给引了过来，给自己惹了一身臊。

这个祸事不小，他可如何收场？

少帝自己也有些慌，从地上一跃而起，低头看了一眼身上的衣裳，又看了看满地的狼狈侍卫，如热锅上的蚂蚁似的在原地绕了两圈，还没想到该怎么应对，却听"砰"的一声，便见门已被人从外强行破开了。

那月洞门外，站了一道宝蓝色的身影，不是摄政王是谁？

少帝脸色微变，僵在了原地，紧张得心"怦怦"直跳。

宴席半途，少帝说自己醉酒想睡，因这样也不便回宫，束慎徽和贤王等人就先安排他在王府小憩。束慎徽亲自将侄儿送到房中，将其安顿好后，命侄儿的随从守着，随后自己回了宴堂。

片刻后，张宝再次匆匆寻了过来。束慎徽以为是女堂那边姜家女儿出了什么意外，不料张宝说他回去后，没看到王妃，起初以为她去更衣了，但左等右等，不见她回来。张宝不放心，将坐在王妃身旁的永泰公主请了出来，悄悄打听。永泰公主说，皇帝和摄政王议事，派人将王妃叫走了。张宝心知不对，掉头就找了过来，向束慎徽回报。

当时，束慎徽第一反应便是此事乃少帝所为，再联想到他今日的举动，立刻去往他休息的地方，果然，人已不见。

束慎徽还不知少帝到底意欲何为，但凭直觉，知必是坏事，若是闹大了，非同小可。好在贤王是自己人，无须顾忌，他立刻单独将贤王叫了出来，紧急查问王府下人。幸好，很快便有人说曾看到王妃去往梅园方向。

今日梅园那里没人，他越发紧张，知少帝没轻没重，此前又似乎对姜家女儿颇有微词，怕姜家女儿在少帝手里出个什么事，就没法收拾。他焦急不已，和一个王府的老管事一道，火速赶了过去。

往梅园去的不止他这一拨人，还有永泰公主。因张宝向她打听完摄政王妃的消息后匆忙离去，她越想越觉得不对。

这小侍是摄政王身边的贴身侍从，若真是摄政王来叫走了王妃，张宝怎么可能不知道,还要过来向自己打听?

她对女将军慕名已久,今天见到了面更是为之折服,大有相见恨晚之感,是以对女将军颇是关心。加上她也是好事之人,便坐不住了,出了宴席,被下人告知摄政王等人去了梅园,自然就找了过去。

束慎徽赶去梅园,远远地看见入口处的门闭着,外头守着一个少帝身旁的小侍,又隐隐听到呼喝声越墙而出,心知不妙,但还是先停了步,让同行的王府管事和后面追上的公主等人等在此处,自己独自上去。

那小侍本就胆战心惊的,突然看见摄政王出现,恐惧万分,慌忙拍门,又跪在了地上,手抖得连门钥匙都找不出来。束慎徽急躁不已,一脚踹开门,便如此闯了进去。

虽然在来的路上,心中已经有了不好的预感,但他没想到,眼前所见情景竟比自己想的更加严重:梅树被拦腰折断,断枝和残花落了一地,七八个着王府侍卫打扮的皇宫卫兵不同程度地受了伤……满目狼藉。

方脸侍卫见摄政王来了,急忙跪了下去。其他几个受了伤但还清醒着的同伴也挣扎着爬了起来,一道忍痛下跪,连头也不敢抬起半分。

见到这一幕,束慎徽完全明白了片刻之前,这个地方发生过什么样的事。

万幸,皇帝无碍,姜家女儿也无事!他终于稍稍松了一口气。

她就站在少帝身旁,人应当是好的,看着毫发未伤的样子,唯一……他的视线扫过她那卷到了腰际的石榴红裙,还有赫然露在外的裤衣……

他顿了一顿,没顾上少帝,先快步走了上去,停在她跟前,低声问道:"你没事吧?"

姜含元没有回复他关心的问询,也没看他,只是慢条斯理地放下裙裾,遮住裤衣。

他又看见她的披帛掉在地上,迈步要去替她拿。她已自己走了过去,拾起披帛,抖去上面沾着的几朵残梅和灰土,披回了肩上,又理了理略乱的鬓发,方道:"我回宴堂了。"

"我送你吧!或者你若要休息,我此刻便先送你回王府!"他跟了上去。

"不必了,我很好。摄政王还是顾好自己的事吧。"

她回头说了一句,语气极是客气,说完便转头丢下他,从少帝和那些跪在地上的武士身前走过，离去了。

束慎徽看着她的背影，又回头望了一眼耷拉着脑袋一动不动的少帝，在她快要出那扇月洞门之时，目光微动，略一迟疑，随即快步追了上去，再次拦了她，低声说："王妃勿怪！今天王妃所受的委屈，我心里全都有数。我会处置的，过后必给你一个满意的交代。你先去也好。我等下送陛下回宫，宴毕你可先回王府——等事一完，我立刻回去找你。"

姜含元抬眼，对上了这男子的目光。他的望着她，神色极是恳切。她和他对望了片刻，道："我确实无事，摄政王大可不必如此。"

她收回目光，走了出去。

束慎徽再次目送她离开，等那身影消失，才猛地回头。

束戬正悄悄地抬头偷看，突然见束慎徽扭头望向自己，目光如电，被吓了一跳，慌忙上去，讨好地说道："三皇叔，你别生气！我有个主意！京城六军春赛不是快要到来了吗？三皇婶这么厉害，又是女将军，到时候请她去排兵评判，你说好不好？"

说着说着，他见束慎徽只盯着自己，非但神色没有缓和，面容上竟还现出了罕见的怒色。他平日的小聪明再也没法施展，声音渐渐地低了下去："我……我只是想试一试她的底子……没想伤她的……三皇叔你也瞧见了，人都没带兵器……"

最后，他停了下来，头再次耷拉了下去，不敢再和束慎徽对视。

束慎徽平常极少动怒，但这一刻，怒气油然而起。

他吸了一口气，勉强压下怒气，扫了一眼少帝的衣着，冷冷地道："你怎么来的，就怎么回房。你这样子，休要入其他人眼，换了衣裳，出来回宫！这里我来善后。"

"知道了……我方才是翻墙来的，这就翻墙回房……"束戬嘟囔了一句，看了一眼满地受伤的人，转头奔向梅园深处。

束慎徽转向唯一看着还没受伤的方脸宫卫，命他跟上去。

那宫卫名叫贾獬，是这些人的领队。刚才看到摄政王和那女子的举动，他方恍然大悟，原来自己率众围攻的，竟然就是摄政王的女将军王妃。

其实他想想就知道了，除了女将军，京中还有哪个女子能挡得住像自己这样八个人的围攻？少帝起先不讲，应当就是怕他们知道了她的身份，不敢尽力。他本是恐惧不已，此刻见摄政王似乎并无迁怒之意，感激之余，朝摄政王用力叩首，随即爬了起来，急急忙忙地追了上去。

目送少帝离去后，束慎徽向还跪在地上的人问了事情的经过，听完便走了出去，将还等在外面的王府管事唤了进来。他只说这些人醉酒打架，各自挂了些彩，叫管事安排一下，将人送出府去。

管事猜测，应是少帝今日在这里又淘了个大气，或是冒犯到了王妃——自然了，这必定是不能外传的。他连声应"是"，让摄政王放心。说完话，他再看一眼地上的人，暗自倒抽了一口凉气。若非亲眼所见，他实在不敢相信，王妃一人竟能将这么多的七尺大汉给打得如此狼狈。

"永泰呢？"束慎徽没见到堂姐，又问道。

"方才王妃出来，公主就跟她走了。"

束慎徽沉默了一下，心知永泰公主应当也猜到了内情。不过，她虽性情烂漫活泼，倒也不是不知轻重之人，他只需让陈伦再提醒她一下便可。

姜含元回了女宾筵席，向贤王妃颔首致意，再次入座。她的那份梅枝烤乳鸽的宝莲盖还在，侍人要替她去盖，老王妃忙道："怕是已经凉了，凉了便没了味道，莫再用！换别的上来！"

她说着，连声命人换菜。

姜含元笑道："无妨。去了也没多久，不必换了。"

侍人照她的话，再为她去掉包裹乳鸽的荷叶，露出内中乳鸽，乳鸽竟还是温的，散着微微热气。

老王妃笑道："那快些吃！下回见了摄政王，我少不得要倚老卖老说他一句了，王妃再能干，也不能这样累着她，问什么军情！吃个饭都不得安生。"

同席之人都跟着笑，又奉承不停。

束慎徽回到宴堂时，里头的人对少帝做下的荒唐事一无所知。老贤王依旧在和客人应酬，见他回了，投来询问的眼神。束慎徽朝老贤王微微点头，示意他放心，随即入座。

很快，一个宫中侍人来说皇帝睡醒，要回宫去。众人便全部起身，连同女宾一道列队等候。少顷，少帝摆驾现身，垂目低头，在身后的恭送声中出了王府大门，登上舆车。

摄政王同行护驾。他走到大门前，回头看了一眼身后人群里的那道红裙身影，随即跟上御驾离去。

束慎徽伴驾回到皇宫，随少帝入了正大门后，便停在了下马桥上。

少帝继续往里，过三道宫门，入了后宫。照制，他先去兰太后和敦懿太皇太妃处问安，再出来时，天已黑透了。他没有回寝宫，掉头去了太庙。他走进了戟门，经过左右两侧的前配殿和焚香炉，终于看见一道立于正殿前方的阶陛之下的人影。

那是老太监李祥春。他微微佝偻着一副老身躯，一动不动，仿佛不是活人，而是生在这地方的一根石头柱子。终于，他动了。这个老太监如鬼影一般，朝少帝无声无息地走来，到了近前，躬身见礼后，用平板的声音说："摄政王殿下在殿内等着陛下了。"

束戬继续走向前方的大殿。殿前虽燃着明火，亮光却显得如此微弱，依然到处乌沉沉的，他的周围暗影重重。从他有记忆起，那个是他母妃的女人就喜求神拜佛，住的宫里一天到晚香烟缭绕，天一黑更仿佛到处都是鬼事。所以他从小到大都不喜欢皇宫，只想往外跑。而这个地方，又是他觉得皇宫里最为阴森的所在。配殿里的王侯将相，主殿里的他祖宗，还有后头祧庙里的那些不知道是谁的神位，全都是鬼。

他抬手，略吃力地慢慢推开主殿正门那扇仿佛高可通天的沉重的金丝楠木大门。门枢发出"吱呀"一声，声音不大，但在这个高大空阔如死一般寂静的地方，格外刺耳。他跨过门槛，走了进去，脚步越来越慢，越来越慢，直到终于看到前方又有了亮光，光中有道人影。

看到那道熟悉的、深为信赖的身影，他才彻底松了一口气。身后仿佛一直有看不见的东西在跟着，直到此刻，他才终于有了勇气，几乎是逃跑一般，拔腿朝那道身影奔去。靴子踏在坚硬的地面上，发出响亮的脚步声。他在回荡于大殿四角的自己脚步的回声里，终于冲到了那道人影的近前。

然而，就在快到的时候，他又忽然放慢了脚步。

那道人影背对着他，双膝跪地，对面是一个个祖先的神位。那身影仿若塑像，似乎已经这样跪了很久。

带了几分怯意，束戬看着这道光里的身影，继续朝前挪去，一点点地靠近。终于到了束慎徽身后，他默默地站了片刻，用细弱的声音道："三皇叔，错的是我……和你无关……你无须自罚……起来吧……"

"跪下！"束慎徽没有回头，突然厉声喝道。

这是三皇叔前所未有的严厉和愤怒的声音。在这道命令声里，束戬只觉膝盖一软，"扑通"一声跪了下去。

"磕头！"

三皇叔的命令声再次在束戬耳边响起。

束戬立刻顿首，发出"砰砰"的额头落地之声。叩首完毕，他也不敢起来，依旧趴在地上。

"你道是你的错，错在哪里？"

束戬不敢耽误，忙道："我不该不相信三皇婶的本事！我不该怀疑，更不该用这样的法子去试她！我太蠢了！我错了！"

束戬认完错，却没有听到来自身前人的回应，心顿时宛若打鼓似的跳个不停。等了片刻，他急忙又道："戬儿若是说得不对，请三皇叔尽管教训！"

"教训不敢——你是皇帝。只是我既应承下先帝临终托付，就斗胆直言了。"终于，束戬耳边再次响起冷冷的声音，"第一，今日之举，你道你蠢？你简直蠢不可及！你以为你只在挑衅姜女一人？你实是在破坏我皇家的联姻！你有没有想过，倘若你今日举动传到姜祖望的耳中，他会做何感想？当今皇帝，竟对他的女儿羞辱冒犯至此！你叫他颜面何在？你叫他如何相信朝廷联姻之诚意？古往今来，边将和朝廷相互猜忌，养寇自重便算是轻的，重的将会导致何种结果，无须我再和你多说吧？我再告诉你，皇帝，莫说今日你没试出什么，就算姜家女儿真是冒功博来的虚名，那又如何？你道我娶她的目的为何？我是娶一个女将军？我要的，是她父亲和听从她父亲命令的军队的绝对忠诚！"

他的厉斥之声，回荡在大殿上方幽暗的横梁之间，发出一阵"嗡嗡"的回声。

少帝的后背上冒出了一层热汗，他趴在地上一动不动："是，是……我错了——"

"你的错何止如此？"他的三皇叔毫不留情地打断了他的认错之语，"去年秋护国寺之行，只因你肆意妄为，你身边那名被迫服你衣冠的小侍险被太后当场砍头。我本以为你会有所反省，没想到你依旧我行我素。今日你瞒着贾狄等人，命令他们攻击王妃，无事便罢，倘若她出意外，治谁的罪？难道治到皇帝你的头上？

"我就不说那些天下以人为重或是爱民如子的大道理了，只是为你自己想想吧！何为股肱和心腹？你身边的这些人，位虽卑贱，你可生杀予夺，却是他们昼夜在你身边，与你见面比之你的亲母和我都要频繁！就是这些你浑不在意的人，才是你的股肱和心腹！必要之时，他们是要拿命去护着你的！你却对他们如此慢待，视如草芥！皇帝，长此以往，他日等你需要他们之时，谁会心甘情愿以命护你？我大婚当夜遇刺，倘若不是下面人紧守相护，此刻还能在此和你说话？

"还有！贤王妃寿宴，如此场合，你竟生事！你心中对贤王可有半分敬重？上不敬重亲长，下不体恤亲随，你这样下去，是当真想做这天下的孤家寡人？纵然你号称天子，然天下之重，江山之大，黎民千千万万，莫说你只一凡人，便是三头六臂，一人能够担得起来？

"皇帝！你已是皇帝！"

束戬的心"怦怦"地跳，方才后背出的那一层热汗此刻转为了冰冷，他依旧趴着，一动也不敢乱动，只不停地重复："是，是，我记住了……我错了……"

"到底要到何日，你方真正能做你当做之事？"

这一问过后，束戬耳边终于静默了下去。

良久，周围始终悄无声息。就在束戬以为三皇叔或已弃自己而去之时，忽然，那声音又响了起来："起吧，地上寒凉。"

他听这声音似带了几分愤怒过后的寂寥，已不复片刻前的严厉，便慢慢地抬起头，见前方的人已从地上起了身，立着。

"不，不，戬儿不起。我该跪！"束戬还是不敢起来，说完，再次趴在了地上。

束慎徽也没勉强他，慢慢地转过身，低头望着自己的侄儿："己不如礼，则人不服。天子自弃，谁能兴亡！这种话，从前你的太傅还有我，不知已讲了多少遍。今日，我不想讲了。你告诉我，你到底是怎么想的？"

或是他的声音和缓了些，束戬又慢慢地抬起了头，对上了他投来的视线，迟疑了许久，终于小声道："三皇叔，那……我就说了……三皇叔，你就从来不会觉得这皇宫可怕，又像个牢笼吗？"

"不，不是牢笼。"束戬听见他的皇叔说道，"这是责任。生于皇家，凌驾世人，皇族享受了万人之上的荣耀，就要担当为万人计的责任。一日未河清海晏，便一日没有资格抱怨，你我皆是如此，没的选择。"

束戬沉默了下去。

"皇帝，我知你非丹朱、商均，纵然尧舜亦不能训。你并非做不到，更不是想不明白，只是不去想。你向来唯我独尊，以己欲为先惯了。"他的皇叔又继续说道。

束戬将头垂得更低，却忽然又听他的语气一转。

"倒也不只是你，唯我独尊、以己为先，这是皇族之人的共性。纵然我敬父皇，但还是不得不说，你的皇祖父、皇姑祖母，还有此刻在你面前的三皇叔，人人都是如此！皇帝，你知为何？"

束戬未料他竟如此说话，吃惊地抬头，略带惶恐，飞快地瞥了一眼对面那凛然在上的圣武皇帝神座，又对上三皇叔的目光，嗫嚅着不敢说话："不知……"

束慎徽点了点头，道："我告诉你吧，只因王法便是皇法，皇帝是天子，皇族是天族，所以理所当然，可凌驾一切。虽说天子犯法，与庶民同罪，然而那些昏庸暴虐的君主真的受到了惩罚吗？又譬如姜家父女，你以为姜祖望愿意嫁女，女将军愿入我王府？不是，他们不愿，但我还是达成了目的。至于你，你是皇帝，更加可以随心所欲。所以，越是如此，你越要知道谨守礼法、克制私欲的重要性，更不能将私欲凌驾于国家之上。否则，你今日自以为是无大害的小恶，到了他日就会膨胀为巨兽。待到其吃人不足之时，便是噬己吞身之日！你明白吗？"

束戬冷汗淋漓，打了个哆嗦："是！我明白！"

"你当真明白就好！"束慎徽的语气再次严厉。

"三皇叔，我明白……"束戬应道。

束慎徽再次沉默，转过头，望向一个地方。束戬定了定神，循着他的视线望去。

他在看他的皇兄——明帝之神位，仿佛在回忆着什么。束戬再不敢出声，敛声屏息，唯恐惊扰他。

"皇帝。"片刻后，他再次开口，"你的父皇为我长兄，我自幼起便处处受他照拂。十二岁，我忽罹患重疾，众太医均束手无策。我性命垂危之时，当时的太医令——胡铭之师，终于从古籍里觅到一则偏方，只是药引奇特，不近人情，要取至亲血肉入药。我当时有兄弟多人，而你父皇贵为太子，获悉此事，竟当场取刀，生生自左股割下条肉为我入药。后来我侥幸病愈，他却因失血昏厥，腿伤难愈，足足被病痛折磨了一年多，身体方慢慢恢复。他在位时身体一直不好，或是受早年病痛所害。"

他走到明帝的神位之前，下跪，郑重叩首，再起身，再次将视线投向了呆呆看着自己的束戬。

"皇帝，你也应当记得，先帝病重之时，南方正遇水灾，波及数州。我去赈灾，出京几个月后，他病情加重，急召我回京。我赶到宫中时，他本已断食三日，连睁眼的力气都没了，只留着最后一口气在，见我到了，竟推开左右，自己坐了起来，将身上的玉带解下，亲手系于我身上，随后便驾鹤西去……"

他停住，闭了闭目，再次睁眼。

"我知你心里应是对我有所不满。你年岁渐长，我却依然处处限制你。我知我惹人厌。今夜你未来时，我在反省，是否因我做得太多，反而令陛下你无所事事，失了担当，方无所顾忌。今日你固然犯下大错，然则何尝不是我这个摄政王之大过！如今高王既殁，内廷平定，我欲召百官，还政于陛下，去摄政之衔，回归臣位。往后，我必尽心尽力辅佐陛下，创大魏之盛世——"

"不行！"束戬大惊失色，脱口而出，飞快地膝行到他的脚边，一把抱住他的腿，声音已是带了哭腔，"三皇叔，你不要这么说自己！我犯下的错和你无关！你也不能就这么丢下我不管！你不是答应先帝了吗？我尚未成年！我还需三皇叔你摄政！戬儿知道错了，真的知道了！我太浑了，求三皇叔原谅！我发誓，往后真的再也不敢了！"

说着，束戬突然松手，抹了把眼泪，一骨碌从地上爬了起来。

"我知道了！我这就去找她赔罪！只要她能消气，要我怎么样都行！我也去给她下跪！只要她不去告诉姜祖望……"

他掉头，迈步就要走，却被束慎徽叫住了："戬儿，回来！"

束戬终于又听到三皇叔叫自己名字了，方惊魂稍定，急忙站住。

束慎徽走到他身边："她应当不是心胸狭隘之人。你放心，便是你不愿赔罪，她也不至于告到姜祖望面前。"

他沉默了一下，又道："你既知错，也愿亲自赔罪，最好不过，只是不是现在。等我回去了，向她转达你的歉意，看她如何讲，到时再论吧。"

"好，好，我听三皇叔你的……"束戬急忙点头，忽然又仿佛想到了什么，迟疑了一下。

束慎徽见他看着自己，一副心有余悸、欲言又止的模样，便道："你想说什么？但讲无妨。"

"我……我在贤王府里，感觉三皇叔你好似……有些怕她，外头人也都这么说。她又这么厉害，会不会怒气未消……等你晚上回了……打你？或者……还是我这就去赔罪……"束戬终于夸着胆，觑着束慎徽的脸色，吞吞吐吐地说道。

束慎徽一怔，忽然失笑，摇了摇头，道："别胡思乱想了。我怎会怕她？她又不会吃人。你照我嘱咐就是了。"

"好，我听三皇叔的。"束戬立刻应道。

束慎徽凝目去看侄儿的脸，见他依然有些惊魂未定的模样，顿了一顿，想起侍卫讲他不服输，从后偷袭女将军却被摔，以致胳膊脱臼的事。

"胳膊如何了？回去叫太医再给你看一下。"束慎徽将视线落到束戬的肩上，语气已转为温和。

束戬顿时只觉丢脸至极，下意识地捂住肩，飞快摇头："没事！也不是她扭的，是我自己落地时不小心撞的！她还帮我装了回去。我一点儿也不疼了！"

束慎徽看了一眼殿外的沉沉夜色："没事就好。你回寝宫休息吧。我等下也出宫回府了。"

168

束戬知他今夜应还要回去替自己向姜家的女将军赔罪,羞惭不已:"三皇叔,全怪我,为难你了……"

束慎徽微微一笑:"我与她乃夫妇,有何为难?去吧。"

束戬"哦"了一声,转身慢慢去了,忽听身后又传来唤声,急忙停步转头。

"戬儿,今日最后一事。"束慎徽说道。

"三皇叔你讲!"

"你今日出贤王府时,垂头丧气,谁都能看出你的心情。你是皇帝,可让大臣知你喜、知你怒,但不能让他们知道你临事的沮丧、恐惧和无力,哪怕你当真如此。露怯,人君之大忌。"

束戬一愣,随即肃然应道:"我明白了!多谢三皇叔提点!"

"去吧。"

束戬向他恭敬行礼,退出大殿。

外面,李祥春还在守着大门,提着一只灯笼,默默送少帝出去。走在空旷漆黑的神道之上,少帝回想今日所有之事,忽而后怕,忽而羞愧,忽而懊悔,忽而感动。

他望了一眼身侧正替自己照路的老太监,忍不住道:"李公公,自三皇叔幼时,你就跟在他身边了。有件事,我能不能问你?"

"陛下呼奴贱名便可。陛下要问何事?奴婢毫无见识,怕是答不上来。"李祥春仍面无表情,但语气仿佛比刚开始的时候多了几分人情味。

"我听说三皇叔以前巡边归来,曾向皇祖父请求去北地任职。你知他后来为何没有去?"

"陛下,人处在什么样的位置,便要做什么样的事,何况皇子?殿下少年之时,了无牵挂,确曾是想去做边郡刺史的。但他回来后不久,圣武皇帝位列了仙班。先帝朝的那些年,庙堂之上高王虎视,民间又是灾害不断,先帝对他颇为倚重,殿下如何能去得成?"老太监竟一反常态,轻声细语,耐心地说了一番话。

束戬沉默了片刻,喃喃道:"我还道,这皇宫是我之牢笼,恐怕我才是三皇叔的牢笼……"

他这没头没尾的话，惹来老太监的一瞥。李祥春却也没说什么，将少帝送到了庙外，交给候着的侍人，躬身道："恭送陛下。"

少帝去后，束慎徽又独自在殿内立了许久，直到殿内飘入来自鼓楼的鼓声——不知不觉竟已亥时。

他惊觉，身影动了一动，走到神位之前，朝前下拜，行了一礼，随即起身退出，匆匆出宫。

束慎徽护少帝回宫之后，贤王府的寿宴继续。姜含元至宴罢才归，因吃了酒，回府沐浴过后，直接便睡了下去。自然，她仍是睡在外间的美人榻上。

她倒无多心事。梅园的意外于她不过如同舒活筋骨，加上酒意袭来，她很快沉沉睡去。也不知睡了多久，渐渐噩梦又袭，她缩紧了身子，极是不安，翻了个身。

那美人榻狭仄，她又卧于外侧，身下空间本就局促，一个翻身，半边身子便悬在了榻沿之外。好在她反应极快，虽未清醒，身体已有了自我保护反应。她下意识地伸臂要抱住榻沿，奈何翻出来太多，竟抱不住，半边身子一下子沉了下去。她迷迷糊糊地正以为自己要摔下去了，不料忽然身形一顿，身下仿佛有什么东西稳稳地接住了自己。

她彻底醒来，睫毛微动，慢慢地睁开眼睛，意外地对上了一双正俯视着自己的深沉眼眸——竟是束慎徽回了，她落在了他的臂弯之中。

她吃了些酒，便睡得沉了些，也不知他是何时回的。看这样子，他大约方才就一直站在榻前，抢上来接抱住了她，免得她跌落在地。

姜含元收回视线，中断对望，一个翻滚便从他的臂弯之中回了榻上。

"殿下回了？"她顺势坐了起来，招呼了一句。

白天在贤王府的梅园里，在他刚赶到的那个时候，她必须承认，自己确实一度是有怒气的。

她怒，并非因少帝对自己无礼，而是因此事生出了太多失望。

但到了此刻，她也想开了。

自周天下起，江山易主，王朝更迭，天下能遇英明之主的机会又有多少？若全是英主，周天子的国祚也就不止八百年了。所谓"圣人出，黄河清"，可是她又听说"千年难见黄河清"。她身为武将，御敌守境，保护手无寸铁的百姓和他们的家园，尽己之所能，去做一名武将能做到的一切既可。至于这些立于庙堂顶端的人，不是她能左右的。

"你方才是做了噩梦？我见你——"他看着她，缓缓地收了手，问道。

"没有！你看错了。"姜含元立刻道。

他一顿，改了口："口渴吗？"

姜含元倒是被他这句问话给提醒了。房中夜间仍烧炭，她又喝了些酒，睡了一觉醒来，确实感到口干舌燥，便要下榻喝水，却被他拦了。

"不用下来，你就坐着。我来。"他说完，不等她的回应，转身替她倒水去了。

虽是半点儿也不想劳他替自己端茶，但他已去了，她若再过去和他争夺，也无必要。她便作罢，看着他的背影。

他倒了茶水回来，递过茶盏，姜含元喝了。水是温水，正好能饮。

"还要吗？我再替你倒。"他接过被她喝空了的茶盏，又微笑着体贴地问道。

"够了，多谢。殿下，你也去休息吧。"姜含元卷了被，自顾自地卧了下去，背朝着他。

片刻后，她闭着眼眸，再次开口："殿下怎还不去休息？"

虽然没有回头看，但她知道，他就没走，还一直那样立在她的榻前。

"今天的事，我都知道了。多谢你最后还替陛下正了臂，我很是感激。"他的语气很是诚挚。

姜含元依然闭目，也没动，背对他淡淡地道："他是人君。殿下没有怪罪我出手过重伤了陛下便好，倒也不必如此说话。"

"不，我此言是真！今日在梅园，我对你讲会给你一个满意的交代。可出了这样的事，说实话，如何才叫满意的交代，我也不知，唯一能做的，便是尽力弥补。陛下已知错，知大错！他向我保证，日后绝不会再犯。并且，他想当面向你谢罪，望你见谅。"

"当真不必。陛下在摄政王你这里有了交代便好，在我这里，此事过去便过去了。"

姜含元没说什么不敢受之类的暗含讽刺的话，说出这句话的时候，她的语

171

气是平和的，并且，这话也是出自她的真心。

她估计束慎徽和少帝回宫后，两人之间应已有过交流了。

若是那位年少轻狂的皇帝真能因此多多少少记些教训，往后知道何事可为、何事不可为，那么她反而觉得，今日梅园之事是件好事。

她身后的人静默了片刻，又开口了："多谢你的大度。不只是陛下，我也须向你赔个罪。"

他又揽罪上身。莫非这是他的习惯？

姜含元想起了大婚次日从宫中回来的路上，他代他的那些家人向自己赔罪的一幕，终于还是忍不住睁眼转头看他："殿下，你向我赔什么罪？"

"先帝临终将陛下托付于我，殷殷嘱托，我却没教好陛下，这是极大的失职。不但如此，你是我的王妃，乍入京城，人生地不熟，我本该对你多些看顾。今日之事，我事先竟无知无觉，令你受如此委屈。不论别的，单就夫君身份而言，这也是我的大过，我向你赔罪，是应有之义。"

姜含元看着他，见他一副痛心疾首的样子，忽然有些疑惑他这模样到底是真的还是装出来的，忍不住就盯着他瞧。

也不知是自己道行太浅还是他道行高深，她看了半晌，也分不出真假。她忽然又觉得有点儿想笑，再次可怜起面前的这个男人。

他身为摄政王，想必每天有不少要操心的事。不管这痛心疾首是真的，还是装出来给她看的，他处理完了朝事，回来还要这样费心思对付她，确实也不容易。

"罢了，不必和我说这些。"她偏过头，不再去看那张脸，顿了一顿，又说，"我不气了，是真的，你放心吧。倘若陛下这回真能记下你的话，今日之事反而是好事。就这样了。"

她不想再让他待在自己跟前，说完就闭目，以为这下他就该走了，谁知这人竟还是不走。

"你还有何事？"她再次睁眼看他，语气已变得不耐烦。

姜含元真的从没遇到过如此拖泥带水之人。他这样站在榻前看着，叫她怎么睡觉？

他却仿佛分毫未察觉到她的不耐烦，见她睁眼瞧来，片刻前还痛心疾首的脸上此刻露出了微笑,说:"我还有个想法。你来京城也有些日子了,我却总是在忙,无法陪伴你,连大婚休沐那几日你去送信也没有陪你,我心中极是过意不去。陈伦、永泰夫妇明日要去仙泉宫,那里离城五六十里路,不如我们也一道去吧。"

姜含元想都没想,正要摇头拒绝,他已抢着说道:"你先莫拒,听我讲。那里除了有温泉,也与猎苑毗邻,骅骝厩也在那里,养了些良马。我是想着,你也不喜与人往来,与其坐在王府里,不如去那里小住,无事可在猎苑骑马狩猎。不敢说有多逍遥,总比你整日闷在王府里要有趣味些。"

姜含元一顿。

他察看她的神色,见她似乎有些心动,接着又道:"你放心,我是不会留在那里的!明日送你过去,等你到了我就回,绝不烦扰你!那边也清净,没那么多眼睛盯着,我想你应当会喜欢。"

不得不承认,他这一番话还是有几分诱惑力的。姜含元在心里盘算了一下:住到那边的话,白天骑马,晚上一个人,看不到他在旁边走来走去,三个月很快就过去,到时候便能离开了。

"好。"她痛快地应了,"不过,明日也不用你送了,你忙你的,我随陈伦夫妇一道过去便可。"

他否决:"不妥,还是我送你吧。正好明日没有大小朝会,只是议事罢了,可以推后无妨。你我新婚还没多久,你一人去,落入人眼,不知会被怎么说。你也知道的,京城多有喜在背后议人是非的长舌之人。"

姜含元想想也是。虽然她不在乎别人在背后如何议论自己,但他应该是在意的。她便随他了:"可以。"

他脸上再次露出微笑:"那好,我没事了,不烦扰你了。我去和庄嬷嬷说一声,略做些准备。你睡吧。"

他退了出去,替她熄灯,出了房门,片刻后回了房,自入内室。一阵轻微的脱衣发出的"窸窸窣窣"之声过后,房中便彻底地安静了下来。

第二天一早,两人起了身。

昨夜,庄氏得知今天的安排很是欢喜,连夜派了两个人去提早收拾住处。今日一早,她便备好了要携出去的器件,除了吃食、衣物、梳妆匣等物,连罗伞、马扎也没落下，一应俱全。趁着出发前，她在房里忙着查漏补缺，姜含元顺手把那本碑帖也塞了进去，打算到那边后若晚上无事，可以练练字。

庄氏自然也是要跟过去服侍的。等全部收拾妥当，虽说只是简行，但不计随从，光是东西就放满了两辆马车。摄政王夫妇同乘一驾马车，庄氏带着两名侍女一车，侍卫统领王仁与手下骑马随行。

趁着时间还早，街上人少，一行车马出发去往东门外的龙首桥边，在那里与得了消息的陈伦夫妇会合后一同上路。马车不紧不慢地行了约两个时辰，中午前，一行人便到了仙泉宫。

仙泉宫地处禁苑。禁苑南临渭水，西北靠山，绵延足有三百里，当中有大小离宫几十座，十来处人力所掘的湖池。这座仙泉离宫，是当年武帝为吴越皇妃所修，不但建筑壮丽、装饰华美，为解皇妃思乡之念，还特意在宫苑内修了小桥流水、垂柳假山，望去犹如江南，是所有离宫中最为别致的一座，故而附近的风光也和皇城周围不同。

虽时令仍未出冬寒，远处山头仍可见残雪，但在向阳的溪边，冻冰渐化，冰下甚至依稀可见芦芽萌绿，甚是喜人。

车队停在了离宫之外，宫内知事领着人早早地等在车道两旁，见摄政王一行到了，便上前拜见，随即都在庄氏的指挥下，忙着搬下行装送入宫内。

束慎徽站在路旁，看了一眼姜含元，见她一下车就被永泰公主挽住了手臂。永泰公主为她指点周围风景，亲热地与她说话。

陈伦见他立着不动，走了过来："殿下，怎的不走了？"

束慎徽收回目光，微笑道："朝中还有事，我今日只是送王妃来的，这就回了。王妃初来乍到，这几日有劳你夫妇照拂，带她熟悉一下周边各处所在。"

昨日寿宴结束后，永泰公主回到家中，满口都是"女将军妹妹、女将军妹妹"，简直对姜含元喜爱得不行，昨夜听说她今日也要一起来，更是高兴。

摄政王既如此说了，陈伦自然不会多说别的话，看了一眼妻子和王妃正在亲热说话的身影，点头应"是"。

不料永泰公主听见了束慎徽的话，立刻放开姜含元走过来道："三郎你说什么？难得出来，你怎么能走？我和驸马老夫老妻、相看两厌也就罢了，你二人新婚宴尔，你把王妃一个人丢在这里？这叫什么事？就算政务再多，我不信少你三两天，天下就不转了！那么多的臣工是做什么的？朝廷白给他们发俸禄了？"

听她说了一通，陈伦也不敢阻止，只暗暗地扯了扯她的衣袖。公主却不管他，看见一人正牵马走来，想是为摄政王回城而准备的，上去就发令叫人将马牵回去。

束慎徽面露为难之色，看了一眼一旁的姜含元。她正转过脸去，望着远处山林的方向，好像没听到他们的动静。他迟疑了一下，看着她的背影，慢吞吞地道："那我便留一天再回？"

"再说再说，反正你此刻是休想走的！"

陈伦旁观到这里，多少有点儿看出来了：摄政王的去意并不坚定。

他知摄政王，倘若真的有事不能留，莫说一个，十个公主姐姐也留不下摄政王。他再顺着摄政王的视线望去，只见王妃还在看风景，对这边的事浑然未觉。他一下子就想起了最近的传言——摄政王惧内。

难道是王妃看不上摄政王，不要他留，这是他的无奈之举？

陈伦忙跟着出声苦劝："殿下，公主言之有理！王妃自然大度，怕耽误了殿下的事，愿放殿下回朝。但殿下若是能留，还是留下为好。我也许久未得机会与殿下纵马射猎了，今日若能共游，求之不得。"

陈伦夫妇一个强留一个苦劝，摄政王推辞不过，只好走到王妃身边，低声道："要么……今日我留下，陪你一个白天？"

姜含元看完了周遭远景，回过头，见他正双目凝视着自己。

"殿下随意，方便就好。我无妨。"

王妃都这么讲了，事情便如此定了下来。

摄政王暂留仙泉宫，派人回城，将原本定在今日晚些的议事推后，叫大臣不必再等。这边几人进了离宫，两对夫妇各自住一座殿室，同来的侍从服侍主人落脚。

虽然已是晌午，但到了这里，谁还有心思吃东西？众人草草用了饭，便预备出去。很快，两边各自收拾完出来。

庄氏本就将摄政王的日常衣物都带了过来。束慎徽做游猎的装扮，内着白纱中单，外是一袭类似简便戎衣的锦地袴褶，足下则是一双六合乌皮靴，上紫下黑，腰束革带，佩剑，背上负一箭囊，内中插满羽箭。这和他平常在朝内着了公服的肃穆模样截然不同，但见剑眉星目，英气自内而发，勃勃若中天耀阳。

陈伦也是和他类似的装扮。

永泰公主平日好动，外出时常弃车，不惧抛头露面，以帷帽遮脸骑马，骑术也是上佳。今日她本穿了一袭女子便于骑马的长襦阔裙，披件孔雀裘，流光溢彩，等看到姜含元的打扮，不禁眼睛一亮。

只见姜含元将长发在头顶绾了一个简髻，身着男衣，大红的锦底，织金的绲边，束一条兼备装饰作用的琛缡腰带，脚蹬乌靴，肩上是一件用来御寒的白裘镶边披风。她从头到脚，飒爽利落，人若红宝石般发光，叫人看得有些挪不开视线。

永泰公主目不转睛地盯着姜含元瞧了片刻，立刻叫停，转头奔了回去，再出来时，竟也换下了原本的裙装，变成了男衣。她笑道："今日我也不戴那遮眼睛的帷帽了，就东施效颦，学妹妹这样装扮。驸马，你瞧我这样好不好看？"

永泰公主体貌丰盈，这般男子着装，和摄政王妃又是一种不同的感觉，另有风致。陈伦看惯她穿女装，忽然见她如此打扮，也是倍觉新鲜，忙说"好看"。永泰公主拉住姜含元，说说笑笑地走了出去。

宫外，骅骝厩送来了挑选好的骏马，侍卫和随从也准备了今日外出游猎所用的弓箭、火炬，以及为休息备的食物、马扎、小帐篷等常规之物。等他四人上了马，王仁和陈伦的护卫头领便各自领着手下跟上，一行十来人纵马呼啸，朝着禁苑出发。

禁苑实在广阔，一行人驰骋其间，穿过大片的茂林，只见大小湖泊犹如珠链，山峦连绵起伏，风光令人目不暇接。唯一的遗憾便是苑内虽放养百兽，但如今还是早春，并非狩猎的绝佳时间，他们遇到的许多雌兽都在怀孕，自然不能射猎。众人是午后出来的，转眼半天快要过去，只打了七八只自己蒙了头撞出来的野兔、山鸡之类的小东西。眼看已是傍晚，他们不知不觉竟到了距离宫将近百里路的地方，再不回去，天就要黑了。

陈伦虽觉兴味未尽，但也只能停下，问摄政王是否现在折返。

束慎徽抬头望了望天，看向姜含元，策马靠近她问道："如何？天也快黑了，你若已尽兴，便回了？"

从雁门出发直到现在，已好几个月了，姜含元今天才再次有了尽情纵马的机会，其实远远没有尽兴。她是无妨的，便是再晚些回，夜路也照样能骑马，但考虑到永泰公主……

她望向跑马在前的永泰公主。恰在这时，前方一个草坎里竟跃出来一只鹿。那鹿体形硕大，生着两个巨角，是他们今日遇到的第一只雄鹿，好不健壮！

"嗖——"

公主在前，一看见雄鹿，立刻发箭。羽箭直朝鹿去，堪堪要射到之时，那雄鹿纵跃而起，从众人的眼前一晃而过，冲进林中。

到手的猎物就这么飞了！

"快追！"公主大喊一声，自己先拍马追了上去。

"阿蒙！回来！"陈伦大喊。

永泰公主哪里听他的，已经快要冲到刚才那道草坎前了。陈伦慌忙和束慎徽告了声罪，追上去拦人。

半天才打了几只小玩意儿，侍卫们也都意犹未尽，忽然看见来了一只好猎物，又见公主冲了出去，驸马也追上去护妻，免不了有些跃跃欲试。但摄政王未发话，他们也就不敢动，只是扭头，十几道目光齐刷刷地射向了摄政王。

束慎徽将视线从前头的永泰公主和陈伦身上收回，又转头看姜含元，还没来得及开口，眼前便若有一阵风过，却见她已纵马去了，转眼就将自己抛下。

"都跟上！"他转头朝侍卫们喝了一声，随即策马追了上去。

侍卫们十分兴奋，呼叫一声，纷纷驱着坐骑，相继入了林中。

天已入暮，林中的光线比外头还要暗淡。那鹿仿佛知道今日恐怕小命休矣，在林中慌不择路，左突右奔，拼命不已。一行人追到后头，人可走的道路狭窄曲折，追逐的人又多，反而不利于行动。

一大群人就这样跟着这只公鹿在林中兜了半晌。最后，天光完全暗了下去，他们竟然将鹿跟丢了，白忙活一场。

永泰公主好不气闷，下马顿足。陈伦赶忙安慰，说明天再射，必有大获。永泰公主被他哄了好一会儿，才勉强消了气，又上了马。

方才逐鹿，基本是永泰公主带着人抢在前，人多，路又窄，故而入林不久，姜含元就没上去凑热闹了，只在后头跟着。束慎徽则落得比她还要靠后，始终在她的身后，不远也不近。

此刻，她见永泰公主如此懊恼，性情奔放，喜怒由心，颇觉可爱和稀奇，还有几分连自己也不知道是什么的感觉……

这才该是正常女子的性情和模样吧？她想着，不像她——如成婚之夜她对那男子说的那样——除了一具身体，别的就与男人没什么两样。

这不是她在骗对方，是真的。

可以这么说，从小到大，她唯一接触过的女人，便是云落城里那位母亲身边的老嬷嬷，并且接触得也不多。能在军营里独享一座营帐，便是她最大的特权了。她不愿让自己再成为别人眼中的异类，所以七八岁大时便坚持将嬷嬷打发走，此后，一直是自己独立生活。

她永远不会忘记十三岁那年，第一次来月事的经历。那是一个夏天的下午，烈日当头，黄尘飞扬，她正大汗淋漓地和军中的同伴一道操练，忽然感到一阵从未有过的、仿佛发自身体最深处的隐隐腹痛，便反应慢了一拍，被同伴一脚踹中，倒在了地上。她爬起来后，很快，又感到自己的下体好像流出了一种陌生的温热液体。她以为是那一脚所致，不愿让人知道，更不愿叫人看轻，悄悄回到住的地方自己检查，却发现从私密之处流出的温热液体竟然是鲜红的血。

那天，她的父亲姜祖望正好不在营中。其实即便他在，她也从不会去找他，告诉他自己哪里受伤，何况是这样的伤。她也没有找军医，觉得非常羞耻，完全无法说出口，希望这次的伤也会像从前受过的别的伤那样，忍忍就会好。

那天晚上，血断断续续地流，一直没有停，将她胡乱拿来想要堵住它的衣物都染透了。她以为这下自己可能真的要死了，感到无比惶恐，又无比不甘。第二天，她发现自己没有死，还活着，除了下腹还是痛、流血很是不便之外，好像也没别的事了。就这样，她一个人躲躲闪闪、犹犹豫豫，在告诉人和不告诉人之间，在恐惧和侥幸里煎熬了几天，"奇迹"终于发生在了她的身上，那血就如突然来时那样，又突然止住了……

忽然，有人递来了一只水袋，举到她的眼前。

姜含元猝然收回凝视着永泰公主的视线，转头，见是束慎徽驱马靠近，停在她的身旁，给她递来了一只拧开的水袋。

"干净的，没喝过。"他见她看着却不接，便道了一句。

她慢慢地接过水袋，喝了几口，向他要盖子。他却从她手中将水袋接了回去，随意地就着她刚碰过的口，微微仰头，也喝了几口。

她想阻拦，但已来不及了，只得闭口，装作没看见。

"方才在想什么？我见你一直看着永泰。"他塞回了盖子，随手将水袋投进自己的马鞍袋里，又随口似的问道。

她转头看向他。

周围的侍卫们已点了火炬照明，火光中，他看着她的目光微微闪烁，瞳中映着两点跳动的火光。

在这两只有火光的瞳仁里，她仿佛看到了些探究的味道——这令她忽然生出了一种被侵犯了领地似的不适之感。

她下意识地回避和拒绝："没什么。看公主这么可惜。"她反问了一句，"你不觉得没猎到很可惜吗？"

他看了一眼自己的姐姐，笑了笑，不置可否。

这时，陈伦走了过来，询问今夜接下来怎么办。

他们为了猎鹿，又追出了一二十里路，根据此刻头顶的月高判断，应差不多是亥时，若掉头回去，到仙泉宫必定已是下半夜了。而且，他们先前追着那鹿在林中绕圈，从前也没有来过这地方，有些迷失方向，找路也要费些工夫，趁夜回去有些不现实。

"而且，公主也有些乏了。回去路那么远，她怕是骑不动马……"陈伦显得有些为难。

束慎徽沉默了一下，看了一眼林子的前方，道："我记得幼时随父皇狩猎，来过这一带。前面出林应当有个山谷，谷中有清溪，也无大风。我们出来带了帐子，或者，今夜便宿在谷中？"

他说完，看向姜含元："你意下如何？"

姜含元是半点儿问题都没有的。莫说有帐篷了，便是露宿，于她也是家常便饭。她点头："我无妨。公主可否？"

永泰公主颇觉新鲜，笑道："极好！妹妹你能行，我怎就不行？三郎的这个主意好，咱们今夜便宿于谷中！就这么定了！"

白色的月亮挂在林子的上空，发出浅淡冰凉的光，照着林中那一队鱼贯前行的人。

束慎徽领着众人骑马穿出了林，继续朝前走了几里路，便听到一阵潺潺的溪流之声，再循溪声而去，绕过月光下的山梁子，山谷果然出现在了眼前。

从午后出来，到这个时间，中途不过短暂休息了几次，众人又饿又乏，先前的激情此刻早都消失殆尽。终于抵达今夜休息的地方，众人精神一振，纷纷下马忙了起来。

他们选了一处地势略高的平坦地扎营，十几名侍卫在王仁的指挥下分头行动，一拨扎帐，一拨起火，另一拨到水边剖洗打来的野兔、山鸡。很快，他们燃起了篝火，将肉撒上薄盐巴，架上火烤，再热些带出来的干粮和酒水，分给侍卫。束慎徽、姜含元和陈伦、永泰公主四人便坐在篝火之旁，饮酒闲谈。

永泰公主坐在姜含元身边，起先困顿，此时又精神了起来，且本就是健谈之人，此处便都是她的话语声。她讲了今天狩猎的事，又和姜含元攀谈，问了许多军营里的事，姜含元一一应答。永泰公主听得津津有味，神向往之，又问："妹妹你是从小便在军营长大？应当是吃了不少的苦吧？"

方才和永泰公主说话时，姜含元留意到坐在篝火对面的束慎徽似乎时不时地往自己这边看上一眼，此刻望去，果然见他虽在和身边的陈伦闲谈，却隔着火再次将视线投向了这边。

她道："并不曾有。我父亲就在军中，对我多有照顾。"

"那也是不容易！边塞苦寒，全是男子，姐姐真的极是敬佩你！"永泰公主说着，取壶倒了杯酒，敬姜含元。

她贵为公主，又是束慎徽的姐姐，姜含元即便再不懂礼数，也不好接，推说不敢。

永泰公主正色道:"妹妹你战场杀敌,威名赫赫,实在是替我们女人家争脸。姐姐我是无用,能有机会敬你一杯,是我之荣幸才是,你有什么不敢的!我先饮为敬。"

说完,她先将自己的酒喝了。姜含元只得接过酒杯饮下,替她也倒了一杯酒,回敬她。

陈伦见往日对谁都瞧不上眼的妻子对女将军王妃这般敬重喜爱,心里也是高兴,加上喝了两杯,略有醉意,便连这几年因摄政王的地位和积威而对其生出的拘束也放开了些,笑道:"不知殿下可还记得多年前的巡边?回京前的最后一日,臣陪殿下游猎边塞?"

束慎徽从对面收回视线,看向陈伦:"自然记得。莫非你是觉着今日情景如同当日?"

"知我者,殿下也!"陈伦笑着敬了他一杯酒,"臣记得那日放马边塞,一天下来,殿下还是豪兴不减,又动了想去灵丘祭赵王的念头。当时已是日暮,殿下却是说去就去,咱们一行人便连夜上路,行了一夜,在次日清早到了灵丘。"

"当时殿下十七岁,臣也刚娶公主不久,一晃竟过去这么多年了!"

他喟叹了一声。

束慎徽一笑,自己倒了杯酒,朝陈伦举杯。陈伦忙也倒满酒杯,二人各自饮了。

饮罢,陈伦继续道:"如今殿下贵为摄政王,臣忝居高位,王仁当年也是殿下随卫,正巧今夜也在。时隔多年,我等又回到一处,情景也是相似,岂不令人感慨?"他忽然想了起来,"对了,那夜还有一人!"

束慎徽一手握着空杯,正旋转着把玩,闻言抬目望向他,眼里略带疑惑。

"便是那个替咱们领路的小兵!殿下是否还有印象?我记得殿下怜他幼小,最后赐了他一枚随身玉佩,叫他回乡娶妻。却不知那小兵如今何在……若是照殿下之言回乡,他如今应也早已娶妻成家,膝前儿女环绕了吧。"

束慎徽仿佛在回想,片刻后,应该是想了起来,颔首道:"只见小儿长,不见自己老。也不知当日那小娃娃今日如何。所谓白驹过隙,岁月催人老,应当便是如此了。"

"殿下莫误会！"陈伦忙道，"殿下正当青春年华，何来如此感慨？只是这些年臣经历了些人事，颇觉人生无常，方才借酒胡说了两句罢了。若多年之后，臣还能如今夜这般与殿下饮酒笑谈，人生当无遗憾！"

束慎徽再次斟了一杯酒，举了一举："必定！"

篝火对面，公主渐醺，皓腕托腮说着话，身子微微靠向姜含元。姜含元方才一直垂眸看着面前的火堆，一言未发，此时发觉永泰公主醉了，怕她坐不稳跌倒，便收神，伸出手臂，稳稳地托住她的后腰。

永泰公主又和姜含元说了些话，越看姜含元越爱，扭头望向束慎徽。

"三郎！你和驸马说些什么？阿姐真的喜欢你的王妃！今晚你便把她让给我，教我和她同睡如何？"说完，她也不待回应，从女将军的怀里出来，勉强站了起来，又将姜含元挽了起来："妹妹，走了，咱们睡一块儿去。他们不是话多吗？让他们男人说个够去！"

陈伦回了神，知她醉了，再看一眼摄政王，见他并未开口表态，便知道他的意思了，立刻走过去，一把搀住妻子，夺回她挽着王妃的手，告了声罪，喊道："殿下，公主醉了！不敢再打扰殿下和王妃休息，我送她去睡。"

束慎徽慢慢站了起来，目送陈伦夫妇入了几十步外的另一顶帐篷。篝火旁只剩下他和姜含元二人，隔火相对而立。

他顿了一顿，望向她："晚了，你应也累了，歇下吧。我再去瞧瞧守夜的事。"

说完，他迈步去了。

这过夜的谷地狭长，只需分头守住两个可供出入的谷口便可，王仁检查了周边之后，将侍卫分成两拨，安排了轮值，叫一部分人先去睡。他自己打算守天明前最难熬的那几个时辰，所以也要抓紧去眯一会儿，却见摄政王到了，忙上去迎接。

束慎徽问了几句值夜的事，说完却没走，让王仁不必跟着，自去休息，自己在附近走了一圈，还到溪边站了一会儿。

王仁猜测，这应是摄政王生性谨慎，亲自出来检查周围环境了。这也正常，毕竟他们身处野外，又有王妃和公主在。他又哪敢自己去睡觉，就在一旁等着。

姜含元早已卧进了剩下的一顶帐篷里。

这种京城富贵人家用于野游小憩的帐篷，用料和内饰自然比军营里的要好得多，但为便于携带，支开后本就不大，还要放置烛台、食盒、衣箱或是天冷用的暖炉等物，剩下的空间也就只能容纳两人并卧了。

她躺下后给他留了位置，随后侧身面向帐壁，闭目休息。过了些时候，帐门口有了动静，束慎徽进来了，仿佛又站了一会儿，随后脱去外衣，灭了帐内的马灯，慢慢地躺了下去。

两人并肩而卧，中间隔了约一肘的距离。

这边帐内漆黑一片，冷冷清清，没半点儿动静，二人躺下后便似立刻就睡着了。几十步外的另一顶帐内，气氛却是大不相同。

陈伦扶着微醺的公主入帐，一阵张罗后终于安顿了下来，正要熄灯睡觉，想起一件事，说道："昨天你也跟去梅园了？你怎就如此多事！你看见了什么，可不要说出去。"

公主哼了一声："还要你提醒我？"

她转头看丈夫，越看越觉得不顺眼："你真是无用！方才我坐不住，还是将军妹妹扶住了我！你在干什么？哪里来的那么多话和三郎说个没完？不知他心里嫌你啰唆吗？平日在我跟前，怎就不见你开半个口？人家新婚宴尔，要不是我出言提醒，你是不是要扯着他说到天明了？猎鹿也是！后来若非你挡了我的道，我早就射中了！成事不足，败事有余！"

陈伦被她前半段话训得哑口无言。新婚二人如漆似胶，恨不得从早到晚都黏在一起，这种经历他也曾有过。但听到后头，他又哭笑不得。他之所以一直紧傍着她，是因林中昏暗，又没有便道，怕她骑马太快出意外。他忙为自己辩解。

永泰公主的脸色这才好了些，她又抱怨今日骑马久了，腰酸背痛，驸马便替她揉捏。二人本就喝了些酒，再这里揉揉，那里捏捏，难免渐渐情动。

他二人夫妻多年，陈伦如今又忙于公务，于房事难免倦怠和敷衍。今晚却是身处野境，永泰公主又如此打扮，叫驸马颇觉刺激，一发不可收拾。两人都觉畅快至极，唯一担心的便是声响，怕惊动了几十步外的摄政王夫妇。他们虽猜测他二人此刻说不定也正亲密无间，但自己这边毕竟年纪大些，不好意思，只能极力压低声响，免得惹出尴尬。

束慎徽进帐躺下后，姜含元在黑暗中闭着眼，渐渐地，困意袭来，正意识模糊之间，忽然，耳中飘入了一缕奇怪的声音。那声音极是轻微细弱，断断续续，若有似无，又极是压抑。

起先她以为自己听错了，又以为那是野外那些不知隐身何处的小虫的吟唱声，没有在意。谁知片刻之后，那声音又飘入了耳中，听方位，似乎是从公主和驸马那头传来的。

她发呆片刻，忽然醒悟了过来。

若只自己一个人在这里，听着也就听着，倒也无妨，但此刻她身后还卧着另外一个人，不知道他睡着没。倘若他和她一样醒着，或者，睡着了却被那声音给惊醒……

姜含元顿觉浑身都不得劲了。一种奇怪的陌生的感觉爬上心头，让她芒刺在背，晚上喝下的那几杯酒也仿佛化作了柔软的毛刷，在黑夜里轻轻地刷着她的肌肤。

她耐着性子闭着眼睛又等了片刻，想等驸马和公主结束，谁知他二人好似没完没了，居然可以这么久……

姜含元终于决定不再等了，觉得暂时出帐离开为好。就算是睡在野地里，以天为盖，其实她也可以过夜。

她睁了眼，用自己能做到的最轻的不至于惊动身边人的动作，慢慢地坐了起来。她正要起身，谁知如此之巧，和她卧在一起的那人竟也在这个时候坐了起来。

她一顿，他也停了下来，两人便一起在黑暗里坐着，谁都没动。

片刻后，姜含元正要起身，忽然听到他低声说："你继续睡吧。我再去外头看看王仁他们值夜如何。"

他起了身，似乎连外衣都没取，掀开帐门，走了出去。

帐内剩她一人了。姜含元又坐了片刻，才慢慢地躺了回去。

再片刻后，那来自天地之间的扰了她安眠的细微动静，也彻底地平息了下去。

这个下半夜，束慎徽却一直没回，直到天快亮——应当是五更时分——才轻手轻脚地入了帐，带着一身的寒气重新卧下。

须臾，天明。

从这边帐中出来的新婚没多久的二人，眼圈仿佛微微泛青，精神萎靡，默默无言。对面帐中出来的夫妇却是老树开花、意气风发，连看对方的眼神都好似勾缠在一起。

束慎徽装作没看见，唤来王仁等人，准备今天的回程。

昨日下半夜，摄政王忽然又出现，叫王仁去睡觉，说自己不困，欲代其守夜。王仁觉得莫名其妙，起先自然不敢答应，后来见摄政王当真坐在了谷口，这才信了，去睡下。王仁昨夜休息得不错，今早自然也是精神抖擞，安排手下各自做事。众人简单洗漱后，热了些吃食用了，拔帐返程。

大约是上天的弥补，这一天回去的路上，收获竟然颇丰，他们射了两只黄麂、几十只野羊狐兔，众侍卫的马鞍都快挂不下了。一路满载凯旋，天黑时分，众人顺利回到仙泉宫。庄氏和离宫知事带着人迎接一行人入内。

摄政王昨天没回城，今日白天也耽误了，本来是想回了离宫就连夜归城的，永泰公主却又不让他走。

她指着外面的天说："天都黑透了！摄政王你便是连夜赶回，到了已是半夜，哪个大臣还睁着眼睛等着和你议事？再说了，若当真有重要急事，今天早就有人送消息催到这里了！那帮人，能干是能干，却个个是人精，若真有大事，哪个愿意担责？我还不知道他们？骑了一天马，你就不累吗？听阿姐的，再住一夜，明日早早回去便是了！"

永泰公主这话说得实在叫人无法反驳。就这样，摄政王又留了下来。

这个晚上，过得和昨夜又不一样了。用了饭，摄政王和驸马二人同泡温泉。公主也叫了姜含元，说她让人留了口最好的池，备下果子和酒，准备两人一起去洗泉消乏。

姜含元婉拒，说自己天生和常人不同，受不住热泉的浸泡。公主听了，十分惊讶。姜含元再三致歉，公主虽觉遗憾，却也只能作罢，自己一个人去泡了片刻，也觉无趣，加上射猎一天也倦了，便早早去歇了。

时辰越来越晚，姜含元早就就寝了，那人却一直没有回来。

她猜测，这个时间，驸马应该已经回去陪公主了。

那他去了哪里？是又去了别处，还是仍留在泉池里？但这也和她无关。

她闭着眼，平心静气，慢慢地感到了一丝倦意，朦朦胧胧正有些睡意，忽然听到寝宫内室的门外响起了轻轻的叩击之声。

姜含元一下子被惊醒，以为是他回了。她没有将门闩上，他自己推门进来便可，但没有人入内。片刻后，门外的人又轻轻地叩了两下。

姜含元只好起身过去，打开门，却见门外站着庄氏。

庄氏向她赔罪，说扰了她休息，接着又道："驸马回寝宫有些时候了，殿下却一直没出来，更没叫人进去伺候。方才宫人叩门，也没得到回应。平日都是张宝近身伺候殿下，如今他不在，旁人也不便擅入。晚上殿下和驸马喝了些酒……王妃可否去瞧瞧，提醒一下殿下，温泉不可洗得过久？"

虽然庄氏说话的语气和平常差不多，话语也很是委婉，但姜含元看得出来，她的神色里已经微微带了点儿焦急。

姜含元听完，脑海里立刻就冒出了一个念头：难道是他醉酒睡着，淹死在了池子里？

她心一紧，立刻道："好！"

她扯了件衫子罩在中衣外，连衣带都来不及系紧，立刻出了内殿。

温泉眼离得不远，就在寝殿近旁，她很快便到。门外站着两名侍女，庄氏也停在了门口。

姜含元抬手，带了点儿力道叩门："殿下！我进去了！"

她说完，门里还是没有声音。她不再犹豫，立刻推开门，走了进去。

一进去，她便觉一股湿热之气迎面扑来，将她从头到脚裹住。她定了定神，往里看去，先映入眼帘的是几层从殿顶直落而下的用作屏障的轻薄鲛帐。

平日无人之时，这里的天窗会被开启，用以透风，今夜殿内却是四面密闭，那鲛帐静静垂落，纹丝不动。

"殿下？殿下！"她试探着又叫了几声，随即冲上前，一把拨开几层的鲛帐，站定望去。

内里就像是一间巨大的浴宫。

殿室的四角燃着琉璃明灯，光线柔和。地上铺着防滑的起细珠纹的白色石板。殿中间是一个能同时容下十余人游水的大池子，水面袅袅散着一缕缕的白色水汽。在一片湿润的朦胧雾气当中,她终于看见了自己要找的人。

他背对她,靠坐在温泉池边,双臂张开搭在池畔,精壮的上身半露在水面之外。在他触手可及的地方,放着一壶酒、两只夜光杯。他微微后仰着头,一动不动,看着应该是睡过去了。

他没淹死就好!

姜含元松了口气,便放缓了脚步,慢慢地朝那背影走去,同时重重地咳了一声:"殿下!"

他到底是醉成了什么样子,竟还是没半点儿反应?

"殿下!你醒来!"

姜含元没办法,只好走到他身后。她没碰他,只是提高音量大喊。她喊完,终于看到他动了一下。不料,她还没呼出一口气,就见他竟往水里滑了下去。

这要是滑下去了,他还不真得淹死了?

姜含元伸出手,一把抓住他靠近自己的那条手臂,想止住他的滑落。他却还在往下滑,眼看池水就要淹过他的口鼻了。

他的皮肤沾了水,极是湿滑,而且一个成年男子的体重也不轻,以这个姿势,她光靠拉着他的一条胳膊阻止他下滑,有些困难。无奈之下,她只好再靠过去,停在他的身后,俯身,用双手握住了他的双肩。她正要发力将他从水中拖出来,他竟突然一臂屈肘,反手一把握住她的手腕,往下一拽。

姜含元毫无防备,"扑通"一声,掉进了池中。

好在她熟识水性,很快就稳住了自己,从温泉水里冒了出来。她站定,抹了把脸上的水珠,抬头看去,只见他已经睁开了眼睛,正懒洋洋地靠在池畔望着自己。

他竟然在笑,神色怡然,一副没事人的样子。

她明白了,他根本就是在装睡!他竟如此戏弄她!

她一下子冷了脸,他却恍若未见,笑完了,竟还伸手够来那壶酒,倒了一杯递给她,微笑道:"这酒微甜,你来一杯?"

姜含元夺过酒杯,掷在水里,又一把推开他,双手撑在池畔一跃,便出了水要上岸,却听身后响起一阵水声,下一刻,一双手竟从她身后伸了出来,一把抱住她的腰，将她强行拖回了池中。

男子得了手，便跟着翻身，在她还没立稳时，将她压在了池畔。

"方才你是关心我，怕我淹死？"男子朝她靠了过来，低声问她，声音带了些诱惑似的沙哑，那张生得极是漂亮的脸湿漉漉的，眼中若有幽光闪烁。

随着他的靠近，姜含元闻到了一股酒气。她忽然觉得自己的脸在烧，心跳得厉害。

这必定是愤怒所致，她知道。

她没有挣扎，也没有推开他，只是盯着他的一双眼，冷冷地道："我确实怕你做了淹死鬼。只是你也想多了——你是摄政王，若现在便死了，朝廷恐怕大乱——我是为了北伐大计。"

他不作声了，瞧了她半晌，忽然点了点头，又笑了起来。

"是，我也是。我为大魏娶了你，看来你我果然相配，天生一对。"他那张布着水汽的脸朝她凑得越发近了，双目紧紧地盯着她的眼眸，口里却用带了几分调侃的语调，慢吞吞地说道，"王妃你说，是也不是？"

他一寸寸地靠近，问完那一句"是也不是"，在两人的额头快要碰到一起的时候，猝然停了下来。

一滴水珠正从他湿漉漉的额上缓缓滑落，落到眉心处时，因他的停顿，倏然沿着他高挺的鼻梁滚落。

姜含元不但已经能够清楚地感觉到他带着酒味的潮热气息正一阵阵地扑到自己脸上，甚至，仿佛也感觉到了自己的气息正在扑向他的面门。

她屏了一下呼吸，毫不犹豫地抬手，再次一把将他推开。这回她的力道重，他或也真的有几分醉，被她搡得没站住脚，在水中后退了好几步，最后还是没站稳，身一歪，打了个趔趄，沉进了白汪汪的温泉水中。

她不再理会他，转身欲上岸。这时，她身后发出了一道破水而出的声音——他出来了。

她防着他再朝自己伸手，心里已是打定主意，倘若这回他再敢强拖她下水，绝不再忍。她再次撑上池沿，正要跃起，又听到身后响起了一阵剧烈的咳嗽之声。应是方才那一下沉水来得突然，他呛了水。

姜含元丝毫不为所动，这时又听他说："等等。"

她回过头。

他一边咳嗽，一边涉水朝她走来，再次停在她面前，只是这回没再离得那么近了。他终于咳完，抹了一下脸上的水："罢了，不和你开玩笑了！你这人像石头……"

姜含元面无表情。

他改了口："方才我是真的睡着了，没骗你。昨晚后来我去守夜，一夜没睡。方才又和陈伦喝了些酒，待他去了，我也不知何时就睡了过去。我也不知你进来，是听到你在我身后喊，才醒来的。"

他低下头，看了一眼水面："幸好你记着我，否则我若睡沉了，真的一个人淹死，也是说不定的。"

他满眼都是潮气，视线落到她的脸上，仿佛也是湿漉漉的，语气倒不像是在撒谎。

姜含元根本不在意他说自己什么石头不石头之类的话，听完这段话，脸色稍霁，道："和我无关！是庄嬷嬷不放心，叫我来看。"

他顿了一顿，又道："你肯来也是一样，我还是要谢你。把你拽下来是我不对，怪我喝多了，脑子发昏，你莫恼我。"

他的声音十分温柔，如这正浸着她肌肤的温暖泉水，叫人听了感觉懒洋洋的，甚是熨帖。姜含元好像也是第一次听到他如此说话，竟有些不知该如何应对，靠着身后的池壁，一时沉默。

他也不说话了。随着他的话音落下，这间巨大的殿室完全地安静了下来。琉璃灯静燃，细听之下，仿佛能听到活泉眼里发出的"咕咚咕咚"声……

水浸到了她的胸前，轻薄的衣裳漂起，似水里的一团云朵。她来时应是未曾系紧衣带，衣襟本就松着，此刻漂在水里慢慢散开，叫他看见了些许饱满的形状……他忽然觉得一阵口干，喉结微微动了一下。

姜含元觉察有异，顺着对面这人的视线低头看了一眼自己胸前。他挪开了视线。她微微皱了皱眉，转身，单手撑着池沿一跃，伴着"哗啦"一声，已出水翻上了岸，双足落地。水花溅到了她身后的束慎徽的脸上——他偏了偏头，还是被溅了一脸。

姜含元随手掩了掩衣襟，待要迈步，却留意到脚上只剩一只便鞋，另一只不见了，应是刚才被他拽下去的时候，落在了水中。她回头找了一圈，果然看见那只鞋孤零零地漂在泉池对面的角落里。他示意她稍等，涉水过去，很快将她的鞋捞了回来，随即也从池中出来，浑身湿淋淋地淌着水，将鞋递上，默默地看着她。

姜含元一言不发，接了鞋套上，转身走到角落里一张放置干净衣裳的案前。她的衣物轻薄，湿漉漉地贴在身上，穿了几乎等于没穿。她取了上头那件本应是他换穿的衣裳套在外，随即走去打开门，对还等在门外的庄氏道："殿下无事。嬷嬷给他拿件衣裳。"

庄氏方才等在门外，起先心中略微忐忑，担心会有意外，很快，又听到了里面隐隐的说话声和水声，虽听不清二人在内到底是在做什么——打情骂俏或是起了争执都有可能，但显然摄政王是没事了，她便继续等着。此刻，门被打开，王妃湿漉漉地现身，身后跟出来的摄政王也是如此。庄氏的视线从这个身上落到那个身上，又从那个身上收回，最终她只点头应"是"。

姜含元说完，直接回了寝殿，换衣后擦拭被他弄得湿透了的头发。侍女送来熏笼为她烘干头发，好一阵折腾，她总算收拾完躺下来。没一会儿，她听到动静，知他回了，依旧没理会，始终闭目。

他似乎在床榻前站了一会儿，才放落了遮挡夜灯的帷帐，上床躺了下去。

光暗了，姜含元以为可以睡了。照之前几次同床的经历，他上榻后便不大动，睡相还是好的，谁知今晚大不一样——他竟在枕上翻来覆去，虽然没碰到过她，却还是弄得她没法睡觉。

她闭目，在心里数着他翻身的次数，忍了又忍，忍到他第十次翻身，终于忍无可忍，倏然睁眼，坐了起来。

"我去别处睡吧。"她道了一句，要下榻去。

他伸手拦了一下："我扰你睡觉了？"

"你说呢？"

"你躺下吧。我也睡了。"他的语气似略略发闷。

姜含元看了他一眼，慢慢躺了回去。

这回他总算没再翻身了。

帐角悬着几只安眠香袋，帐内气息淡雅，但他进来之后，慢慢地，帐中混入了一缕酒气。

今夜他到底喝了多少,以致举止如此反常?

姜含元闭目,平心静气,等待入眠,渐渐地,睡意终于袭来。忽然,他朝她靠了过来,接着,一只手掌落到她的腰间,将她翻了过去。他的这个动作很坚定,几乎没有给她拒绝的余地。

隔着一层衣料,姜含元清楚地从腰间肌肤上感觉到了他掌心的热度。她睁眸,见他已撑在自己身上。

"我可以的。"他又靠近了些,唇几乎贴着她的耳,低声,却又一字一字,仿佛是在给她做保证似的说道。

"什么你可以的?"姜含元猝不及防,没听明白他的意思。

"你明白的。"他继续低声说道,"你我大婚那夜只是意外。我真的可以,现在就可以。"

最后他说道:"你若不信,可以一试。"

说完,他注视着她。帐内光线昏暗,却掩不住他灼灼的目光。

姜含元仰卧于枕上,和俯视自己的男子对视了片刻,明白了。她的眼睫微微颤了一下,随即她侧过脸去,避开他呼吸里直冲自己而来的酒气。

"殿下,你若要圆房,我可以,但不是今夜。你醉了,睡觉吧。"

她说完,欲翻身向里去,却被他落在她腰间的手掌给阻了。那手本是轻轻覆着的,此刻非但没有松开,反而发力箍得紧紧的。他强行将她的身体扳回,朝向了自己。

"我未醉!"他话音落下,人跟着压了上来。

既嫁了,姜含元便做好了嫁人该做的准备,但并不代表就会和这个显然带着醉意的男人做这种事。

在军营里,若无特殊场合,平日是禁酒的,但也防不住有人暗中犯禁偷偷饮酒。对喝醉了的男人能丑态毕露到什么地步、做出什么样的反常举止,她再清楚不过。

他们没有一个醒来是不懊悔的。

姜含元将人从自己身上推开,打算把地方让给他。她正要下床,他却在她身后探足一钩。她足下失衡,被绊得摔在了枕上。他低低地笑了一声,似从中得了些趣味，紧跟着伸出一双手，又从后紧紧地攥住了她的腰，意欲将她带回。

"别走！"他的声音竟似带了几分愉悦。

姜含元顺手屈肘反击，手肘落在了他胸腹的部位。

他被迫撒了手。

她这一下是留了情的，不过几分力道罢了。摆脱纠缠，她再要下床，不料他竟没完没了，一言不发地再次扑了过来，将她扑倒。

姜含元面朝下地贴在床上，腰背被他用膝压实，顿时也恼了。她岂会让这醉汉如意？她扭腰发力，便将上身翻了过去。他压不住她，从她身上下去了。

姜含元得了自由，理了理被他拽乱的衣裳，下榻，径自去了。然而，她才走到帷帐前，身后竟又传来一道似咬牙切齿的低低喝声："今晚你休想走！"

两次失手，那男子被激出了狠劲，翻身下榻，赤脚落地，宛如猛虎扑猎物般，扑向前方的人。姜含元被他扑中，和他一起摔在地上，又被他抱住，随惯性滚了两圈，恰卷住了帷帐。

头顶响起清脆的裂帛声，帷帐竟被撕裂了，铺天盖地，如雪似雾，当头倾泻而下，将两人埋在了下面。她还被他无赖似的紧紧抱着。

她有很多法子可以脱身，却不能伤到他——一个醉酒的人。两人正纠缠着，忽然有一团什么东西自头顶落下，恰将他们罩住，眼前变成了黑暗。

他慢慢地停了下来，她也停了下来。在带了一缕淡淡尘埃味道的空气里，两人都在喘息。那喘息声在黑暗中听起来分外清楚。

就这样，他们在黑暗中静止了片刻。忽然，他伸臂将她抱住。

当男人的指掌如鱼般游到她的后背上时，指尖的触感令他迟疑了一下。他顿了一顿，仿佛试探一般，沿着触碰到的肌肤一路慢慢往下，片刻后，他的动作缓了，最后，彻底地停了下来。

姜含元从他的臂弯间挣脱，掀掉了自上而落埋住他和自己的帐幔，重获光亮。经过方才那一番撕扯纠缠，此刻的她早已长发蓬乱，衣衫不整。他的双目紧紧地盯着她，喉结再次微微地动了一下。

她坐了起来，跪地，神色淡然，在对面的人的注视之下，自己慢慢地褪了衣衫，接着转身，将整片后背毫无遮挡地展露在了他的眼前。

方才令他停下的，便是她背上的这一道旧伤，长而深，从一侧肩胛的位置延伸到了腰下。它看着应是有些年头的旧伤了，但此刻入目，依然如此狰狞，令人恐惧。透过这道旧伤，仿佛能看到她的背部当日皮肉翻绽的恐怖模样。

身后的人没有半点儿声息，姜含元拉回衣裳盖到肩上，再转回身，对着面前这个已然定住了的男人说道："看清楚了吗？殿下，成婚那夜我便和你说过的。如何？殿下现在还想要和我试吗？"

他没有出声，依然一言不发地看着她，似走了神。姜含元笑了笑，掩好衣襟，系上衣带，从地上站了起来。

"殿下休息吧。"她说完，迈步转身要走。

束慎徽看着她的背影。他也看到了她方才投向他的眼神，还有她的那一笑。她什么都没说，但那种仿佛一切都已了然于心的神色显露无遗。

他想，今夜他或许真的有些醉了，在因看到她的身子而感到意外之余，又看到她向自己露出如此神情的时候，也不知怎的，那一刻，他的脑海里冒出来的，竟然是当日贤王向他提及的那个和尚。

虽然他未曾见过那和尚，但既能做她的面首，那和尚想必是年轻俊美的，或还能奉承得她极是称心。

他的眼中有暗光闪动，他猛地一跃而起，再次向她扑了过去，抱住她，带着她再次双双跌落在了地上的那一团帐幔之上。

姜含元吃惊，挣扎了一下，怒道："还不放开？"

她莫非以为，给他看见了如此伤痕，他便会惊惧嫌恶不成？

"和尚不怕，我怕什么？"他冷哼了一声。

"你说什么？"姜含元跌落时脸埋进了帐幔里，一时没听清他的话。

"没什么。今夜这房，我是圆定了！"他盯着她，一字一顿地说道。

这人莫非真的醉得失心疯了？姜含元几乎可以预见，倘若自己不加以阻止，等他酒醒之后会发生什么。

醉了酒的他力道也是极大，竟将她从地上抱了起来，朝床榻走去。她将他抱住自己的一臂反扣——他吃痛地"嗞"了一声，随即手臂垂落，松开了她。她得以双足落地，但他的另一臂还是不放开她。

姜含元实在是被纠缠得恼火，发了狠，一脚蹬出去，踹在了他的胸口上。

伴着"咚"的一声闷响,他往后跌去,背撞在了身后床柱的一角上。

这张紫檀木打造的结实大床微微地抖了几抖,床柱"咔啦啦"地作响,香囊袋下坠饰着的几只小金环相互磕碰,发出轻微的"叮当"之声。

他闷哼了一声,面露痛苦之色,微微弯下腰去。

姜含元知道自己这一脚的力道不轻,但也绝不至于让他受伤。终于再次脱身,她道:"殿下,你醉得不轻!你躺上去吧,我叫人给你送醒酒汤!"

她说完就走,快出内室的时候,身后忽然传来一个声音:"姜氏!"

那声音里似乎带着几分恼意。

姜含元停步,转过头,见他已站了起来,神色颇是难看。

"你我大婚之夜,我分明见你浑不在意,为何今夜反倒如此扭捏?你我成婚也有些天了,我自问并无对不住你的地方,你诚意何在?"他冷冷地说道。

姜含元一怔。

"你道我醉酒?我告诉你,我没有醉!"

她定住了。

他起先也那样立着,看着她,片刻后,慢慢地迈步朝她走了过去。她立在原地,一动不动,看着他一步步地向自己走来,最后来到她面前,朝她伸臂过来。她既未闪避,也不迎合。他一把将她打横抱起,随即转身,将她送回那张床榻之上,放了下来。

姜含元仰面而卧,头落于枕上。

经过方才那样一番和他的纠缠,她的发髻早已散了,胡乱堆在枕上,黑压压一片。他跟着上了榻,单膝跪在她的身旁,盯着她的眼,探出一只手,缓缓地伸向她腰间又被系回在衫子上的衣带。

这时,姜含元仿佛才醒了过来。他确实没有醉,她信了。

醉酒的人眼里,没有像他这样冷静却仿佛带着几分侵略性的兴奋的目光。

虽然她不知道为何他今夜一定要和自己圆房,但这次是真的了。他要,在今夜此刻。

就在他的手快要碰到她的衣裳的时候,她抬起手想要自己解衣带。可她才动了一下,那只手就被他攥住拿开了。

"无须你,我自己来!"他一字一顿地说道。

他依然那样盯着她的眼，手指落到了她的衣带上，缓缓地、一寸寸地扯散了它，最后彻底地将它抽了出来。她的衣襟散开了，他的视线从她方才被衣物遮掩了的身体上扫过，接着，如大婚那夜，他覆上了她。

他的身体越来越热，灼着她的肌肤，她的肌肤却始终微凉。他忽然遇到了极大的险阻，竟是难以前行，热汗渐渐从他的额头和后背沁出。这一刻，他或也暗暗地希望她能有所反应，接纳他的前行，可她在他身下一动也没动过，如睡了过去。

这实在叫他败兴。他甚至想就此作罢——如此有何趣味？但心底里想要占有她——这个他娶的王妃——的冲动和欲望，到底还是蛊惑着他，最后压过了别的一切。

他不知最后的一刻她是什么感觉、什么想法，难道也是无知无觉宛如木雕，半分反应也无？他甚至有些想看看她的脸，看她是否依旧冷淡如水，但又实在是无法顾及别的了。几乎是在完全没有准备的时候，他忽然就仿佛经历了一场骤雨，又急又快。

当这阵狂风和骤雨过去，引起的余波也缓缓消失，他才意识到，这一次和她的亲密接触，其实并不比新婚夜的那回体面多少。

他闭目，脸埋于她的发间——连她的发丝也是冰凉的。他大口地喘着气，待到喘息渐平，一股巨大的疲惫丧气之感便取代了之前的所有感情，朝他袭来。他无比懊恼，又无比后悔。他有些后悔自己片刻前做下的事，但又隐隐觉得，自己应该可以再来一次。

他仿佛是想极力向她证明些什么。他知道自己如此的念头十分可笑，却控制不住，禁不住就是如此想。

最后他睁了眼，看向身下的人。她依然闭着眼，竟然还是那样，犹如睡了过去。他看着她一成不变的样子，眼中渐渐地泛出了一缕阴郁。视线落到她同样紧紧闭着的唇上，他顿了一顿，鬼使神差一般，抬手捧住了她的脸，低下头便亲了上去。

姜含元睁开眼，一下子转过脸，挣开了他的亲吻。她终于有了反应，不再是那样一副随他如何的模样了。

他继续追逐她的唇，她再避，他再追。如此反复了几次，她看着他的眼睛，开了口："殿下！实在无须如此，我不喜这个！"

难道你便喜欢方才那个？他在心里冷冷地想着。

这一刻，他的喘息依然没有完全平复，他望着枕上女子那双冷淡得仿佛永远不会有感情的眼睛，又吻了上去，执意追逐她的舌。

这一次终于叫他得逞。片刻后，他尝到了一丝血的腥甜味道。他一顿，松开了她。

两人纠缠之间，唇齿相啮，竟是她的唇被咬破了，血缓缓地染在了她的唇上。她的一双眼睛黑黝黝的，衬得唇上的红摄人心魄，艳丽得如那日他替她在眉心点上的朱砂。

她终于和他一样喘息起来，气息急促，甚至连面颊也泛出了一层淡淡的红晕。

"殿下！你若要再试，试便可，几回都行！但我说了，我不喜这个！"

他仿佛被什么敲打了一下，彻底地醒了酒似的，停了。他看了她片刻，身体也如遇冰的灼热岩石，渐渐地冷却下去。忽然，他丢下她，起了身，下了地，开始穿衣。

"罢了。你在这里过吧，我不扰你了。等我事毕，带你见过我母亲，你回雁门便是。"

他背对着她说了这一句话，说完，没有回头，大步走了出去。

第四章　悬崖死斗

　　直到第二天的早上，陈伦和永泰公主方知摄政王昨夜已回了城。

　　庄氏说道："今早逢五日大议，摄政王已积下两天的事，不想再耽误大议，叫我传他的话，说公主和驸马继续在此消遣，他先回了。"

　　这两年摄政王理政的勤勉程度，朝廷上下皆知，陈伦听了并无任何怀疑。公主也没多想，只叹气，怕姜含元不悦，又在她面前替皇弟开脱了几句，白天便继续拉着她外出游玩。

　　这日，几人去了一处几十里外的湖泊泛舟，尽兴而归，本来说好明天再一道出去射猎，谁知傍晚，陈伦收到了一个口信，摄政王让他即刻回去面见。

　　虽然还不知道是什么事，但这样提早将自己召回，陈伦预感应该不是小事，不敢怠慢，便立刻动身了。永泰公主见姜含元一个人，知自己那弟弟忙起来没个头，所以没立刻走，打算留下来继续陪她几天。

　　陈伦一路快马疾驰，在当晚亥时入了城，直接进宫。摄政王在文林阁里等着他。

　　"臣来迟，摄政王恕罪！"陈伦匆匆入内拜见。

　　"许了你的假，却今日便将你召回，勿怪。"摄政王神色中带了几分歉意。

　　"不敢，此为臣之本分。敢问出了何事？"

束慎徽将卷宗推到他面前，陈伦接过，很快浏览完毕，神色微微一凝。

摄政王于大婚日遇刺，接着，长安城内便进行了仔细的大规模排查。后来虽未查出什么可疑情况，明处的人员撤了，但在一些鱼龙混杂、最容易出状况的地方，譬如旅邸、客舍，尤其是那些住了诸多商旅等流动人员的地方，他们非但没有放松警惕，反而暗中加派了人手。

这件事便是由陈伦负责的。就在今天，他的一名手下查到了一件可疑的事。

在城西延光门附近的一间客舍里，有一伙来自北方州郡的商旅，总共七八人，表面是贩卖皮货等物，一路行经的州县的过所也都齐备，并非造假。这伙人在人口百万的长安城里，实在渺小犹如微尘，所以一开始并未引人注意，但时日长了进出有异，便引起了天门司暗哨的注意，命那客舍掌柜暗中留意着些。

昨夜，掌柜起夜去上茅房，经过这伙人住的大通铺的房前时，听到房里传出了一句异国语言。掌柜发出的声音一起，里头的人似乎有所觉察，立刻噤声，接着，有人开窗探出头，察看外面。这掌柜早年恰好去过北郡，听出那是北狄人的话，那人似乎在咒骂睡觉的地方有跳蚤。因如今两国为敌，他先前又得过天门司暗哨的命令，怕出事担责，心惊肉跳，今天一早便偷偷跑去将此事报告给了暗哨。

因陈伦不在，消息便直接递到了摄政王的手上。

"此事不宜教更多人知晓。我已派人监视那一伙人，后面的事你来盯，看这伙人目的为何，是否还有同伙，务必一网打尽。"

陈伦应"是"，与摄政王商议了些具体的安排，随即匆匆出宫。

陈伦盯了几日，发觉那伙商旅似要结束行程，陆续出城，便当机立断，带人围捕。果然，那伙人全是身怀武功的武夫，极是凶悍，见官兵出现，负隅顽抗。陈伦准备周全，岂会失手？虽伤了几名手下，但将那伙人全部抓获。

一番严刑拷打后，当中有一人终于受不住酷刑，吐露自己这一行人是狄国六王子南王炽舒的手下，几个月前随他潜入魏国，来到了长安。炽舒入长安后没有和他们住在一起，至于他落脚何处，他们也不清楚。他们的任务便是待命，但不知道为什么，一直没有消息传来。直到几天前他们才收到命令，让他们结束此行。

陈伦惊骇不已，没想到最后竟会牵出如此重大的事件，顾不得已是凌晨，连夜赶入宫中，求见摄政王。

束慎徽刚睡下不久，闻讯起身见陈伦。听完汇报，他问道："知道炽舒为何冒险潜入长安吗？"

"据那人的说法，炽舒颇受狄国皇帝的器重，大有继位希望。但他行六，上头那些王子也是各有实力，想要脱颖而出，必须做出一番大事。这也是他坐镇燕幽开南王府的初衷。"

束慎徽颔首："狄国皇位，惯常以能者居之。关于此人，我早前也有过消息，据说他性情桀骜，极是自负。他既开南王府，目的不言而喻。他是为了日后争功，亲自刺探长安，衡量长短，倒也是个有胆色的。"

陈伦问："城内是否立刻封城，排查抓捕？"

束慎徽沉默了片刻，摇头道："长安城内便罢了。这些人既奉命出城离去了，他不可能还留在城中，此刻必然早已出城。我叫兰荣配合你，派人在通往北方数州的道口设卡，看是否有所收获。只是我估计，他应当会走野道，这便如同大海捞针了……"他说着，语速忽然慢了下来，最后停住。

陈伦等了片刻，没听到他再开口，正要提醒，突然听他道："王妃那边……你先不用管别的了，我来安排。你即刻出城去仙泉宫，先将王妃接回来。"

陈伦一怔。

"速去！"

束慎徽虽然不知道炽舒现在何处，但既知道了这样的事，还放王妃一个人在离宫，这不免是个风险。炽舒连潜入长安这样的事都敢做，若是探到女将军王妃独自居于离宫……

陈伦一凛，顿时连心都悬了起来，立刻出宫出城，连夜赶往仙泉宫。他的妻子永泰公主陪王妃在那边住了几天，昨日刚回，想来目前应该无事。

他是五更时分到的离宫，庄氏还在睡梦里。她被惊醒，不知出了何事，急忙起身穿衣出去见他。

"劳烦庄嬷嬷，可否请王妃起身，我有事要禀。"陈伦怕惊吓到人，只用寻常的语气说道。

庄氏道:"实在不巧,前日公主回城后,王妃昨日一早便自己出行,说若晚上未归,便是宿在野外,叫我不用担心。她昨晚未归。"

"带了几个人?"陈伦忽地心一紧,追问。

"王妃带了两名侍卫。怎么了?可是出了什么事?"

虽然陈伦未透露半句内情,但庄氏还是感觉到了一些异样,有些紧张。

陈伦安慰了她几句,说无大事,又道王妃若是回来,马上送消息回城。他叮嘱完,片刻也没停留,又马不停蹄地赶往城中。

束慎徽是在早朝朝议结束之后获悉这个消息的。陈伦回宫的时候,他正在和几个大臣议事。陈伦等到人终于走了,上前禀了自己得来的消息。束慎徽站在文林阁的南窗之前,回过头。

"你叫刘向立刻带上人,务必将王妃找到,接回来!尽快!"他吩咐道。

姜含元是昨天一早出发的,独自漫无目的地在广袤的原野上纵马驰骋。

永泰公主对她很好,她也喜欢永泰公主,感激永泰公主对自己的好。但她天生注定孤寡——公主的善意和热情反而令她有些手足无措。后来随着两人渐熟,她这种感觉确实淡了下去,却始终没法完全消除。

她从小就不爱说话,也不擅长和军营之外的一切人打交道。她不知道自己应当如何表现,才能配得上旁人对她的好。那夜她婉拒了和永泰公主一道泡温泉,原因无他,只是不想让永泰公主看到自己后背上的那道伤疤,怕吓到了永泰公主。

现在,她一个人迎着大风,纵马驰骋,想找回在西陲边塞的感觉。

那个时候,因被军务和操练几乎占去了所有的时间和精力,她每天想的只有军营里的事。那样固然没有快乐的感觉,不过,她也不需要。她习惯并且愿意去过那种单调的、日复一日的生活——那令她有安全感,是她可以完全掌控的,而不是现在这样让她感到憋闷,时不时情绪低落,她竟然无法控制。

她离开雁门才几个月而已。

那夜过后,她的心里似堵了一块石头,堵得她难受无比。前几天在永泰公主面前,她极力做出若无其事的样子,如今只想将心里的情绪释放出去。

她独自在旷野里纵马一日,却寻不回往昔的心情。天将傍晚了,这是一个晴朗的黄昏，夕阳落在原野前方的山头之上。她停马，向着夕阳凝望了片刻，忽然想起了许多年前邂逅那少年的黄昏，还有那个这辈子看过的最美的霜晓。

宿营的那个夜晚，当陈伦和他猝不及防地提到那一天的时候，她就知他必定早已忘了。她也是，不是吗？那块被他赠给当年他口中的"小娃娃"的玉佩，被她压在箱底，多年没有重见天日了。

这桩婚姻于她而言，最理想的状态是有名无实，待将来某天，当他不再需要她，他们平静地回归各自原本的生活。他可以爱他所爱，她可以回到军营，继续守护边境，也可以去云落城，去听无生诵经——如果那时候，无生还在那里的话。她可以平静地过完这一生，如果最后没有死在战场上。

如果婚姻不能有名无实，她也可以和他做真正的夫妻，但也仅此而已。经营所谓的感情，不是这桩婚事必须做的事，她更不想——是真的不想——和他发生任何除了必要之外的接触。

譬如，那一盘她原本也觉得味道很好的鸭脯。

又譬如，那一个需要彼此口舌相缠的亲吻。

明知是权宜之计，又何必假戏真做？那也不是她所擅长的。她更害怕如果有一天自己把假戏当成了真，不再是姜含元了，而他，依旧是那个忘记了他们的邂逅的摄政王，那么，不再是姜含元的那个她，归宿又在何方？

"王妃！王妃！"

那两名被她甩在身后的侍卫终于追了上来，看见她面朝夕阳的身影，高声大喊，最后停在她身后，询问她是否可以回去了。

姜含元再次望了一眼夕阳。这时，她的眼前忽然闪过一道熟悉的鹿影，竟然是几天前他们费了极大力气想要猎的那只公鹿！它的一只角有个缺口，姜含元记得十分清楚。她想也没想，摸了摸弓箭，掉转马头，毫不犹豫地追了上去。

一夜过去，第二天，她继续追寻公鹿的脚印和踪影，两次再遇，又失之交臂。第三天，在她接连露宿两个夜晚之后，幸运终于眷顾了她。

傍晚，她在一座山岗侧旁，再次发现了公鹿的身影。

它已被她紧紧追逐了三天，此刻显得有些疲惫，再没了起初的矫健和雄姿。它站在山岗上，垂下生了一对骄傲鹿角的头颅。突然，它看到她再次纵马现身靠近，顿时弹跳而起，飞快地纵跃奔逃，就像前两天里曾做过的那样。

但是这一次，姜含元没有再给它机会。她稳稳地坐在依旧快速驰骋的马上，拉满了弓，用箭镞瞄准前方那正在逃窜的鹿，倏然放箭。

她的羽箭朝着公鹿疾射而去，不偏不倚地命中它的脖颈。公鹿的两只前蹄打了个趔趄，它跪倒在地，身躯歪在了地上，接着四蹄朝天，一动不动了。然而片刻后，这生灵竟又突然活了过来，飞快地从地上爬起来，扭头好似看了她一眼，随即撒开蹄子就跑。地上，只剩下一支被折下了箭镞的空箭杆。

姜含元停马，望着公鹿奔窜而去的身影笑了起来，这些天来胸中的郁闷之气忽然一扫而光！

鹿，射到了，她的游猎，也可以结束了。

她放下弓箭，转头辨认方向，想去和那两名侍卫会合，忽然，微微一顿。

注意力从那只被追逐了三天的公鹿上移开的这一刻，她敏锐地觉察到自己身后不远处似乎有人——不是侍卫，是陌生人。

起先，她没有动，仿佛丝毫未觉，松了弓的手却又慢慢地握紧，做着可以在转身瞬间以最快速度发箭的准备。

她准备好了。这时，忽然自她身后随风传来了两下拊掌之声。

"心性坚忍，骑射超凡，又不失仁爱之心。久仰长宁将军之名，今日方得一见，果然名不虚传！"

她慢慢地转过头，只见身后几十步外的山岗之后，有一个人骑马现身，朝她靠了过来。

这是一个年纪和束慎徽差不多的青年男子，身着灰衣皂靴，看上去仿佛寻常的赶路之人，但是，那如鹰的目光、昂藏的身躯，教人无论如何也不敢生出轻视之心。

这不是一个寻常人。

姜含元看着对方朝自己而来，越来越近，最后停在了她的马前，和她相距不过七八步。

"你是何人？"她问。

那青年笑道："我久闻你的大名，早就想认识你了，奈何从前一直没有机会，今日终于得见，也算有幸。寒舍虽说局促，但一待客之所还是有的，早为长宁将军备了尊席。此番我迢迢而来,有幸得遇将军,索性便请将军随我入府做客。将军意下如何?"

姜含元看了他片刻,冷不防地道:"你是狄国人?"

青年脸上的笑意消失了。他显然一怔,随即打了个哈哈:"既被你看出,认了也就是了。你怎么知道的?"

"你外貌和魏人无二,也说一口官话,伪装得不错,只是忘了遮你的耳洞——我大魏男子,无人会佩耳环。观你容貌也非西域来人,剩下的也就只有外貌肖似魏人而风俗迥异的狄人了。"

那青年下意识地抬手摸了摸自己的耳垂,"哈哈"大笑:"是极!我竟疏忽了!你连这都留意到了,不愧是夺走了青木塞的人!"

"你到底是谁?"姜含元看着对面之人,心里已经有了猜测。

果然,对面那人收起笑意,面露傲然之色,道:"既被你看出,说了也无妨,小王便是大狄朝的六王子——南王炽舒。"

对面之人尚未开口时,姜含元已想到了炽舒。

三年前青木塞重归大魏之后,这个狄国的六王子便以南王之号开府幽燕。其间,两国围绕青木塞进行过几次战斗,无一例外都是狄国发起,规模却又不大。姜含元判断这是对方的试探和摸底,所以也没用力,每回都让部下领战,但毫无疑问,那几场冲突必定是出自炽舒之令。

作为在最前线直接面对两军冲突的军事指挥官,姜含元自然也对这个敌首进行过刺探。据她所知,炽舒年纪不大,从小跟随狄国朝廷里的汉人博士学习文化,能说一口流利的中原官话,性格自负,武力过人,敢于冒险。他父亲统一各部期间,有回落入敌对部落设的陷阱,被四面包围。危难之际,他与父亲换马,伪装旗帜,以自己吸引敌人,血战突围,这才令其父死里逃生。如此胆色,兼具勇猛,故而自那次后,他开始在众多王子中崭露头角,获得关注。

她会刺探敌情,对方自然也会。面前的这个人,年纪、性情,还有那种睥睨的姿态,无不与炽舒相符,而她从他的言语判断,他对自己似也了如指掌。在有身份和地位的狄人当中,除了炽舒,她想不出还有谁能有如此特征。

但她想不到的是,这个狄国的六王子竟狂妄到如此地步,胆敢潜入长安。

此刻，他既然敢如此现身在她面前，就绝不可能只是孤身一人。

"你便是炽舒？我知道你。你潜入长安，意欲何为？"

她一面继续和他对话，一面极快地观察周围。果然，不远处的一座矮丘之后，有人露头于丘顶之上，正窥伺着这边，总共十来人。

姜含元不敢有任何的轻视。以她的判断，若自己和炽舒搏命，胜负各半，但如果再加上对方的十来个手下，她想要靠武力脱身，并不现实。炽舒既敢深入敌境，身边所带之人必是好手当中的好手。

对面，炽舒也留意到她在观察他留于身后的手下。他看着她，唇边露出一丝笑意："姜将军——姜含元！我更知道你。你既是魏国将军，我便不拿你以寻常女子对待，更不欲折辱于你。但我告诉你，你今天没有机会了。你不如投降，随我回去，我定保你性命无忧，荣华富贵，如何？"

他的言语听着很是客气，语气里的傲慢却显露无遗。姜含元没有说话。

"除了我，我那些手下也非泛泛之辈，皆是我麾下的骁勇之士，身经百战。你莫非以为今天还能脱身？你年轻貌美，又天生将才，何必做这劳什子的魏国摄政王妃？我告诉你，这长安之地将来也必是我大狄朝的囊中之物！待我继位，你做我大狄朝的将军，有何不同？"

姜含元依旧一言不发，心中已有计划。

炽舒见她始终不予回应，颔首道："好。我早就想看看你到底有何本事，今日此处虽非战场，但能如此和你较量，也是难得！"

他打了个呼哨，那十几名停在丘后的人便纵马而出来到近前，一字排开，整齐地列队在他身后。

"姜含元，我也不欲以多攻少，免得授人口实，何况你是女子。"

他抬手做了个手势，身后便出来一名眼神阴冷的鹰鼻武士，一看就是头悬锋镝之辈，绝非善类。

姜含元看着对方抽刀驱马逼近，保持着单手控马的姿势没有动。直到对方距她一个马头的距离，对她举刀的时候，她突然双足一蹬，腾空而起，朝着对方扑去，随后双臂一绞，一下子就将对方从马背之上掀了下去，跟着自己双足落地。

她知道，这种时候，校场上的招式全都没有用武之地，唯有将此处当作战场，以命拼杀。

鹰鼻武士一上阵就落马，自觉在主人和同伴面前丢脸，眼中凶光大盛，从地上翻滚起身，再次挥刀朝姜含元削去。他这次出手又快又重，迅如闪电，刀锋带风，用了要将她的头给一刀砍下的猛力。

炽舒在旁见状，目光一动，心中暗怪其鲁莽。

这个魏国的女将军——姜祖望之女兼摄政王之妃，若能将其拿到手，他这一趟南下之行则可谓有巨大的意外收获了。

他正要出手阻拦，却见姜含元一个侧身，竟堪堪避开攻击，刀锋擦着她的头顶而过，削下了一绺发丝。

趁着对手的刀势没有结束，姜含元紧跟着探臂攥住了对方拿刀的手臂，猛地一拽，使他的身体歪过来，仰倒在了地上，自己也被巨大的体重带得扑地。就在扑地的瞬间，她弯腰从自己的靴筒里抽出匕首，手起刀落，顺手一刀捅进了对方的下腹。

那人却狠勇异常，惨呼之余竟还能猛地挺身，欲要回击。然而姜含元没给他任何机会，拔出匕首，又如猛虎般扑上，再一刀扎入了他的心口，又刺又绞。那武士血如泉涌，再也撑不住，歪在地上抽搐了几下，气绝身亡。

从姜含元飞身扑人下地到两刀刺死对手，不过就是几个呼吸之间的事。

炽舒和被杀武士的同伴皆愣了一愣，才反应过来。炽舒再次望向姜含元，眼神已和方才截然不同了。

这个被他派去擒人的手下跟了他多年，杀人如麻，是他手下的十勇士之一，不料一上去就如此死在姜含元刀下，这实是叫他始料未及。

这一刻，他终于相信了，这个扬名青木原的魏国女将军确实是个杀人不眨眼的女罗刹，而他第一眼看到她时却得出了错误印象，竟对她有所怜惜。

对付这样不容小觑的敌手，他不能再有任何马虎，更不必顾忌什么以多攻少、胜之不武，将她抓住带走就是唯一目的。

他眯了下眼，再次做了个手势。这回不再是单人进攻，剩下的十来人全部朝她围了上去。

姜含元迅速地退到了自己的坐骑之侧。炽舒以为她要上马逃脱，笃定这是不可能的，倒也不急，却没想到她利用马身的遮挡，从马鞍一侧悬着的一只皮袋里取了一样东西。

姜含元突然喝道:"炽舒!"

炽舒循声望去,只见一条灵蛇一样的套索正朝自己当头而来,眨眼间便落下套在了自己的身上,随即一紧。

这是一种狩猎时用于套困大型野兽或是马场用于套困烈马的套圈绳索。他没有想到,自己竟成了被套的目标,待要拔出腰刀削断绳索,却已迟了一步。

那头,姜含元已将绳索一头扣在马鞍之上,一拉套索,将套索收得紧紧的,套死在炽舒身上,接着用刀柄重重地捶击马臀。马匹吃痛受惊,撒开蹄子朝前狂奔,炽舒当场被拽倒在地,完全无法挣脱,转眼便被惊马拖出了数丈。他的十几名手下被这变故惊呆,待反应过来,顾不上姜含元,纷纷上马追去救主。

她这法子只能暂时解围,等炽舒被救,以此人性情,定不会就此罢休。

姜含元环顾四周。夕阳沉沉,天快黑了。她上了炽舒留在原地的坐骑,立刻催马朝着侧方的山林疾驰而去。

确实如她所料,炽舒临危不乱,身手也是了得,被马拖了一阵子后,便自己稳住身体,豁出去以背擦地,终于挣扎着拔出了还在身上的短刀,一刀割断绳索,这才脱离了险境。

他背上的衣衫已被磨烂,碎裂的衣服下皮开肉绽,火辣辣地痛。他躺在地上喘着气,狼狈不堪。手下人终于追了上来,惊慌请罪,将他搀扶起来,又要查看处置他后背上的伤。他阴沉着脸,一把挥开朝自己伸来的手,只接了一件衣裳套在身上。

天色越来越暗,众人不敢发话。当中有个名叫奴干的武士头领迟疑了一下,终于道:"南王,人必已逃走,咱们是否可以尽快上路了?"

猎取大魏的女将军王妃,本就是一次临时起意的行动,能成最好,即便不成,也不算损失,因他们原本就没想到会有如此一个机会。他们现在最主要的目的,是尽快安全地离开长安地界,回到燕幽。

那拨城里的手下这几天没有如约出来,还失了联系,十有八九是被抓了。此刻,魏国官兵说不定正在到处搜捕他们。

炽舒双目盯着前方。

暮色笼罩下，前方山林阴影重重，归鸟的点点黑影在林间山顶盘旋，发出阵阵聒噪之声。

"追！把人抓住！"他咬紧了牙根，下令道。

就在不久之前，姜含元还是一个不达目的不罢休的猎手，追逐着她的猎物，锲而不舍，乐在其中，不过短短的工夫，便成了被人逐猎的对象。不同的是，自她之手射出的是无头的箭杆，鹿被射倒犹能离去，她就没那么幸运了。

她被炽舒一伙人紧紧咬住，已逃亡了三天三夜，始终无法彻底摆脱追击。她就这样一路奔逃，周遭的山林和水体渐渐看不到人工改造过的痕迹，环境彻底荒凉。她知道自己已出禁苑，进入了完全的野地，周围荒山野林，谷地交错，没有人烟。

炽舒的坐骑携带的囊袋里有少许干粮和肉脯，这是保存体力的基本物资，她不敢全部吃完，将其均匀分配，每天只吃一点儿，其余便靠野果充饥。马蹄印、马匹排泄物，还有马匹一路啃食草木留下的痕迹，都将加大她被追上的风险，因而昨天在又来到一个有着茂林的山麓之后，她弃了马，独自入内。

炽舒和手下在山中又搜索了一个白天。他的手下里有最优秀的能够追踪痕迹的猎人，然而，他们最后只找到了那匹原本属于炽舒的坐骑，而姜含元入山后便彻底消失，再也寻不到任何影踪。

又一个黄昏降临，她就像一只机敏而警觉的猎物，总是给身后的猎人以希望，但等他们追到了近前，又发现那是个错觉。

已经整整三天三夜了。

奴干回望自己身后的来路，只见荒野和谷地静静地卧于血般的夕阳里，风吹草低，不见半个人影。心中的忐忑不安之感越发浓了，他忍不住再次开口，小心翼翼地劝道："南王，天又要黑了，这个魏国女人擅长隐避，我们明天也未必能找到她，她又身份高贵，几天不回，魏人不会不管，我怕后头人已是追上来了。再耽搁下去，万一我们自己被发现，就得不偿失了，不如罢了，趁夜上路，早日归去为好。"

大狄朝从从前的晋国手中夺了大片土地，并附带人口，但在雄心勃勃的六王子看来，这只是一个开始，他的目标是南下吞魏，令汉人俯首称臣。他早就想亲自潜入魏国一趟，近距离察看魏国的地理风物，以及那位如今实际执掌魏国朝廷的摄政王。去年年底，他获悉魏国雁门守将姜祖望将自己的将军女儿嫁于摄政王联姻后，趁此机会成行，一行人乔装分散秘密入境。

他们现在已露痕迹，在这地方多停留一刻，便多一分危险。

炽舒站在一丛野蒺藜旁，双目死死地盯着对面那片暮色里的山林，忽然道："放火！我不信她还不出来！"

奴干吃了一惊："不可！这太危险了，万一火势引来魏人——"

炽舒冷冷地道："只要能逼她现身，你们这么多人，难道还抓她不住？莫说还有我在！她价值之重，值得去冒任何的险！"

他转头看了一眼身后，哼了一声："荒山野地，莫说魏人未必就能跟上，即便他们真在后头了，我们得手马上就走，走野道，迂回往北，他们便是三头六臂也休想追上。何况，我们手里还有她！"

他言语果断，带着丝毫不容置喙的口气。

奴干和其余一干人都知他平日说一不二，听他如此发话，便不敢再议，又觉他说得也有一定道理，相互看了几眼，照他的话行事。他们最后选定了一个便于围堵的下山口，左右皆为单道，前方不远处则是一座山崖，下面就是深谷。

他们身上都带了火折子，选好了口子，便四散分开，沿山麓点着了其余方向易燃的荒草和蒺藜。火随风势"呼啦啦"地沿着山壁草木往上卷燃，很快，越烧越旺，火势骇人。

姜含元正藏身在半山腰处。她找到了一个相对安全隐秘的地方，只等落日完全下山，今夜便算可以休息了。

她急需好好休息。炽舒一行人宛如鬣犳，闻到血的味道便紧追不舍。过去的三个夜晚，她便是在休息时也保持着极度紧张的精神——附近任何一点儿风吹草动都会令她睁开眼睛。今天白天，他们追得更近了，有几次她甚至能听到随风飘来的说话声，更是不敢有丝毫松懈。现在她稍稍放松下来，就感到疲乏和饥饿之感涌向了她。

干粮在昨晚就被吃完了，今天整个白天，她只吃了路上看到的几个野果，现在身上只剩最后一条马肉干。

她饥肠辘辘，坐在今晚预备用来过夜的山壁凹陷之处，摸出肉干啃了几口。她舍不得吃完，也不敢吃完，不知道炽舒还要追自己多久才会放弃，这是接下来的最后一点儿体力来源。非到不得已之时，她还不想生吃山鼠之类的活物。

她靠在山壁上，闭着眼，一边慢慢咀嚼着粗而硬的马肉干，一边等着天黑。忽然，她听到头顶传来阵阵鸟鸣之声，不同寻常，仿佛山下出了什么大事。她一口咽下食物，将剩下的肉干藏回身上，随即睁开眼，迅速起身察看。

她的脚下，四周卷起了大片的浓烟，在风的助力之下，火舌吞噬着干燥的荆棘和枯木，"唰唰"声中，火焰宛如涨潮一般，正快速地向山上蔓延而来。

姜含元吃了一惊，没想到炽舒为了逼自己现身，竟使出了这样的招数。她望着满山的烟和火，在原地立了片刻，抬手摸出方才藏回的那条马肉干，慢慢地咬了一口。

在她的周围和头顶，无数原本栖在山中的飞禽和走兽被火惊了出来，正纷纷慌乱逃窜。

她吃完全部东西，沿着还没起火的坡，寻着落脚的地方，走了下去。她刚在山麓出现，左右方向便有人现身，堵住她的去路。她停了步，抬目望向前方，对上了北狄六王子炽舒的两道目光。

山火熊熊，渐渐向她方才走下来的山坡合围，很快也将之吞噬。火光投在炽舒的脸上，映得他两只眼睛泛出红色的光，那是一种饥兽终于觅到了心仪猎物般的迫不及待的兴奋目光。

"我要活的！"

他发出一道命令，对她势在必得。除了奴干继续站在他的身旁，其余十一个手下向着姜含元围拢而去。

姜含元迈步，继续朝前。炽舒立在将她困住的包围圈外看着她，脸上露出了一缕似在观望笼中鸟般的饶有兴味的笑意。

他的两个手下挡在了她的身前，拦断她的去路，向她扑去。她停步和那二人搏斗，从她身后又上来了几人，她的后背吃了一肘重击，人向前扑去，倒在了地上。

炽舒唇边的笑意更浓了。

离她最近的那两人也是大喜，一步跟上，正要将人彻底制住，地上的姜含元却突然一个翻身，朝那两人扬臂张开了紧握的双拳，将方才藏在掌中的两捧泥沙全部砸了出去。细泥和沙土扑进那两人的眼睛里，两人大叫一声，停步捂眼，一时无法睁目。

没有片刻的停顿，在剩下的人还没反应过来的时候，姜含元紧接着从地上一跃而起，借着这个空当破出了包围圈，抛下身后之人，一把拔出匕首，径直向着炽舒扑去。

立在炽舒身旁的奴干吃了一惊，没想到凭空竟生变化。

三天前，他见过她用匕首杀死他的同伴的手法，知她用刀极其熟稔，立刻站到了炽舒的身前，随即拔刀，以刀背向她挥砸而去。他在炽舒麾下向来以巨力著称，刀背又极是厚重，这一砸力道之大，不啻泰山压顶。

姜含元以匕挡刀，当场就被震得虎口出血，匕首也没拿住，脱手飞了出去，落在一旁的地上。

奴干一击得手，见她朝向匕首，显然试图拿回，岂会给她第二次握匕的机会，抢上前去便一脚将匕首踢开，却没有想到她竟半途改道，舍了匕首。

其实，姜含元方才之所以用匕首硬生生地扛下对方一刀，宁可被震得虎口出血也不闪避，就是为了拿匕首引开此人的注意力。

机会一出，她毫不停步，径直前冲，再次扑向炽舒。奴干这才明白自己上了她的当，又惊又怒，待要护主，已来不及了。转眼间，这个魏国的女将军便到了炽舒的跟前。

待到奴干回身，剩下的人也纷纷冲来，这个时候，姜含元已和炽舒扭在了一起。

她心里清楚，留给自己的时间短暂，如果不能在几个来回内就制住对方，等他的人全部上来，自己就只能束手就擒。

唯有以死奋击，用性命来拼机会！

炽舒显然还没有从变故里完全回神，受到来自她的近乎玉石俱焚的凶狠攻击，应对被动，不慎之下被她反扭一臂，脸也被压在了地上，一时无法动弹。他咬牙试了几次，左臂却始终被牢牢反扣在背后，扭得死死的，完全无法挣脱。

姜含元的目的是将他击昏作为人质。

他的手下已到近前,留给她的机会不多了。她正要重击他的头部,不料这个时候,炽舒猛地大喝一声,抬头挺胸,奋力一撞,利用身高和体围的优势,竟硬生生地吃下了被扣死臂膀的剧痛,将原本在他身上的姜含元撞翻在地。接着,在姜含元迅速翻身想要起来的时候,他纵身再次将她扑倒,用膝盖压住了她的咽喉。

因为方才强行挣脱束缚带来的剧痛,他的面容依然带着几分扭曲,他一边死死地压着这个魏国女将军的喉咙令她无法反抗,一边回头朝着手下人吼道:"上来,抓住她!"

就在他回头叫人的时候,姜含元猛然抬臂,拔出他头顶发髻里的一支发簪,一下刺在了他的喉咙之上。

簪是普通的铜簪,簪头不似匕首尖锐,但发力之下,足以刺透皮肤。

炽舒突觉喉头一痛,有血流出,身形为之一顿。姜含元立刻脱身,反客为主,一臂扣住他的咽喉,另一手握簪,簪头依旧刺在他的喉头肉里。

"牵马!"她喝道。

这变故突然,奴干和剩下的人都停在了两人周围,既没胆继续上前,也无人前去牵马,全都看向了炽舒。

炽舒咬牙:"你逃不走的!"

"那就试试!今日大不了和南王在此同归于尽,我也不亏!"

巨大的失望和愤怒令炽舒的面容扭曲起来。他发力企图脱身,姜含元毫不犹豫,握簪的手又往下用力一压,血珠子立刻欻欻地从簪头处冒了出来。

"南王当心!"奴干等人见状大惊,纷纷出声大喊。

"我手中的簪头再下去半寸,便是你的气管。六王子,你命金贵,我劝你惜取。你若死了,莫说别的了,你的南王府就将易主。"姜含元气定神闲,淡淡地说道。

山火越烧越旺,熊熊大火染红了附近的天空,也逼得人皮肤发烫,发梢卷起。

炽舒僵在原地,紧紧握拳,目光闪烁不定。奴干等人热汗滚滚,连呼吸也不敢过重,唯恐惊了这位魏国女将军。若她手里的铜簪再入半分,恐怕南王今日真要气绝于此了。他们想寻机会救主，奈何对手是个久经沙场、手上不知染了多少血的老手，何来机会翻盘？

就在双方僵持的时候，突然，众人耳边传来了一阵咆哮之声，声音愤怒，几乎震动山谷。

众人回头，看见山麓的一端竟蹿出一只斑斓猛虎。周围百兽夺路窜逃，这猛虎应当也是受山火逼迫而出，突然撞见了人，闪着两只血红的眼睛，向着这边扑了过来。

奴干等人大惊。猛虎奔速极快，转眼到了近前，离得最近的一人举刀砍去，却被猛虎一掌拍中。利爪划过，惨叫声中，那人胸腹已破，一段肠子流了出来。

"取弓弩射它！"奴干冲着同伴厉声大吼，自己冲了上去，一边避开猛虎的扑撕，一边奋力阻挡它前进，没几下也被那大虫一口咬中手臂，被硬生生撕下了一块皮肉，被迫滚地躲开。

那大虫吼着，继续朝姜含元和炽舒扑去。姜含元也没想到会发生这样的意外，不得已撒手放开了人，闪身避开。

这时，奴干爬了起来，和取来了弓弩的同伴冲到炽舒的身前，迅速列队，朝着猛虎发射弩箭。锋利而强劲的弩箭不停地射向猛虎——连续中了几箭，猛虎这才被逼退，逃离这里。

"我没事！给我追上她！"炽舒这个时候竟还死死地盯着姜含元，从地上一跃而起，厉声吼道。

左右都有炽舒的人，皆手握弓弩，姜含元赤手空拳，又没有人质在手，已不可能再强行突围。她疾步奔到那座山崖之前，停了下来，转过头，见身后的炽舒带着剩下的手下已紧紧追了上来，再一次将她困在了中间。

炽舒喘着气，抬手胡乱抹了一下自己还刺痛的喉头，看了一眼手心中的血，慢慢地抬目，盯着立在崖前的女子。

火光映在她的脸庞之上，熠熠生辉。

"姜含元！今日连上天都在助我，你已无路可走！"他脸上露出了一丝带着快意的狞笑。

姜含元转头，看了一眼身前陡峭的崖壁，毫不犹豫地纵身跃下。

殿下

您最后如何抉择，自有您的缘由，夫妻一场，

我尊重您之所想，也不会阻挡

等到改下南都之后，我会去我十三岁那年曾

让我引路的少年的目的之地，等那少年再来

我希望到了那日，能等到他来

姜舍元

摄政王亲启

"抓住她——"

炽舒大吼一声，纵身扑去，伸手要抓她，却抓了个空。他停在崖头，低头望去，只见那道身影宛如失了控的风筝般沿着陡坡迅速地翻滚、坠落，一转眼，就被崖壁上凸起的岩石遮挡，消失不见了。

炽舒暴怒，口里骂着粗话，拔刀狠狠地砍了几下岩壁，刀刃瞬间锩了，溅出几点火星子。他披头散发，双眼赤红，在崖上走了几个来回，突然发令："给我下去！务必搜到她！活要见人，死要见尸！"

这崖壁虽非完全垂直，但如果不借助绳索攀缘而下，以它的坡度，人根本不可能爬下去，除非如方才那位魏国女将军一样滚落。然而就算他们滚落时不受伤，谁知道下面谷地的情形又是如何？风险太过巨大，安然无恙的可能性太小。

奴干望着炽舒一双血红的眼，心急如焚，不顾自己身上的伤，"扑通"跪下："南王三思！勿再追下去了！再不走，怕要走不脱了！"

他说完，"砰砰"磕头，身旁几名手下也纷纷下跪恳求。

炽舒喘着粗气在原地站了片刻，再次望了一眼下面的悬崖，眼皮跳了几下，终于咬牙道："走！"

奴干松了口气，立刻从地上爬起来，迅速集合人马，又将那名被猛虎抓伤显然已带不走的同伴一刀杀死，免得他被抓而泄露行踪。处置完后，一行人正要离开，耳边忽然传入了一阵狂烈的犬吠之声，再听，仿佛有大队人马正在朝他们靠近。恐怕是方才此处风声火声过大，将其他声音掩盖了过去，以致他们没有觉察这些人马。

一名骑马走在最前的同伴突然仿佛被什么钉住了似的，僵硬地挺身坐在马背上一动不动，几个呼吸过后，直挺挺地往后仰倒，"砰"的一声从马背上栽了下去——他心口的位置上，深深地插着一支不知从何处射来的箭。

奴干抬头望去，只见对面山麓的方向，足有几十只精壮细犬狂吠着，在驭奴的驱使下奔冲在侧旁。山路上，一队人马正疾驰而来，转眼就到了近前。山火映照着当中那人冷肃的面容。奴干认了出来——虽只远远地在人群当中暗暗地窥过一眼，但这张面容，他是无论如何也不会看错的。

那正是魏国当今的摄政王——祁王束慎徽！

他脸色大变，回头狂呼："护着少主，快走！"

奴干吼完，转身向炽舒狂奔而去，然而才奔出两步，一名伴驾于摄政王身侧的武官模样的人再次挽弓，向他发箭。

又一箭离弦而出，迅捷如电，数十丈远也不过一个眨眼，瞬间而至。

"噗"的一下，锋利的箭镞钉入了他左腿的腘窝，贯穿而出。奴干扑跌在地，挣扎了几下，竟又立刻从地上爬起，一刀砍断了箭杆，拖着伤腿冲回到炽舒的身旁。

这接连发箭射倒两人的武官，便是禁军将军刘向。

那日，他奉命入禁苑接王妃，带了人分头到处去找，走遍了她可能去的地方，却始终不见人影。就在焦急之时，他收到了那两名随王妃出行的侍卫的消息。

侍卫是在纵马狂奔折返的半道上与刘向派出的人相遇的，说王妃为了狩到一只鹿越追越远，因她坐骑剽悍，逐鹿之时竟将他二人丢在了身后，等到他们一路追寻，已彻底找不到她了。他们用约好的声音能传得很远的鹿哨联系，也没有得到她的回应。两人在那一带寻找，寻到一座矮丘旁时，发现了一处有打斗痕迹的地方，心知王妃必定是出了事，不敢耽误，当即往回赶。

刘向惊惧，推测王妃极有可能遇到险情，不知她此刻到底如何了。禁苑实在太大，若推测属实，他们再这样漫无目的地寻，且不说海里捞针，时间就耽误不起。他正想派人回去向摄政王递送消息，让天门司再派些擅长追踪的人手前来助力，没想到这个时候摄政王竟亲自赶到，陈伦带了人同行，还驱出了鹰犬房的细犬——细犬是宫廷豢养的狩猎犬，嗅觉灵敏。

一行人马不停蹄地赶到那个地方，果然如侍卫所言，发现矮丘前残留了打斗痕迹和多人的杂乱足印，而且在附近起出了一具被草草掩埋的尸首。尸首的下腹和胸口两处受到了匕首的刺绞，他们推测此人或许是被王妃所杀。

这死者人高马大，虽已死去几天，但他们仍能辨出浑身虬结的肌肉，其生前绝对是个强悍的武人。据现场足印来看，对方应有十人以上，死者尚且如此，其余的人，武力应当也不会差多少。

而王妃只是孤身一人。她便是将军，再英勇过人，受到如此多强敌的围攻，想要脱身，谈何容易？

如此情境，无论换成哪一个人，此刻十有八九已落入对方之手。

刘向当时已得知那群人极有可能是狄国的南王炽舒及其手下。

镇守雁门直面北狄的姜大将军之女——声名赫赫的大魏国长宁将军，还有一个新的身份——当朝摄政王的王妃。如果她真的落入炽舒之手，被狄国当作人质，这对魏国将是一个何等难堪的羞辱，对边关将士的信心又将是何等的重大打击！

想到这个后果，刘向悚然不已，当即就有冷汗从后背冒了出来，再看摄政王神色阴沉，只令驭奴驱众多细犬嗅足了附近的气味，立刻便率队追了上去。

这条追踪路径竟意外地迂回。禁苑边缘便是老林，再深入，荒原起伏，古木森森。野地上时有疾风，细犬数次失了线索，他们靠着人力在苍茫的野草地上寻找马蹄残印和马匹排泄物的痕迹才能前行，异常艰难。

不过，从追踪的路径来看，这伙人倒不像是捉了人紧急逃亡的样子，更像是前躲后追。刘向据此再次推断，王妃或许并未落入对方之手，而是正在逃亡的路上。

无论哪种可能，她都身处险境，随时会出意外。便如此，一行人几乎是夜以继日地追踪，于今日傍晚追抵这一带。他们正寻着方向，忽然望见前方起了一团蹊跷的山火，于是与南王炽舒遭遇到了一处。

刘向本想一箭射倒奴干，盘问王妃下落。他在军中以箭法闻名，早年还曾教过年幼的大将军之女。自己发的箭镞既贯腿而出，力道必然足以令其髌骨碎裂，他毫不怀疑这一点，却没想到此人强悍如熊，竟生生地熬住了这一箭，依然奔逃而去。意外之余，他越发担心王妃，立刻跟着摄政王纵马追了上去。

束慎徽策马奔到前方不远处的山坳，率众慢慢停马，抬目望向前方。只见一个披头散发、身材高大、年纪和他不相上下的男子在数人的簇拥下跨坐在马背上，正往这个方向纵马而来，两方便如此面对面地撞在了一处。

男子猝然勒马，拽紧缰绳，迫使身下坐骑昂头掀蹄，发出一阵惊恐的嘶鸣声。方才那个膝部中箭的人立刻带着三名同样还在马下的人列队，没有任何停顿，连发的弩箭便"嗖嗖"地朝着他们疾射而来。

那披头散发之人也展现了精绝的骑术。惊起的马蹄尚未落地，马首便在半空被硬生生地掉转了方向，那人在另外几人的护卫下，迅速地朝着另一个方向疾驰而去。

显然，前排四人是想以自己的命来换取些许时间，给后面的人争取逃脱的机会。

刘向反应极快，在那人领着同伴列队射箭的前一刻，抽刀飞身下马，和身后迅速跟着上前的手下一道挡在了摄政王的身前，以刀挡箭。几十把宽刀组成了一面白森森的铁盾，密不透风，将射来的弩箭尽数击落在地。

与此同时，另一队人马已追着企图逃脱的那七八个人而去。细犬狂吠，风一般地追上去撕咬马腿。马匹惨嘶，停下来胡乱扬蹄，意欲甩掉细犬。几个人从马背上摔落，又遭细犬围攻，哀号声和犬吠声盈耳。

一条细犬扑上炽舒的马，一口咬住他的小腿。炽舒忍着剧痛一脚将细犬踢开，腿上血淋淋地被其扯下一条肉。然而，他才甩开一条，另一条细犬又扑上，再次咬住他的伤腿，接着，再是一条从另一侧撕咬他的另一条腿。他拔刀砍走恶犬，抬起头，却见大队的魏国人马已从左右包围而上，迅速结成一排马阵，挡在了他的前面。

就在这一刻，一种仿佛来自地底深处的绝望和恐惧之感将他整个人攫住了。这样的感觉，即便是从前他为救父亲在千军万马里孤身闯阵也未曾有过。

一个晃神，他挥刀慢了一下，另一条恶犬便伺机扑来，一口咬住他的手腕。锋利的犬齿深深地钉入皮肉，痛得他脊背发凉，拿不住刀柄，刀"锵"地掉落在了地上。

"南王！跳崖！"

他的一名手下鲜血淋漓地摆脱了恶犬，不顾一切地冲到了他的身旁。他一凛，心猛地一跳。

是了，这是今日他剩下的唯一机会了。现在就算知道悬崖下方是万丈深渊，他也只能跳下去。和那位女将军一样跳下去，他或还有存活的希望，如果死了，那便是天要亡他。

他岂能成为汉人的俘虏，令自己成为兄弟的笑柄？假若真被俘了，往后他即便可以活着回去，余生也将会在耻辱中度过，那样活着，不如死去。

他骤然清醒，再次甩开缠咬的恶犬。计划一定，剩下四个仍骑在马上的人立刻朝他靠拢过来，驱散恶犬，将他簇拥在中间，冲向不远处的悬崖。

弓箭如雨，"嗖嗖"地朝他们射来。很快，人人身上中箭，一个人落马，剩下三人便弃马护着炽舒，以马为盾挡箭，继续前冲，旋风般冲到崖前。三人臂膀相互交错，将炽舒紧紧地抱在中间。

他们这是决意以自己为肉盾，将南王护在中间，宁可自己粉身碎骨，也要给南王多争取一分活的希望。

他们作为六王子的股肱和心腹，不仅自己的荣辱，连他们整个家族的兴衰也全部缚在了他的身上。若他丧命于此，或是落入魏人之手，他们家族的一切也都将随之覆灭。

他们没有其他选择，这是必然且唯一的选择。

刘向制住了阻挡自己的几人，看出另一边几人的意图，掉头带人冲去，同时命弓箭手再次放箭。只见其中一个背对他们的武士因后背中箭过多，支撑不住，刚和同伴结成肉盾便倒地死去。最后剩下的两个武士，身上都已插了不下十支箭，早被射成了刺猬，却仍未倒下，即便失了一名同伴，也恍若未觉，果断相互挽臂，一前一后地将炽舒护紧，继续冲向崖边。

此时，刘向已带人追到了这三人七八步外。这个距离，弓箭射入人体已是无力，箭镞只能堪堪入肉几寸，而人又无法一步上前出刀劈砍。几条细犬追上三人，猛烈撕咬，护在外的两人却仿佛无知无觉。刘向眼睁睁地看着那两人就要护着炽舒冲下崖去，目眦欲裂。

就在这时，方才一直停马在山坳观战的摄政王忽然向身旁的随卫探出一臂。见状，随卫立刻递上弓箭。他接过弓箭，搭箭于弓，拉弓如满月，瞄准，倏然放箭。

这支箭"嗖"地离弦，朝着前方数十丈外的那面人盾追赶而去，其力澎湃，若有箭魂呼啸，追风掣电，转眼到了一个人盾的后心之处。"噗"的一声，那三棱状的箭镞贯入那人盾后心，透胸而出，又贯穿了被护在中间的炽舒的胸膛。此时此箭力道竟仍未减，又射入了最前头的肉盾，从那人的后背贯出。

这一箭连中三人才止住去势。

三人竟被一箭生生地钉在了一起，猝然僵在原地。后头那名肉盾，其心被箭镞破出一个直径足有寸余的黑洞，几个呼吸过后便支撑不住，慢慢软了下去。须臾，另外一名肉盾也跟着瘫倒。两人带着中间无法挣脱的炽舒，一起翻倒在地上。

这时刘向也冲到了近前，驱散细犬，见前后两名肉盾皆是濒死，中间的炽舒双目紧闭，状若昏厥，口里不断地涌着血，一动不动。

炽舒面向后头的肉盾，摄政王的这一箭就入了他的右胸，并不致命。摄政王的本意，应当就是留着他的命。

刘向上前弯腰，伸手探了一下炽舒的鼻息，转头正要叫人上来。就在这个时候，炽舒猝然睁目，怒吼一声，爆发猛力，竟然带着被和他钉在一起的前后二人翻了个身，一下子便翻下了崖头。

刘向大吃一惊，迅速反应过来，伸臂一拽，一把拽住了炽舒的左臂。

三人坠于崖边，重量宛若巨岩，带得刘向的身体也猝然往前俯冲，他却依然死死地抓着炽舒不放。他身后的几名手下急忙冲上前，一把将他拉了回来，他这才堪堪稳住身形。

炽舒带血的手掌湿滑，加之奋力挣脱，刘向无法久抓，刚站稳便迅速用手下递来的一条用来缚人的铁索将炽舒的手臂缠死，令他无法挣脱。

那一支贯穿三胸的箭支撑不住两具尸体的重量，两人跟着炽舒在空中晃荡了几下，相继掉落，滚下崖壁，最后只剩被刘向用铁索缠臂的炽舒。

刘向咬牙发力收索，要将此人拽回。

这个北狄的六王子披头散发，胸前冒血，双目赤红，咬紧了牙根，竟"呵呵"地笑了出来："好叫你魏国的摄政王知道，便是死，我堂堂大狄国王子也绝不死在尔等眼前！"

说罢，他举起另一只手，手中握着一柄方才从肉盾身上摸出的匕首，一刀斩下。一道血箭冲出，他竟斩断了自己被铁索锁住的小臂，登时如岩石一般滚落下去。崖壁上的碎石窸窸窣窣地随他掉落，瞬间便消失不见了。

刘向大叫一声，万万没想到这个狄国南王狠绝至此，竟眼也未眨，断臂逃脱。他提着手里那截血淋淋的手臂，僵住半晌才回神，转头见摄政王走了上来，朝摄政王跪了下去。

"卑职无能，未能抓住人，叫他……掉了下去……"

束慎徽看了一眼地上的断臂，行到崖前俯首望了一眼，道："罢了，如此狠绝之人也是少见。他掉下去便掉下去了，你带人下去看看情况到底如何。"

刘向听摄政王的语气确实没有责备之意，立刻起身点选了人手。暂无足够长的绳索，他便亲自带人，一刻也未停歇，寻着附近走势缓些的崖坡，慢慢下去。

束慎徽在崖头立定之时，陈伦走了上来。

陈伦方才马不停蹄地审讯了被制住的四名企图挡道的炽舒的手下。他低声说道："这几人很是顽固，方才施以酷刑，一个都没开口，就是不说王妃的下落。看样子，这几人是以那名膝盖中箭的人为首。"

束慎徽走了回去，停在那几人的跟前。周围恶犬咆哮，那几人方遭一轮酷刑，个个脸色惨白，却都闭着眼睛，一动不动。

束慎徽看着当中那个身材最为魁梧之人，忽然道："本王知道你，奴干。你是六王子炽舒手下的第一勇士。且教你知道，炽舒王子走投无路，投身悬崖，料是活不成了。本王向来敬重勇士，愿留你性命。你若愿弃暗投明，本王必会想方设法将你一家老小接来，于长安安家。长安之繁华富贵，你前些日子应当也是亲眼见过的。你狄国能纳汉人做官，我大魏海纳百川，难道会容不下你们？你意下如何？"

几人当中，有人微微睁目，看了一眼面前这位大魏摄政王，见他面容亲和，语气平缓。奴干却连眼皮都不动，吐了口含血的唾沫，冷冷道："两国为敌，我等既落在你们汉人的手里，要杀要剐，悉听尊便！"

束慎徽神色不动，看了他片刻，忽然转头吩咐陈伦："既如此，那就如他所愿。切下他的头喂狗，权当是为六王子送终。"

他说出这句话的时候，语气依然平和，听着和方才的劝降没什么两样。

陈伦应了声"是"，叫来几名手下。几人上前，将被捆起来的奴干从同伴当中拖了出来，压在地上。奴干奋力挣扎，破口大骂。一个惯常操刀的武士抽刀架在他的脖颈之上，从颈侧开始，宛如切割鸡颈般，一刀刀地来回抽拉。

如此酷刑，对旁观者造成的恐怖压力，犹胜凌迟。

血汩汩地从刀口里往外冒，奴干一开始还在咒骂，慢慢地，便发不出声音，只剩下痛苦的喘息呻吟声。武士便如此来回切了几十刀，切到颈项的一半，人方彻底没了声息。最后奴干的整颗头颅被切了下来，那武士提着发髻，将其扔到一旁那群正蠢蠢欲动的细犬中间。几十条细犬争相撕咬，头颅在地上滚来滚去，没几下便被撕扯得面目全非，极是恐怖。

"如何？你们当中还有谁愿意陪六王子上路？"束慎徽神色平淡地转向剩下的三人，问道。

那三人脸色苍白，相互望了一眼，谁也没有说话。陈伦见状，朝方才操刀的武士使了个眼色。那武士提着血淋淋的刀，又上前扯出一人。

那个被拉出来的人再也绷不住，断断续续地招供，将前几日的事情全部讲了一遍："六王子本是要悄悄走了的，无意间获知王妃在离宫，便动了念。先前迟迟未能夺回青木原，对他很是不利……他想抓人回去邀功，便跟了过来……他不听劝，紧追不放……王妃在前走了三天，我们今日追到此处。她应当是上了山，六王子便放火烧山，将她逼了下来。她甚是诡计多端……"那人一顿，改口道，"聪明智慧！我们竟也没能抓住她，六王子反而被她劫持。那时忽然冲出来一只猛虎，六王子借机脱身，最后王妃被逼到了崖前。六王子叫她降了……她一言不发，扭过头，竟直接自己跳了下去。六王子想拽她，却来不及，没有够到……此刻想必也是在下面……摄政王殿下饶命……"

束慎徽的脸色越来越凝重，没等那人说完，他回到那道崖前，俯身望了下去。

陈伦等人急忙跟上，见他神色发僵，双目死死地盯着下面那漆黑不见底的深谷，不禁心惊，迟疑了一下，劝道："殿下勿过于忧心，王妃吉人天相，想必——"

"全部人都下去！立刻！务必给我找到她！"他突然厉声打断了陈伦的话，转身疾步而去。

陈伦伴随束慎徽多年，看着他从安乐王到祁王再到摄政王。往常无论遇到何等的逆局或是意外，束慎徽惯常都是举重若轻之态。便是方才的北狄南王，倘若能够生擒到手，将会是一件何等振奋之事，可最后失了，他也不过是让刘向带人下去搜索，言语表情不见丝毫恼怒或是遗憾之色。

说实话，陈伦还是第一次见束慎徽如此失态，用这般严厉的口吻与自己说话。

不过，陈伦也完全理解。和女将军联姻是件大事，成婚才这么些时日，人若折在了摄政王的手里，他如何向姜祖望交代？

束慎徽已匆匆去了。陈伦知他是要亲自下去深谷，不敢阻拦，只立刻召齐此行带来的人，留下一队人守着上面，约好信号，命其随时听令而动，又叫剩余的人全部跟上，暗中再派几名好手和自己一道，紧随摄政王左右。

如此安排，并不是陈伦不信摄政王能独自应对突变。相反，他深知束慎徽自幼文武双修，就如方才拉满那张硬长弓一箭贯穿三人，便是在专事弓箭的步弩营里，能做到的人也是屈指可数。

倘若束慎徽早年如愿去了边郡，如今应当也是一名血战沙场的将军了。只是命运使然，上天安排了另外的位子给他。他既做了今日大魏的摄政王，则身份重上加重，便是说与大魏国运相系也非夸大，是万万不能有失的。

原本像这样涉险的事，断然不可叫摄政王参与。陈伦既不敢阻拦，便只能尽量安排妥当，毕竟崖下的情况到底如何，真下去前谁也不清楚。

刘向已带着一拨人先行探出了部分的路，往前几里，坡势渐缓，可开路而下。另一拨人也临时收集了许多山间老藤，将其几股搓制成藤索，其坚其韧足以支撑多名成年男子的体重。

崖壁走势虽缓，上面却附了一层又一层的湿滑青苔，荆木蔓草丛生，高得没过人头顶。百余人分成几支纵队，举着火把照明，以藤索前后相互牵连以防滑落，寻着落脚处，一步步地艰难往下。费了一夜的工夫，临近天明，他们终于下到谷地，迂回地找到了那片崖下的地带。

陈伦紧紧地跟随着束慎徽，站在谷底，举着火把四处张望。

对面山头的火依然未灭，烟尘满天。他下来后方知这段崖壁之险，从中段往下竟陡然向内凹去，侧看形状便如一张弓。在浓烟缭绕的天幕之下，绝壁千仞，如若插天，谷底想是亘古便人迹罕至，到处是参天巨木，崖壁上藤蔓绕生，一片死寂。

刘向已带人开始进行筛网式的搜索，从最有可能的崖头下方开始掘地三尺，随后扩大范围。半天过去，他们只在崖底附近的一株巨木的树冠里发现了枝干折损的痕迹，其周围有一些残留的血迹。随后，他们又在几十丈外找到了一片许是被风吹过去的染了血的青色衣角。此外，众人一无所获。

据那两名侍卫所言，衣角之色正合王妃出行打猎之时穿的衣物的颜色。然而衣角四周仍不见人。他们找不到王妃，也没发现炽舒的踪影，血迹也不知是谁所留，王妃抑或炽舒？

午后，崖顶上浓烟未散，又渐渐起了云雾，遮岩挡壁，崖下光线依然昏暗，空中不停地簌簌落下随风飘来的被烧过的带着残余热气的草木灰烬，如雨飘落。

束慎徽捏着那片残衣，脸色阴沉，极是难看。

陈伦压下心中的不安，迟疑了一下，出言劝道："殿下也勿过于忧心。看这样子，应是坠落下来时受了枝木依托，人应当没有大碍，这是好事。王妃勇武过人，兼具机敏，便是那炽舒侥幸没有摔死，也不会出事……"

他这话听着是在劝摄政王，实际上又何尝不是在安慰自己。王妃从如此高空坠下，中途任何的身位变化或是风向改变，都将导致坠落地点变化。说实话，古木的树冠托人已是巧合了，而且，那个人也未必就是王妃……

束慎徽一言不发。

"殿下！刘将军在前方有新发现！"忽然，一名士兵奔来相告。

束慎徽立刻丢下陈伦，疾步前去。

刘向等人在谷地里发现了一道地裂，下面有一条暗河，水面宽十来丈，目测深度不浅，无声无息，可能有缓缓的潜流，在外听不到任何的声音。就在暗河的附近，刘向带下来的几条细犬又嗅到了几点滴落的残血，冲着河面发出一阵吠叫。

刘向将人手分为两拨。一拨循着水流方向沿岸搜索，另一拨则是熟识水性的，包括他自己在内，总共十来人，从发现残血的地方下水往前，和岸上的人一样，同步进行水下搜索，以防万一。

他领着十来人，除去皮靴和外衣下水，慢慢地沿着水流往前，浮浮沉沉。水底暗流涌动，光线昏暗，搜索艰难，少顷，几个水性略逊之人便有些撑不住了。此时，岸上的人也无收获。

陈伦只略通水性，只能站在岸上干等。他望向摄政王，见摄政王的视线落在绿幽幽的水面之上。忽然，摄政王抬手除冠，解了腰带。

陈伦知摄政王水性绝佳，少年野游之时常常横渡渭水，见状便知道摄政王的意思了。他扑上去跪下，死死地抱着摄政王的腿："殿下，万万不可！此处非渭水！殿下千金之体，焉能以身犯此大险？今日殿下便是杀了臣，臣也不敢放殿下下去！"

束慎徽挣脱不出，目露厉色，一脚踹开陈伦。陈伦翻滚一圈，跌坐在地。

"你欲陷我于不义？活要见人，死要见尸，这是最起码的交代，否则，我以何面目去见姜祖望？"话音未落，束慎徽一把甩去外衣，纵身一跃，便入水消失不见了。

陈伦心急如焚，恨不能自己也跟着下去。他从地上爬起来，在岸上紧张地死死守着。

束慎徽和水中剩下的人沿着水流缓缓往下，出水稍事休息，又下去，再出水，再下去，如此反复了十来次，又快过去半天了。天将黄昏，谷底的光线越发昏暗，连同束慎徽在内，人人皆是筋疲力尽，加上体冷难耐，已不能再泡在水里，只能陆续停止搜索，上了岸。

束慎徽最后一次上岸，坐在岸边的一块野石之上，从头到脚湿淋淋地淌着水，脸色苍白，牙齿因寒冷而微微打战。陈伦在他近旁生火取暖，又迅速给他和刘向等人送衣。

这时，前头那拨寻得更远的岸上之人也送来了消息，依然是一无所获。人人心情沉重，屏息不敢发声。

束慎徽一言不发，目光凝在明亮的火堆之上，一动不动。陈伦看着他沉重的背影，不敢再劝什么，只递上一壶温过的酒，低声道："殿下且喝几口吧，权作取暖……"

这个时候，束慎徽的耳中忽然隐隐飘入了一种尖锐的响声，那响声极是短促，又极微弱，一声过后就消失了。他起初以为是自己听错了，看了一眼对面的刘向，却见刘向也突然抬目看向自己，目光犹疑，似乎不敢确定，在向自己求证。

两人四目相对之时，方才那消失的声音再次入耳。这一次，声音虽依旧遥远，却变得清晰而绵长，随后一长一短，周而复始。这声音听着，似乎是从被他们抛在身后的崖壁的方向传来的。

不但如此，陈伦也辨了出来，这竟是……

"鹿哨！"他脱口而出。

这是狩猎之时人人必备的东西，或用作发号施令，或用作相互定位。如此一长一短之声，正是皇家狩猎行动当中用来求援的信号。

坐在石上的束慎徽猛地一跃而起，侧耳听了几息，掉头朝哨声传来的方向奔去。众人随他赶向最初的那片谷地，中途鹿哨声断断续续地又响了几下，随即消失，再也听不见了。

束慎徽面露焦急之色，发狠加快速度，在没有路的纵横沟壑和崖石之间上下纵跃，健步如飞，将陈伦等人尽数抛在身后，赶回到那片崖壁之下。

他停了下来，微微喘息几口，仰头环顾四周峰峦。周围依旧云雾缭绕，不见天日，他呼道："姜氏！"

他的呼声在谷地和山壁之间"嗡嗡"回荡，震得那些为避山火而逃到此处的飞鸟纷纷从枝木里飞出，在古木顶上振翅盘旋，一阵躁动。

"王妃！"他再呼。

"姜含元——"他第三次提气，高声呼道。

回声消失后片刻，仿佛回应般，忽然再次传来了鹿哨声，只是听着细弱，仿佛力气不够，戛然而止。

陈伦和刘向等人也追了过来，听到这一声鹿哨，无不双目放光。他们可以确定，这声音就来自头顶，发自不知何处的崖壁之上。

"王妃应当就在其上！立刻叫人放下绳索，我上去看看！"刘向立刻说道。

"还是我上吧！刘将军，你在下守着。"

陈伦比刘向年纪轻，也知刘向身上有旧年从军留下的老伤，自然不会让刘向去做这等事。陈伦发了哨，昨夜守在崖上的人闻声回以哨音，接着，慢慢地放下了一条由多股老藤搓成的长索。

陈伦正准备着，忽然听到身旁几名手下呼了声"殿下不可"，转头望去，就见摄政王已将衣摆束起，上前攥住了藤索。他试了试结实程度，随后双手攀住藤索，纵身一跃，身影向上荡去，双足便稳稳地踩上了岩壁，随即借索往上攀爬而去。

陈伦先前因阻摄政王下水，吃了他一脚，实是生平头回的遭遇，此刻见他又亲自上了，哪敢再多说一句，只得和刘向等人一道紧紧守在下面，仰头看着。摄政王越攀越高，身影入了一团云雾，渐渐消失不见。刘向继续留在下面，陈伦则匆匆循着下来的路再上崖去，以备接应。

姜含元确实就栖身在一条崖壁上的堪堪能容两个人直立的裂缝当中。

在毫不犹豫地跃下山崖的那一刻，她所怀的决绝之心，忽然令她想到了母亲当年的心境。为何母亲宁可带着自己落崖也不肯偷生？换成是她，她也绝不愿让自己成为被敌人拿来羞辱威胁他人的工具。

在快速下落的过程中，她的头很快就被一块岩石重重地撞了一下，她险些当场昏厥，但身体依然清楚地感觉到了被尖锐的崖岩和附生在崖岩上的藤蔓的锐刺给刮破皮肤的疼痛。在求生欲望的驱动下，她迅速地清醒过来。

母亲将她极力保护起来，奋力一抛，就是存了她能侥幸活下去的期盼。她也答应了青木营的部下要回去，和他们同衣同袍、共生共死，还有……

在那电光石火间，她的脑海里又浮现出了大婚之夜，在辉煌的庭燎前，马车车门缓缓开启，那个朝她伸手、扶她下马车的男子的脸。

他代表大魏，她嫁给了大魏。

她绝不能就这样死去，令这桩她甘心成全的联姻变成一桩怨事。

从前曾无数次从铁剑崖上纵身跃下的经历给了她今次求生的助力。身体沿着峭壁快速地翻落，她极力控制自己的身躯，努力放慢下坠的速度，不让自己彻底飞出去。她探臂，张手，试图用手抓住任何可以攀附的地方——所经过的岩壁的凸起，还有附生在上的草木和藤蔓——但接连失败了几次。

就在她感到骤然悬空，即将直坠而落的时候，求生欲望使她爆发出的强大力量令她成功地抓住了一块凸起的壁岩，扯下了一簇生在上面的经年老藤。藤枝被她带下，随时可能断裂，好在暂时止住了她的坠势。她迅速攀着藤枝，终于爬了上去，贴着崖壁踩到可以落脚的地方缓缓移动，最后，在附近找到了这条可以容她栖身的裂缝。

险情过去，她才发现自己从头到脚都受了伤，连那双覆着茧的手掌也是血肉模糊。尤其是左腿上，有道被岩石划破的长长的伤口，正在令她大量地失血。她撕了衣服打算包扎，手却抖得厉害，连一片衣角都拿不稳，以致它被崖壁上的狂风卷走。最后她终于包扎好了腿伤，用尽全力压着伤口，再等到它慢慢止住了血，已是彻底筋疲力尽。她这几天本就没吃多少东西，加上失血过多，已然支撑不住。她本想靠着崖壁稍事休息，以尽快恢复体力，不料一闭上眼，便彻底地昏迷了过去。

或是有过幼年那段受了母狼哺乳的经历，或是求生欲念太过强烈，她就像是一株顽强地将根扎在地底深处的小胡杨，绝不轻易死去。片刻前，她慢慢地苏醒过来，腿上的伤口也结痂了，不再流血。

她判断此时已是第二天了，炽舒一伙人只要还存有半分的理智，就不可能还留在这里。现在她身处崖壁中间，受伤不轻，手脚无力，想靠自己上去或者下去，无异于痴人说梦。

她又想到了那个将她牵下马车的男子。

莫看在仙泉宫那夜，他恼羞成怒，对她冷淡放话，丢下她走了——只要获知她那么多天没有回去，他是不可能置之不理的。现在整个大魏，最不想她死的人，应该就是这位摄政王。她若是死了，他的谋算岂不就落了空，如何和她父亲交代？他必然会派人前来寻找她。

她想到身上还带着一枚鹿哨，于是摸出来，用尽全力发出求救的信号。这是先前和陈伦、永泰公主一道狩猎之时，他们告诉她的。

她本想一直吹下去，但吹了几下之后，发现自己竟然软弱得连鼓起腮帮子接连吹响鹿哨的力气都没了。吹了没几下，她便感到一阵头晕，脖颈也仿佛支撑不住脑袋的重量了，只能中止，继续养着精神。

她闭着眼睛，微微歪着脑袋，靠在那道崖缝里面，渐渐地，又一阵乏意袭来。再次昏昏欲睡之时，隐隐约约地，她好像听到了一个声音。

姜氏？她茫然地想，这是谁？

接着，那个呼唤声好像又在叫王妃？王妃……又是谁……

"姜含元——"

当那个声音再次撞到她的耳鼓上时，她蓦然一惊。

是了，原来那个声音就是在叫她自己！

她彻底苏醒过来，认出了那个声音的主人——不是别人，正是她嫁的人——大魏的摄政王束慎徽。

他竟亲自来找自己了？

姜含元纵然明白，他何以重视自己到如此令她意外的地步，但这一刻，当听到自己的名字从他的口中发出，浑厚之声响彻周遭的山峦深谷，荡起阵阵回声,她的心口还是情不自禁地一酸,险些眼睛发热。

她很快稳住心神,再次吹响鹿哨予以回应,接着,侧耳细听崖壁外的动静。

伴着一阵越来越近的碎石被踩蹬坠落的"窸窸窣窣"之声,她再次吹了一声鹿哨,好给对方提示自己的位置。

几乎是在同一时刻,山壁的前方有人影一晃,一个人荡了过来,双足稳稳地落在岩缝里,停在了她的眼前——是他自己上来了。

她看着他,扶着两侧狭窄的岩壁,忍着痛,用尽全力慢慢地站了起来,努力保持精神的模样。

即便如此刻这般,落到了需人助力的狼狈境地,她也依然习惯性地希望自己能以最好的状态来示人。就如同在军中,受的伤哪怕再痛,她也绝对不会在杨虎他们的面前露出半分疼痛的神情。

她终于站直了身子,望着对面的男子,用尽量平稳的声音说:"多谢殿下涉险接我。这几日你们必是在费力寻我,是我之过。往后我会加倍小心,定不会再给殿下添这种麻烦了。"

束慎徽抓住岩壁,稳住被大风吹得摇晃的身体,双足立于这道只能容他和她面对面站着的岩缝上。他望向对面的女子——他娶的王妃。

她的头发和脸上落了一层草木的灰烬,双唇不见半分血色,衣衫碎裂,浑身上下到处染着血痕,只剩下那双正看着他的眼眸依然清澈,还能叫他辨出几分她先前的模样。

他刚稍稍松了口气,没想到她的第一句话竟然是向自己赔罪。不知为何,他忽然有了几分微微的气恼。

"你如何了?"他压下心里的恼意,淡淡地点了点头,问道。

"我无大碍……"

她还没说完,忽然又感到一阵眩晕,下意识地往崖缝里靠了靠。待眩晕过去,她抬起眼,见他靠了过来,用绳索缚住她的腰。她知他这是要带自己上去,便默默地站着由他动作。他替她绑了藤索,试过可靠性后,脱下外衣裹在她的身上,再伸出一臂箍住她的腰身。

姜含元以为他要抱着自己上去,下意识地扭了一下身,避了一避:"我真没大碍，有绳索扣腰就足够——"

"闭口！"他叱了一句，语气不善。

姜含元静默了。

束慎徽再以绳索缚住自己的腰，将自己和她连在一起，一臂缠紧藤索，另一臂牢牢抱住她，用刀鞘叩击几下岩壁。声音向上传递，等在上面的人便齐齐发力，以一根临时砍伐来的原木与藤索相绞，缓缓收索，助他继续往上攀缘。终于，两人一道被拉了上去，他带着姜含元顺利登顶。

他应当消耗了很多体力，上去后，一时间竟没法立刻起来，在地上趴了片刻，待气息平稳些方起身。他找人要了一壶水，喂她喝了几口，随即用刀割开自己和她身上的索扣，低声道："你失血过多，天也快黑了，我们先寻个地方过夜，处置一下伤口，休息一晚，明日再回。"

束慎徽重新将此行带出来的全部人手做了安排：刘向领一队人继续搜寻炽舒；陈伦领一队人赶去下风口处，尽量给仍未灭的山火做些隔离，阻止火势肆意蔓延；他自己则和剩下的十几人在上风口处寻了一个适合过夜的地方扎营。

那日他派刘向入禁苑接人，结果一夜过去还没有寻到人，心中不祥的预感越发强烈。他实在坐不住，亲自带着人赶了上去。当时虽然走得急，但他有预感此行或许不能很快归来，因而外出必携的火种、干粮、伤药以及便帐等物悉数齐备。

他们在一个流动的洁净水源近旁落脚。

天已黑透了，手下人很快支起过夜的帐篷。束慎徽抱姜含元进帐，将她放下后又出去，再归来时，竟将他的马鞍连同鞍袋一股脑儿地提了进来。他从袋里取出一块绣金线的猩红色厚质锦幔，铺展在一堆用作铺床的干草上，又将马鞍搁上，然后反身再抱起她，将人轻轻放在幔上。

安置好她，他又取出药包，一面挑亮烛火，一面睨了她一眼。见她坐在锦幔上，似乎出于习惯，灯影里的那段腰肢依然挺得笔直，他忍不住轻轻地皱了皱眉："马鞍是叫你靠的，你靠上便是！"

姜含元垂了眼睫，慢慢地放软身子，往后稍稍靠了上去。

此时，手下人将备好的热水送了过来，束慎徽将布浸湿。姜含元知他要替她简单清洗皮肤以便辨认伤口上药，伸出手，道："我自己来吧……"

话说出口，她声音沙哑，极是难听。

束慎徽淡淡地道："你靠着便是。"

说罢，他将她的左腿放直。

姜含元慢慢地放下手。

束慎徽目测她全身的大小划伤不下十处，前胸后背皆见了血，污血早已凝固，粘住里外衣裳。其中最严重的伤在左腿，他自然先处理此处。

她先前从衣上撕扯下来用来包扎止血的布片已与伤口紧紧地粘连在一处，他不敢强行撕扯，用浸了温水的布贴于粘连处，一点点地慢慢软化。虽然他已将动作放得极是轻柔，但在将布料剥离的过程中，有时还是难免牵到她的伤口，流出新的血来。

"受不住便说一声，我再慢些。"他才揭了一半，额上便沁出些热汗，见她始终一声不吭，忍不住出声提醒她。

"殿下，你可以再快些的，不必担心我，我真的受得住。"她终于低声说道。

他如何敢照她的话去做，继续凝神慢慢地揭着布片。终于将布片全部揭开，他微吁了口气，紧接着检查这处位于腿侧的伤口，见其长竟近尺，深有寸许，立刻进行处置。他清洗了伤口，取来烈酒，正要浇上去，忽地手一顿，先将方才那条湿巾折了折，示意她张口。

姜含元知他的意思，默默地张嘴，衔住他塞来的布，他这才往伤处浇酒。一阵剧烈的灼痛感传来，姜含元紧紧地咬着布，额上都沁出了些冷汗，却连一声闷哼也无。他看了她一眼，随即迅速替她敷药，再用干净布条裹扎好伤处。

他又换了干净的水，接着为她处置身上剩余的伤口。先是额头那处已凝血的撞伤，他顺带替她擦了把脸，拭去她面上落了一夜的灰尘，再擦过她的脖颈。随即他的手指微微一顿，最后落到她衣襟的一侧。

"我替你去衣了。"他的语气极是平淡寻常，说出这话时，他没有看她，直到听到她低低地应了一声，方低眉瞥了她一眼。

她的身子斜斜地靠在马鞍上，颈项微微垂着，惨白着一张脸，两排漆黑眼睫下垂，眼眸半睁半闭。许是方才处置那道伤口时太过疼痛，即便强悍如她，此刻也露出了些憔悴无力之态。

也不知为何，就在这一刻，原本还残留在他心中的几分本就莫名其妙的恼意，忽然就消散了。

他轻轻地解了她的衣襟，连着内外几层衣物一道从她肩上褪落，遇到伤口粘连之处，便如方才那样，用湿巾慢慢软化凝固的血后揭开。终于，他帮她将染满了血的污衣全部除去，露出身体。

展露在他眼前的女子的半身，虽肌肤上布了道道伤痕，甚至有几处还在丝丝地往外渗血，但或许是烛火太过昏黄，她又如此卧于一片猩红的锦幔上，竟让他觉得有些灼人眼睛。

或许……是她此刻太过柔顺安静了，令束慎徽平添几分不习惯的感觉。

纵然他方才在心中一再地告诉自己，他是她的夫，先前也不是没有和她亲密接触过，何况只是要替她敷伤罢了。此刻的她，就和他外面的那些手下一样，完全没有区别。但最后两人真的如此面对面时，他动了一下的手，还是顿住了。

想必她也是不愿被他触碰的。

他又想起了前两次和她亲热的经历，第一次极是无趣，第二次也极是无趣，反正，各有各的无趣。

最近的那次，甚至比大婚之夜还要叫他不愿过多回想，一想起来，他就懊悔得肠子都要青了。

他若无其事地挪开了视线，改盯着放在近旁的那只药包，用平淡的声音说："我等下再给你的后背上药吧。我先出去看看饭食如何了，你想必也饿了。"

说罢，他走了出去，在帐外的夜色里静静地站了片刻，估计她应当已自己敷好了前胸的几处伤，才又进去。果然，他一进去就见她已自己卧上锦幔，趴于马鞍之上，长发也被拨到肩侧，露出了裸背。

她在静静地等着他。他靠过去，跪坐在旁，继续替她清理后背上的创伤。大约是因为不用正面和她相对，他的胆色恢复了，他一边替她上着药，一边扫视眼前的裸背。

虽然此前已和她有过那样的经历，但说实话，他并未有机会细看她的身

230

子。此刻他打量了她一眼。

她的腰身窄细，但和普通女子那种弱柳扶风的纤细完全不同，大约是她常年习武的缘故，因而是圆而细的，充满弹性。她那背线如流水般漂亮，背中间有一道深深的脊沟，自肩胛中间一路向下，最后消失在堆于腰下的衣裳里。灯火从侧旁照来，深沟随她此刻趴卧的姿态化作一道微微弓起的暗影，意外地充满诱惑，让人有种想沿沟一路抚触下去的念头……

"殿下，你可以快些的，我当真不痛。"应是觉察他的动作缓了下来，方才一直趴着没动仿佛睡过去的她忽然出声，又提醒了一句。

束慎徽一凛，骤然回神，不禁暗自惭愧。他若无其事地"嗯"了一声，随即专心加快动作。

快替她敷完药的时候，他的视线再次落于她背上的那道长长的旧伤上，他忍了几忍，终是忍不住，状似随口地问道："这背上的旧伤，是如何来的？"

他问完，看她。她趴着没动，片刻后，才从那鸦青色的发丝堆里钻出一缕声音："就是从前战事里不慎……不值一提。"

他听她言语含糊，显然是不想说，不禁后悔自己多话，方才竟没能忍住，面上却哂然道："不想说便罢！我也就随口一问！"

他不再提，将她背上的伤都裹好，最后将一件干净衣裳披在她身上遮体。他扶着她的肩臂助她坐起身后，再出去取来饭食，说："你吃了便睡吧。我出去，不扰你了。"

姜含元看着他卷起药袋迈步欲出，迟疑了一下，朝着他的背影叫了一句："殿下！"

束慎徽停步，转头望了回来。

姜含元道："你方才问的背伤，是在三年前的青木原一战里落下的。当时杨虎投军不久，只顾冲杀，落单遭了围攻。我帮他解围，后背不防，便吃了一刀。伤早就好了，多谢殿下关心。"

他停在原地，看了她片刻："是那个祖上曾是安武郡公的杨家杨虎吗？"

他记得张宝说过，大婚次日她外出，去的第一家便是杨家。

姜含元颔首："正是。七郎勇猛过人，热血纯良，如今已是我麾下的一名得力干将。"

她唤杨虎为七郎，全然顺口而出，可见平日便是如此。但这个称呼听在束慎徽耳中，仿佛有些刺耳。

他收回视线，点头："你休息吧。"

他说完要走，却听她道："若只这一顶帐篷，你事毕回来休息便是，不必为了避我，露宿在外。"

束慎徽走了出去。

下半夜，天下起了雨，于山火是幸事，而于此处的诸人，虽有帐能遮身，却也是个苦夜，好在雨下了一阵，便收得细细绵绵。这时陈伦也回了，见束慎徽还没歇，寻来复命，道下风口再过去几里有一道宽峡，天然阻火，加上今夜落雨，山火应当将熄，不至于过度蔓延。

束慎徽颔首，叫他休息。陈伦已是连日未曾好好休息，也确实十分疲乏了，应"是"，便要退下。

束慎徽忽然叫住了他："子静！"

陈伦停步。

"昨日对你动粗，你勿见怪，是我不好。"束慎徽望着他，含笑说道。

陈伦一怔，很快反应过来，立刻笑道："殿下切勿如此！陈伦岂敢。我也明白，殿下是担忧王妃过甚。"

"你不怪我便好，去吧。"

陈伦去了，束慎徽在外又立了片刻，终于回到帐中。

帐布是用防水的油布制成的，里头依旧干燥，只是夜深体感寒凉。他入内时，残灯将尽，借着微弱的灯光，看见她盖着毡被，身子紧紧地蜷成一团。她的半张脸藏在暗影里，长发凌乱地散在身下那张猩红的锦幔上。她是侧卧的，给他留了半席的位置。

束慎徽靠近她，脱下外衣，轻轻地盖在她身上。他的手指不小心碰了一下她的面颊，脑海里顿时浮现出了自己上次想从枕上拿开她的头发结果她立刻醒来的尴尬一幕，他知她睡觉极是警醒，那手立刻就顿住了。

他再看她一眼，知是自己多虑了。她失血过多，又应当太过疲倦，此刻睡得极沉，对他的触碰半点儿也未觉察，一动不动。

他慢慢地收回手，视线落到身畔女子的睡颜之上。他看了她片刻，眼前忽然暗了——灯火燃尽，灭了。他又坐了片刻，才缓缓地躺了下去，闭上了眼。

或许是天性，当然，也或许是他的出身使然，他没有试过求而不得的苦，所以从小到大，一向无欲无求。他能享受这世上最为奢华的生活，也能布衣铁剑，露宿荒野。除了心中立下的那个志愿，他更是从未执着地想要得到过什么，无论是人、东西，或者是某种欲念的满足，再……除了仙泉宫的那一夜。

那夜过后，他曾于夜深独处之时再三反省，最后得出了一个结论。那就是那个晚上，他是真的醉了。

他是醉得厉害，才会对她生出那些不该有的念，说出"没醉"的蠢话，继而做下那样的蠢事。最后，他非但不能征服或者证明些什么，反而越发自取其辱——当然了，除了醉酒，这种情况也必然和前夜他的公主阿姊与驸马所行之事脱不了干系。倘若没有他们弄出来的那回事在先，惹得自己在那个下半夜没法入眠，他或也不至于想要求欢到那样的地步。

那夜之后，他便暗自发誓，往后绝不再醉酒。

而到了今夜，他更是清楚地感觉到了一种后怕。白天下了谷地，寻不到她，他一度以为她没了。他从水里出来的时候，本是筋疲力尽了，只觉呼吸都困难万分，直到听到了那声鹿哨，有在那个瞬间活了过来。

真的，倘若她有个闪失，他如何向姜祖望交代？

万幸。万幸她没出大事，此刻安眠在他身畔。

他谋划娶她，目的不就是获取绝对的忠诚吗？

这样一个女子，为了不落入狄人之手，竟纵身跃下悬崖。如果她和她的大将军父亲都还不能令他信任，那么在大魏国中，还有谁人可以信任？

头顶上传来"沙沙"的细微落雨声，他在黑暗中静静地听着身畔女子发出的轻微的呼吸声。忽然，自远处的天际传来一阵闷雷之声，或是今年的惊蛰雷到了。

他感到她的身子动了一动，立刻朝她靠过去些，伸臂将她的身子轻轻搂住，感到她又睡得安稳了，也未再放开。失血过多的人容易发冷，他用自己的体温给她一些暖意。

这个惊蛰夜里，他在即将入睡之时，再一次在心里正色告诫自己，千万勿再醉酒了，醉酒会误大事。

姜含元睡得极深，也无梦，只觉得身体暖烘烘的，甚是舒适。睡醒的时候，她睁开眼睛，有片刻的茫然，不知身在何处。很快，她完全醒了——身上的痛让她记起了全部的事情。她转过头，发现身边没有人，耳边也静悄悄的。

不知此刻是什么时辰，但凭帐内的光线来判断，应该是第二天很迟了。

她略吃力地支撑起身子坐了起来，低头见他的衣裳盖在自己身上。她坐了片刻，正想起身出去看一下，忽然，有人掀帘，悄悄探头入内。

"王妃你醒了？"

张宝和她四目相对，脸上露出了喜色，脑袋又迅速地消失。接着，姜含元听他喊道："庄嬷嬷，王妃醒了！"

很快，伴着脚步声，姜含元看见庄氏带着两名侍女进来，见她坐着，立刻上前一把扶住她。

"王妃你莫自己动，我来服侍。"庄氏笑着说道。

也是这个时候，姜含元才知道，此刻并不是她以为的次日。她这一觉竟然足足睡了两天，这已经是隔日的白天了！

庄氏让侍女扶姜含元靠坐好，一边仔细地为她换衣，避免碰到她的伤处，一边笑着解释道："殿下入禁苑时便叮嘱我带几个人以及太医在后面跟着，以备不时之需。我就带人等在禁苑边上，昨日方来这里。王妃你睡得很沉，一直未醒，殿下本有些担心，但好在王妃并未发热。太医讲，此应是王妃过度体乏所致，殿下便不敢强行唤醒你。这两日他就在这里寸步不离地亲自守着，就等王妃睡饱了自己醒来……"

姜含元大为惊诧，没想到自己这一觉竟睡了这么久，难怪初醒之时，脑中有段短暂的茫然和空白。

想到因为自己，那么多人空等了两天，她第一反应是极为过意不去。她下意识地一跃而起，不料腿软如绵，还牵到了伤处，顿时吃痛地晃了一下。侍女见状，赶忙扶她。

这时，帐门口一亮，有人进来了。她抬眼，见是束慎徽。

他快步上前，伸出双手稳稳托住她，上下打量了她一眼："王妃你醒了？你感觉如何？莫乱动，坐回去！"

侍女见他来了，各自放手。姜含元被他扶着又慢慢坐了回去，再抬头，对上他的视线，见他望着自己，神色关切。她定了定神，说："没想到我竟睡了这么久，叫你们好等。我很好，这就可以走了——"

她正说着，冷不防见他弯了腰，抬起一臂朝自己的面门探来。接着，一只触感温暖绵软的手便轻轻地落在她的额前，停了一停。

姜含元呼吸为之一滞，话也戛然而止。

探过她的体温，他收回手，显得很是满意，也仿佛有些惊奇，又打量了一眼她的脸，点头微笑道："不急，慢慢来。正好前几日都没睡好觉，托你的福，他们得以再休整了一日，好事。"

他说完直起身，转向庄氏："王妃应当饿了，嬷嬷你服侍她用些吃食，煎上一盏热茶，茶里添些酥乳和盐。她睡了这么久才醒，一时也勿进食过多，少量多餐，叫王妃慢慢恢复精神。"

庄氏道"记下了"，他便出去。姜含元穿衣梳头，洗漱完毕，也吃了他方才说的茶。随后一名太医进来，替她换了腿上的药。待她全部整理完毕，张宝领着两名侍卫抬了一只肩舆进来，搀她上去坐稳，又抬出去。

附近的山火已灭，虽然空气里还能闻到些残余的淡淡烟火味，但天气晴朗，日光洒落，微风拂面，耳边鸟鸣声啁啾不绝，姜含元只觉精神一振。此刻再回想前几日绝境般的经历，她竟有恍如隔世之感。

快要拔营上路，姜含元看见陈伦正领着人在附近收拾，忙忙碌碌的。很快，陈伦走过来，含笑恭敬地向她见礼，唤她"王妃"。姜含元叫他自去忙，又下意识地看了一眼四周，便看见束慎徽正在一处人少的地方和刘向说话。她收回视线，静静地等待出发。

刘向领人搜遍谷底，又沿着暗河下去走了几十里地，直到水流彻底隐没于地下，却始终不得炽舒的下落，也没再发现任何有价值的新线索。人是从自己手里失了的，他带着细犬，将手下人分班轮次，自己则几乎夜以继日，不眠不休，一直没有放弃搜寻。直到今日收到摄政王的召唤，他方赶了回来。

束慎徽问了几句情况，视线从那座过了火的焦山转向附近因前夜下雨而骤然涨水的溪流，道："收队吧。这里太大了，地势又多变化，深山老林，沟壑万千，你们人手有限，再搜下去应也无果。"

"请殿下容卑职再从京中调些人手来！"刘向恳求。

束慎徽沉默了片刻，道："他死了便死了，若还没死，以此人的应变能力，等京中人手再到，料也是空山一座了。罢了，不如在北去路口设卡，看是否有所收获吧。"

刘向只得承命。

束慎徽吩咐完，转头向宿营的方向望了一眼，又走到了姜含元的身前。庄嬷嬷正拿了一张织裘夹缬毯来，他接过毯子，亲手盖在她的腿上，又仔细压了压边角，最后吩咐抬舆的人："走吧。走得慢些，小心颠到王妃。"

其实对姜含元来说，这种伤势不过是皮肉伤而已。饱睡两天，又吃了东西，她自觉体力已是大好，能吃得住骑马，只要不是过快便可，如此，回程也能快些。但他这般郑重其事，她也不知他是真的向来做事如此谨慎细致，还是刻意为了弥补，替她压惊、讨好她，抑或就是为了做给人看的。想来即便自己提出骑马，他也不会答应的，所以她想了想，也就不和他多话，由他安排了。

便如此，一行人踏上了归途。

第一天走了二十余里路，当晚扎营。束慎徽睡在姜含元的身畔，和她同眠一被，安稳睡到了天亮。

次日众人行得稍快，但也不过走了三四十里，连军队日走五十里的最低行军标准都达不到。

这一路，姜含元不是被人抬着就是躺着。周围时刻有好几双眼盯着她，她动一下就有人要来扶。什么叫饭来张口、衣来伸手，她算是真正体会到了。她实在有些受不住，要自己来，庄氏和侍女就说是摄政王的吩咐。

幸好，当天离宫那边收到消息赶来迎接的一队人马终于与他们相遇，还带来了一辆马车。姜含元转而被安排躺进了足足铺有七八层厚毯的马车里，一行人的行路速度这才加快了些。

几天后的夜间，一行人回到仙泉宫。

马车驶到宫门前的阶墀之前停下，进不去了。姜含元抬手稍稍扶着车壁，还没来得及站起身，车门已被人打开，束慎徽出现在了眼前。他伸手过来扶她，握住她那只掌心也有伤的手，轻轻地牵下她。随即，在众目睽睽下，在周遭人或错愕或惊奇或艳羡的目光里，摄政王顺势将王妃抱下了马车，并抱着她入了宫门。张宝等一大串人跟在他们身后，最后径直入了前些天王妃住的寝殿。

一番忙碌过后，室内终于只剩下两人。姜含元靠坐在榻上，束慎徽亲自调弄炉里的熏香，试过香味的浓淡，一股助眠的郁金香气味随着火炙缓缓从炉身的镂口里喷吐出来，散布在了寝殿的每一个角落。

"前几日在路上，你应当也没休息好，今夜好好休息，明日便回王府，如何？"他边说边走到她面前，竟蹲下伸手，应是要替她除鞋。

姜含元缩脚，避开他的手："明日回去本就是我的想法。殿下安排便是……"

出过这样的意外，莫说他不敢再放她一个人在此，便是她自己也没那么大脸面了，自然悉数照他说的做。况且算时日，三月之期的头月也将将要过了。

"跟前也无人了，殿下不必如此。"她略一迟疑，终究还是说出了这句话。

他停了手，抬头看向她，眼神中瞬间带了一丝锐芒，语气竟隐隐有咄咄逼人之势："你是看不起我？你觉得我时时刻刻拿捏作态，便如脸上覆有假面？"

姜含元一怔，实在没想到自己这一句话竟冒犯他至此，忙道："你莫误会，我岂敢看不起殿下，更不敢冒犯。以殿下之位，一言一行岂能由心，更不是我能妄论的。我方才的意思，只是……"

她本就是口拙少言之人，说着便顿住了，一时竟不知该如何去解释。

他又看了她片刻，忽然展颜一笑，眼中的那一抹尖锐锋芒消失，眼神重归温和。他没起身，只顺势坐到了她脚旁一张搁脚的脚踏之上，背靠榻沿，屈起一条腿，将方才要替她脱鞋的那只手松松地搁在膝上，另一条腿则尽情地伸展出去，状若小憩。

他沉默了下去，姜含元也就不再开口。便如此，她高坐于榻沿，他矮傍着她的腿，香炉的镂口里，不绝地静静吐着缕缕淡烟。

片刻后，她忽然听到他说："我年少之时，常常出宫游玩，曾在一间伎坊观看几名假面贱优以吞吐火技招徕客人，他们的面具有笑脸，也有鬼怪，浓墨重彩，栩栩如生。那日不知为何，一名笑脸贱优吐火失误，竟烧到了他对面之人，火焰迅速布满那人全身。后来火团虽被扑灭，但那人也被烧得面目全非，惨不忍睹。那二人平日关系应当亲厚，我看见那肇事人扑到伙伴身边，痛哭不已，然他忘了摘假面，一边以笑脸示人，一边悲泣不停，情状之诡异，难以形容。我本常去那里消遣，但那回之后，便再也没去过了……"

他微微仰头，对上姜含元俯视下来的目光，一笑，笑意里似带了几分自嘲："方才你说得也是。假面戴久了，人便习以为常，容易分不清真假。如我少年时见的那名笑脸贱优，悲泣之时也忘记摘下笑面。"

"殿下在我面前，不必有任何违心勉强之举。"姜含元终于说出了方才想说的话。

他和她对望片刻，起初不言，只收了腿从地上起身，待再次向着她伸出手，方道："不过，我也确实是想为你多尽几分心力的。你的身份是将军时，将来战场如何，非我能控，但如今你是我迎娶回来的王妃，有任何不测便是我之大过。这回令你遭遇如此危险，是我无能。我极是对不住你。"

姜含元终于没再避开。他若觉得如此对她能令自己多几分安心，那便由他了。

他替她除了鞋，抱起她的伤腿轻轻放上榻，令她靠下去，随即道："你好好休息。出来多日了，朝中有些事送来了这里，我去书房处置一下。早，我便回；若是太晚，我便在那边歇了。"

说完，他走了出去。

过去的几天，姜含元几乎脚不沾地，没日没夜地醒了睡、睡了醒，因而此刻依然精神，一时也睡不着。她闭目假寐，脑海里一会儿思他方才自嘲的那番话，一会儿想起归来途中张宝对她说的另一些话。张宝道，那日摄政王怕她发生不测，不顾陈伦劝阻，执意亲自一趟趟地下水寻她……

不知过了多久，仿佛是深夜了，当睡意终于渐渐袭来之时，忽然，姜含元记起了一件事。

她带来这里的碑帖和前些天写的字好像还在书房里！出游的前夜，她写完后便收了东西，随手搁在了案旁的一座置物架之上。

姜含元顿时睡意全无，后悔当时没有将东西收好。踌躇了片刻，她决定过去看看。他没发现最好，她便寻个由头，悄悄地将字帖带出来，若是字帖已被他看见了……那就再论。

姜含元立刻下榻，双脚落地，试了试痛感，觉得已无大碍，便披衣系带，开门出去。两间殿室相距不远，仅以一道雨廊相隔，几步便到。

此刻，这间用作藏书的殿室里依然亮着灯火，殿门虚掩着。知他还在做事，姜含元便轻轻地叩了叩门。少顷，里面传出他的回应之声："进。"

她推开虚掩的殿门，看见本应在侍夜的张宝坐在外殿的一张便榻上，已歪着头流着口涎，睡得死死的，连她进去都分毫没有觉察。

她经过张宝身前，慢慢入内。书案面向南窗而设，案前那架银烛大檠烛火明亮。他背对着她伏案，正在提笔写着什么，全神贯注。

姜含元看了一眼置物架，见碑帖和练字的纸还在原位，料他应当没有发现，松了口气，说："我前两日睡得太多，今天晚上睡不着，过来寻一册书消遣。我取了便走，不打扰殿下。"

他停笔，转头看了一眼她的伤腿，说："你去瞧吧。"

姜含元走到架前看了看，随意取了一卷书，随即伸手去拿碑帖。这时，她忽然听到身后又响起了他的声音："你想习字？"

姜含元的手一顿。她转头看他，见他没有看自己，依然低着头，执笔在一份不知为何的文书上写些类似批注的东西。她心里明白了，这些必是叫他看到了。

罢了，他看见就看见，也是无妨。

她索性大大方方地将碑帖抽了出来，说："这是我先前从王府里带来的，闲暇时临帖，打发时间罢了。如此，我就不扰殿下了。不早了，殿下也早些休息。"她说完要走，却见他运笔如飞，似是加快写完最后一点儿东西，随即投了笔。

"稍等。"他吹了吹墨，合上本子，起身朝她走去，将她拿着的那卷用作掩护的书抽了出来放回到架上，道，"回去就睡吧，还看什么书？走吧，事情都做好了，我也回了。"

姜含元知他看破了自己的目的，便一言不发。他又瞧了瞧她拿的碑帖和练习之作，微笑道："我不是故意要翻你的东西，是取物之时无意间看见的。"

姜含元也回以微笑："无妨。"

"你若真觉得这字还能勉强入眼，我可以教你。"他继续说道。

姜含元起初没有完全会意，抬目对上他望着自己的闪着淡淡笑意的眼，忽然顿悟：她用来临字的碑帖竟然就是出自他之手，再想到自己方才的遮掩尽数落入他目，心里不免对自己生出了几分羞耻和懊恼。

"这碑文好像是我十六岁时为一开国之臣写的。这么多年，我早就忘记了，没想到又看见了。字法全在一个功夫，我这几年疏于练习，功夫荒废——再叫我写，也写不出当年的感觉。"他的语气仿若闲聊。

姜含元本也是心胸开阔之人，那缕懊丧之感很快便消散了。

"殿下日理万机，我不敢占用殿下的时间，慢慢临这碑帖也是一样，若有领悟不到之处，再向殿下请教。"

他点头："也好。"

姜含元顿了一顿，又道："听闻殿下那日为了寻我，还曾不顾劝阻，多次冒险下水。我须向你道谢，也要教殿下知道，往后我必会加倍小心，绝不敢再教殿下因我而如此涉险。"

他一怔，瞥了一眼外殿，微微蹙了蹙眉："可是张宝告到你这里的？就他话多！"

姜含元还没开口，在外间睡着了的张宝的耳中飘入自己的名字。他打了个激灵，猛地睁开眼睛，擦了一把口水，从榻上翻滚而下，快步入内，问道："殿下有何事？奴婢听用！"

他抬起头，看见姜含元也在，擦了擦眼睛，见没看错，忙又叫"王妃"，躬身向她行礼。

姜含元忽然生出一丝想笑的冲动，又立刻压下。

束慎徽却是神色不悦，叱道："蠢材，除了话多，就知道睡！"

张宝这下彻底醒了，吓得"扑通"一声跪了下去："奴婢话多，还好睡！奴婢以后再也不敢了！"

束慎徽丢下小侍，扶着姜含元回了寝殿，一道歇下。

帐落，光线昏暗，姜含元闭目，静心等待入眠。过了一会儿，她忽然又听到枕畔的男子开口说："本是想回到王府后，等你精神好些，我再说的。"

姜含元睁眼，转头看他。

他仰卧着，依然闭目，继续道："我须为那夜之事向你赔罪。"

他也睁眼，转头看向她。两人便在这昏暗月光里的枕上，四目相对。

姜含元明白了他所指为何，登时想起那夜他和自己的纠缠与不欢而散。她本是再也不愿多想那夜的事了，没想到此刻他竟又主动提及。忽然，她觉得自己的心仿佛被什么捏了一下，心跳也似乎随之顿了一顿。

"殿下不必——"

"需要的。"他打断了她，"过后酒醒，我便懊悔了。你放心，往后再不会有！"

她不再说话，只看着枕畔的男子。他望着她的眼神极是诚挚，她体会到了他所言的懊悔心情。

他似乎有些不习惯和她长久对视，少顷，便转回头去，闭了目，继续说道："你与令尊皆是可信之人，大将军更是魏国砥柱，这一点，我确信无疑。我知你们还有你们麾下的将士，无不盼望朝廷早日出兵北伐。我已为此准备了多年。我可承诺，只要今岁南方秋粮能够完足入库，明年春便是发兵之时。

"我曾言将带你南下见我母妃，其实除了家事，亦想借机南巡，督促南方几个重要州郡今岁的春播。江北各地之粮，若能做到收发平衡，养活人口，便算是丰年了。南方鱼米之乡，历来才是军粮储备大头。如今库中备战的粮草仍不足数，故南方今岁秋收至关重要！便是没有你的事，我本也是要尽快南巡一趟的。"

姜含元望着他的侧颜，听着他和自己说话。

"我知你日夜盼着回去，如今时令入春，我又何尝不想早些成行？奈何还有一事——"他再次睁眸，转向姜含元，"很快便是长安今年的六军春赛。这倒罢了，我在不在无妨，然今年春赛将有大赫八部联盟首领率部前来。他们已在路上，不日入京，我今夜在看的文书，便是沿途州郡送来的邸报，还有礼部拟的接待要务。

"大赫西接北狄，南与我大魏接壤，八部联盟实力不弱。如今他们和北狄交恶，便有意与我大魏结盟，若能成，则将来对我北伐之战不言助力，至少省去了后顾之忧。

"王妃，这趟回去后，你再安心过些天。此事完毕后，我便立刻携你南下。待母妃见过了你，我继续南巡，你自回雁门，如何？"

姜含元又和他对望了片刻，随即缓缓起身，跪坐于榻，郑重地朝面前这个男子行了一礼。

"我明白了！我代父亲和将士们谢过殿下多年苦心筹谋。殿下只管去做，无论多久，我都会等你！"

他没起身，依然卧着，只伸了一臂过来，将她轻轻地压回了枕上。

"你不怪我阻你北归便好。你我本是夫妇，你何必如此见外，竟于榻上向我行礼？若是叫外人知道，岂非笑落人齿？"他看起来心情不错，语气里甚至有了几分调侃的意思。

说实话，摄政王此刻的心情确实是不错的。

终于对她说出了那夜过后便酝酿在腹的话，他顿时觉得自己彻底从那一夜的阴影里走了出来。他也和他娶的王妃达成了彼此的信任，可见联姻的效果出奇好，远胜当初的期望。当然，除了他精诚所至，这和姜家之女本身深识大体也不无关系。

心结已解，往后，他无须再多费心思去想该如何和他的王妃处好关系。他只需和她相敬如宾，如此刻这般和谐共处下去，等待北伐那日的到来。

"子夜了，怪我又扰你休息。你快睡吧。"他体贴地为王妃掖了掖被角。

姜含元朝这男子笑了笑，慢慢地闭上眼睛。

这一夜再无别话。

次日，姜含元清早起身，随束慎徽回到了长安。

如此一桩意外，内情自然不会对外公布，但数日前摄政王带着大队人马匆忙出长安入禁苑的举动瞒不了人，必会惹出诸多猜疑。所幸他在临行前将朝政交托给贤王和中书令方清等人时，只道是王妃在禁苑游猎之时不慎出了点儿意外，暂时失去联系。

人人都知禁苑极大，若非天子率众驾临，平日好些地方是看不到人的，不禁都为王妃捏一把汗。这日终于等到摄政王夫妇平安归来，众人舒一口气之余又听闻王妃玉体受损，自然纷纷表示关心。贤王老王妃和永泰公主亲自上门探望王妃，宫中的敦懿太皇太后和兰太后等人打发了人来，剩下那些没有如此脸面或者交情的则纷纷送上拜帖。

接下来的一段日子，王妃养伤，摄政王则继续忙于政事。转眼月底又临，这一日，大赫八部首领带着人马如约而至。

大赫位于魏国的东北方向。赫王名萧狊，此行远道而来，领了众多随从、官员和各部勇士，除此之外，还带来了宝马良驹、灵芝老参、珍贵毛皮、珍禽异兽等重礼。

　　贤王领鸿胪寺和礼部官员，代表大魏皇帝及摄政王出城相迎，以表重视。一行人入城，长安民众夹道翘首，争相观望。只见队伍浩浩荡荡，旌旆招展，当先的大赫王萧狊紫面短须，身材魁梧，随行勇士无不彪悍，一众人皆是服饰鲜明，场面蔚然壮观，长安百姓纷纷称赞。

　　大赫一行贵宾被安置在鸿胪会馆，稍事休整。当夜，少帝和摄政王设宴万象宫，为萧狊一行人接风洗尘，诸多王公和朝廷三品以上官员参宴。宫内，燃起巨杵般的鲛烛，光亮如白昼，四根三人合围的通天盘龙金柱和柱后持戟仪卫身上的金甲相互辉映，金光耀目。

　　大赫王呈上礼品，少帝纳下，回以锦绣缎帛以及金银等诸多厚赐。宫宴极尽铺排，山珍海味，美酒佳馔，应有尽有。

　　正宾主尽欢之时，大赫王红着一张醉面，从座上起身，举起金爵朝陪坐在少帝侧旁的摄政王敬酒。摄政王饮了。

　　大赫王趁着半醺的酒兴，又道："小王久闻上朝物阜民丰、人才济济，今日率众到来，亲眼所见，果然不欺我也！小王更是久仰摄政王之大名，今夜相见，睹摄政王风采过人，小王的心愿已偿。

　　"小王有一女，名唤琳花，这回也随小王同来上朝。小王怕她不知礼仪，惹陛下和摄政王笑话，今夜没有带来赴宴。小女和摄政王年貌正好相当，为表小王诚意，也为将来两国盟约稳固着想，小王愿将女儿许给摄政王，让她做个侧妃，不知摄政王意下如何？"

　　大赫王声若洪钟，此番话说出来，人人入耳。万象殿里陪宴的王公大臣全都停了杯箸，说笑声戛然而止，几百双眼睛齐齐看向摄政王。

　　礼部一众官员更是紧张，又忍不住在心里暗自鄙夷，只觉大赫人果为蛮夷，丝毫不知礼节，如此之事既有了打算，事先竟丝毫不加知会，现在却当众贸然开口。虽说这不算是坏事，但万一有个不妥，事后他们这些人怕都逃不过办事不力的罪名。

　　不过，礼部之人其实也误会了。大赫王这回之所以带着女儿来，是因她执意要求同行，说想增长见识。大赫王宠女，拗不过，便答应了。他本也无联姻之念。之前听闻如今的大魏皇帝是个嘴边毛都还没长齐的小儿，朝政由其叔父执掌，大赫王便先入为主，以为摄政王年岁应当不小，或与自己相当，也就没想着将爱女嫁给一个糟老头子。然而他没有想到，对方原来是个青年男子。

今夜酒过三巡，大赫王看着座上之人华服玉带，仪容出众，风度翩翩，忽然想到女儿，顿时生出联姻之念。念头一上来，他便趁着酒意，当场提了出来。

座上的少帝束戬正襟危坐，除了必要之时开口，就听着下首的三皇叔和人应对谈笑。一个晚上了，只见他三皇叔面上丝毫不见倦怠之色，左右应对，风范过人，束戬佩服之余，心下只觉无趣至极，只盼宴席快些结束才好。

方才大赫王又敬酒，忽然提到了自己的女儿。束戬通读诸史，知道这种情景之下，大赫王提到女儿，十有八九就是要嫁女。像这种顺势的联姻实是司空见惯，他没吃过猪肉，还没见过猪跑？

他心中立刻慌张起来，唯恐大赫王将主意打到自己的头上，想让自己封其女儿做个妃子什么的。他可对大赫的王女半点儿兴趣也无，当即垂目，极力做出严肃之态。

万幸，大赫王原来是将主意打到了他三皇叔的头上。他心里一松，立刻转头瞄了过去。

束慎徽始终含笑，听完大赫王的话，缓缓放下手中之杯，说："多谢赫王厚爱。赫王心意，本王领了。只是本王已立王妃，侧妃之位未免委屈王女。王女身为雪原明珠，终身大事理当从长计议。"

束戬听明白了，三皇叔是不想纳这侧妃。

大赫王却没听明白，反而十分高兴，"哈哈"大笑起来："多谢摄政王赞誉！原来摄政王也知我女琳花有'雪原明珠'之号，实在是不敢当！小女没有别的长处，但论美貌和温柔，非小王自夸，也算是百里挑一的。"

他口中说着"不敢当"，表情却有几分得意，又道："至于王妃之位，摄政王过虑了。小王绝非不自量力之人，不敢妄想过多。琳花身份不够，愿以侧妃之位侍摄政王左右。婚姻若成，锦上添花，本王这趟回去，也算是给了八部一个交代！"

说实话，以婚姻来稳固双边关系是自古以来的惯常操作。摄政王先前立姜祖望之女为妃，便是现成的范例。

今夜大赫王诚意十足，也将话说到了这个地步，摄政王若再推拒，不免有当众落人脸面之嫌。

万象殿内鸦雀无声，身为焦点的摄政王端坐在案后，双目望向满面期待的大赫王，继续笑道："赫王是个爽快人，我极是敬重。但两国风俗有所不同，依我大魏礼仪，此事若这般草率成就，便是对赫王和八部的不敬。赫王之心意，本王已知悉。此事待本王安排周全了，再与大王商议，如何？"

大赫王入长安前也知道中原人讲究礼仪，莫说祭祀婚嫁之类，便是日常行走坐卧，甚至是饮酒吃饭，各种繁文缛节数不胜数。他虽对摄政王的回应不是特别满意，觉得未免温暾了些，但也说不出哪里不好，于是再次举杯："也好！小王一片诚意，那就等着摄政王的安排！"

束慎徽亦是举杯，遥敬过后一口饮下。

这个小意外过去，宫宴继续。宴毕，大赫王喝得酩酊大醉，被送去会馆歇下。

束慎徽也回了王府。他回得很晚，入府已是下半夜，街上已响过子时的打更声。往常若是这么晚，他是不会回府的，而会直接宿于宫中。况且这几天为了大赫一行人的事，他太过忙碌，已连着三个晚上没回王府了。

姜含元自然已睡下。他上了床，呼吸间尽是酒气。

姜含元知今夜宫中设宴为白天到来的大赫王一行人接风。和往日一样，他没开口，她便也闭目，继续装作已睡过去。但在他躺下后，她觉得他今晚不似先前那样安稳了。

从那夜长谈交心之后，他们在相处时与刚开始那段时日的磕磕碰碰已是大不相同。当然，这不是亲密，而是和和气气，彼此再无龃龉。

他循着一向的习惯，逢大朝会或是当日事太多，便夜宿文林阁，便是回到王府，见她若已闭眼，也不会扰她。

姜含元觉得，三天前那个夜晚他回来后睡得还是安稳的。可今夜，他本就回得过于晚了，还好像有了心事，在榻上翻了几回身。许久，她也未听到他发出入睡的呼吸之声。

她已渐渐和这个隔三岔五与自己睡在一张床上的男子熟悉了起来，现在不用睁眼，就能从他的呼吸声里分辨出他是醒着还是睡着了。他若醒着，呼吸声极是轻微，几乎听不到，倒是入睡后反而会变得重些。

那种均匀而绵长的气息之声听得多了，令她感到舒适。她会在听到枕畔的他发出这样的呼吸声后，也很快睡过去。

他还是醒着。

她悄然睁眼，看见他闭着目。她迟疑了数回，终是没有开口发问。

那夜谈心过后，她和他的关系虽然缓和了，但二人也远未到可以彼此探问心事的地步。他们只是两个有着相同心愿的人而已，所有的言行和对待彼此的态度，都不过是围绕着这个心愿展开的。

也是因为这个心愿，他们才睡到了一张床榻之上。

姜含元不想令他觉得自己多事。他如果想和她说，那么自然会开口的——就像那日，他会和她讲少年时那段令他印象深刻的外出经历。

她终于压下了想发问的念头，悄然转了个身，决定睡去。

片刻后，束慎徽缓缓睁眼，转头，视线停在枕畔人的后脑勺上。

明早，不，应该是今日一大早，大赫王会上朝拜会少帝，过后还要面议，详说结盟之事。

已经这么晚了，他昨晚又不得已饮了不少的酒，也已微醺，本是没打算回王府的。其实他都在文林阁里歇下了，最后却又重新起身，出宫回到王府。

他并没指望她深夜出迎，毕竟当初娶她也不是为了娶一个能服侍陪伴自己的王妃。但此刻，两人睡在一个帐中，他翻来覆去，心事重重，她却分毫未觉，对他不闻不问。

也不知她到底是醒着还是睡着了。如果她真睡着了，勉强作罢；如果她是醒着，是不是嫌他打扰到她，所以最后竟还背过身去，只顾自己睡觉？

束慎徽心中不禁生出几分闷气，又后悔自己晚上折腾一番出宫回来，心想本就不该回的。

照早几年的性子，遭这般冷落，他早就起身走了，何至于看人脸色？只是现在……今非昔比，他何来的脾气能发到这个自己谋划娶来的、惹不起的姜家女儿的身上？

罢了，他五更就要走，也没几个时辰了，还是睡了，补足些明日的精神。

他这么想着，心里的那股火气却不知为何越来越大。

束慎徽盯着她长发披散的背影，忽然很想知道，到底什么样的男子才能令她挂在心上。他知道这是在给自己找不痛快，但实在忍不住。

三天前，他终于收到一则消息——不是和家国相关的重要之事，完全是件微不足道的私事。他此前派去云落城的人传回了消息，给他带来了更多关于那个法号无生的人的信息。

大婚前，贤王含糊其词地提了一下无生，还尽力在他面前替姜女和那和尚开脱。上回和她亲热，最后他颇觉艰涩，或许也可以据此排除和尚是她面首的说法。

但这又如何？证明她和那个和尚还没做到那一步吗？

反正现在，他完全可以肯定，他的王妃和那名法号无生的年轻和尚的关系确实非同一般。

据他收到的消息，当时迎亲使者到达雁门，王妃却在云落城里。她出发的前夜就是在那和尚的石窟中度过的。有城民在黄昏时遇到她出城去寻和尚，随后她一夜没回，直到第二天的早上才现身离去。

她和那个和尚到底都做了什么，竟过了整整一夜？可别说她是在听和尚念经，怎么可能？

和尚容貌英俊，精通佛法，如今还独居在石窟里，一边替人治病，一边译着经文。

束慎徽很难形容三天前自己收到这个消息时的感受。愉快？自然是不可能的。忌妒？不满？也不可能。

他娶她之前就已经知道了那个和尚的存在，却丝毫没有影响到自己当时的心情或是决定。不过短短数月，如今他怎可能小气至此？

并且，他之所以在婚后不久就派人去打探详情，当然也不可能是出于别的原因，唯一的原因就是维护婚姻。

她是不久后就要回雁门的。

她从前如何，真的无妨，但如今既成了他的王妃，再回去便断不能继续和那和尚往来，即便藕断丝连，也是不被允许的。否则，倘若事情在长安流传开来，他颜面何存？他如何在臣下面前保持摄政王的威信？

束慎徽盯了她那头散在颈后的乌发片刻，闭目。

五更不到，他沉默地起了身，洗漱更衣，准备上朝。

休养了将近一个月，姜含元身上那些浅的伤已经痊愈，伤腿也恢复得差不多了，行走早已无碍。

之前被盯着躺了那么久，这些天重得自由，她自然也恢复了从前在军营里的早起习惯，跟着他一道起了身。等他走了，她便去小校场练功。

她梳洗穿衣向来简单，不像他，仅衣物便要里外穿三四层，还须系带、戴冠、着靴，尤其今日这种日子，穿戴更是不能马虎。

张宝知摄政王为人端方，绝不似长安朱门里的某些男主人，平日惯拿调弄婢女当家常便饭。摄政王平常沐浴或是穿衣戴帽，向来是由爹爹和自己服侍的。昨夜摄政王是深夜临时起身出的宫，他爹爹年老，就被摄政王留在宫中不必再跟出来了，今早便只剩张宝一人服侍。庄氏去看餐食了，此刻摄政王跟前还有几名侍女。

张宝一边替摄政王穿衣，一边望了一眼王妃，见她早已梳洗完毕，却坐在一旁，丝毫没有想过来的意思。张宝知她向来不做这种事，怕只有自己一人服侍摄政王耽误时辰，只好叫侍女过来帮忙。

侍女伸手去取外衣，摄政王忽然说："出去。"

张宝以为他让侍女出去，急忙叫人走，不料他又道："你也出去。"

张宝觉得他这几日喜怒不定。昨夜万象宫宴会过后，人都卧下去了，又忽然起身回王府，不过就睡两个时辰，此刻又要起身，何苦来哉？

张宝莫名其妙，但察觉摄政王今早的起床气似乎很大，便不敢多问，急忙也退了出去。房内只剩下摄政王和王妃两人。

姜含元见束慎徽立着，衣服穿了一半，却一动不动，就看着自己，意思很明显，只好走过去，拿起他的外衣展开。看了这么久他如何穿衣，她自然也学会了。

"殿下张臂。"

他慢慢地伸直了臂。姜含元将衣袖套进他的左臂，转到他身后再套右臂，最后回到他的身前合拢衣襟，再取了腰带从后围过他的腰身。低头替他系带之时，她感觉他一直在看着自己，抬头，果然和他四目相对了。

"殿下是有事？"

如果不是有事要和她说，他怎会让张宝他们都退出去，要她来服侍穿衣？他这举动实在反常。

"姜氏，我有一事相告。"他开了口。

姜含元不禁微微愣怔。最近这段时日，她没再听他用这个称呼来叫过她。

"殿下请讲。"她立刻说道，同时继续为他系着腰带。

她很快系好腰带，又继续取来一串与他的朝服配套的玉佩。玉佩在系上去的时候和腰带上的金钩相碰，于是在这间帐幔深垂的房中，发出了几声悦耳而轻微的"叮当"脆响。

"昨晚宫宴乃为大赫王接风，你应也知道。宴席之上，大赫王提出联姻，欲嫁女为我侧妃。"在金玉相撞的"叮当"脆声里，他用平淡的语气说了这两句话。

姜含元的手停在他的窄腰上，她顿了一顿，再次抬眼。他依然那样看着她，他的眸色阴沉，瞳仁里却映了两点对面银烛的火光——仿佛是在他眼底闪烁的晦暗的光。

姜含元和他对视了片刻，低眉，继续系着玉佩。

"王妃你说，我应还是不应？"他的声音再次在她的耳边响了起来。

她系好玉佩，玉佩的手感仿佛和从前少年安乐王扔给她的那枚一样，同样温润和细腻。

她的手离开了悬在他腰间的玉佩，轻轻地整理其下的玉璜和冲牙，片刻后，她收手，再次抬起头。

"遵循殿下心意。"她说道。

他面色阴沉，没有表情。姜含元默默地等了片刻，望见摆在近旁的那顶他要戴的冕冠，伸手捧了。

"殿下请略降尊。"

他看着她，慢慢地朝她略微低头。她就在他的凝视中，稳稳地举冠替他戴上。而后，他直起身。

"既然王妃如此说，本王便应了。"

他带了几分冷淡地从她的脸上收回视线，自己抬手正了正冠，旋即转身，迈步离她而去。

"我以前见过那个人,在我十三岁的时候。那时他也年少,我见他仿佛爱笑。你见过晴天之时,来自雪山的风吹皱镜湖,湖水泛出层层涟漪的景象吗?这就是他笑起来的感觉。"